MINGUO TONGSU XIAOSHUO
DIANCANG WENKU

民国通俗小说典藏文库·程瞻庐卷

街谈巷语

程瞻庐 ◎ 著

情血

原谅

中国文史出版社

"滑稽之雄" 程瞻庐

萧　遥

　　民国初年的文坛上，小说的创作呈现出欣欣向荣之气象，一时间，不同题材、不同风格、不同旨趣的作品层出不穷、洋洋大观。正统的文学史教材里，往往将旧派小说即章回体小说置于次之又次的地位，一笔带过而已，然而在当时的社会，这类小说的受众群体是相当广大的，其畅销程度远远超过了如今被奉为正朔的新文学。

　　旧派小说被排挤，有其自身的原因，也有时势的原因。一方面是因为旧派小说家大多依靠市场存身，为迎合世俗口味，作品中不可避免地会出现低俗下品的情节，加之这一作家群体水平参差、良莠不齐，时日愈久，而"内容愈杂，流品愈下，仅就文字而言，到后来也是庸俗浅陋，没有早先的'哀感顽艳''情文并茂'了。这也是旧派小说历史过程中必然产生的现象，预示着它的日趋没落，不能自拔"（范烟桥《民国旧派小说史略·概说》）；另一方面，"五四"新思潮挟风雷之势而起，要求以新的文学风貌来迎接新的文明，扬新必要抑旧，特别是旧风尚依然有相当数量的拥趸，为着警醒世人，必须予旧派以猛烈的打击，矫

1

枉的同时未免过正。

事实上，有相当一部分旧派小说家是自尊自重，并且要求进步的，他们借着章回体小说的壳子，同样创作出号召民主共和、自由平等的作品。特别是以写世情世风、人间百态为主旨的社会小说，更是用或写实或讽喻的手法，活画出清末民初新旧思想激烈冲突下的一幕幕社会悲喜剧。其中的一位代表人物就是程瞻庐。

程瞻庐，名文棪，字观钦，又字瞻庐，号望云居士。苏州人。出生于1879年，即光绪五年，1943年因病去世，享寿六十四岁。如以1911年辛亥革命胜利，民国政府成立为界，其三十二岁之前身在晚清，之后三十二年身在民国，新旧两个时代刚好各占一半。关于程瞻庐的生平，于今所见资料甚稀，仅能从周瘦鹃、郑逸梅、严芙孙、赵苕狂等好友为其所作之小传或序言中窥见一二。程瞻庐生于光绪初年，其时仍以科举八股取士，程幼时即厌弃八股，喜读古文，旧学功底深厚。二十岁左右，程瞻庐考入官学。不久，清政府废除八股文，改考策论。比起僵化刻板的八股，策论更注重考生议论时政、建言献策的能力，程氏"每应书院试，辄前列"，"年二十四，入苏省高等学校，屡试第一，遂拔充该校中文学长"（赵苕狂《程瞻庐君传》），可见其与时俱进之能。毕业之后，曾执教于多所学校，兼课甚多。程瞻庐脾气随和，性格优容，国学功底深厚，又能为白话小说，加之他住在苏州十全街，因此大家赠他一个雅号曰"十全老人"。"十全老人"诸般皆善，唯不堪案牍阅卷之劳形，"每周删改之中文课卷，叠案可尺许"。恰值此时，其小说作品刊行于世，广受好评。先有

《孝女蔡蕙弹词》刊于《小说月报》，其后又作《茶寮小史》正续编，迅速奠定了他在文坛的地位。说到《孝女蔡蕙弹词》，还有一则趣事。当年《小说月报》倡导新体弹词，程遂将《孝女蔡蕙弹词》寄去，主编恽铁樵粗读之后，便予以刊发，并寄去稿费。等到刊物出来，恽重读之后，"觉得情文并茂，大有箴风易俗的功用，认为前付的稿酬太菲薄了，于是亲写一信向瞻庐道歉，并补送稿酬数十元"（郑逸梅《民国旧派文艺期刊丛话》）。此事传为佳话，亦可见程氏文笔在当时是很受赞赏的。赵苕狂为其所作小传中也曾提及："恽铁樵君主任《小说月报》时，不轻赞许，独心折君所著之《孝女蔡蕙弹词》，谓为不朽之作。"有此谋生手段，程瞻庐遂弃教职，专职著文。应当说，程瞻庐为师还是很合格的，不然当其辞职之时，也不会有"校长挽留，诸生至有涕泣以尼其行者"之情状。此后他陆续在《红玫瑰》等杂志连载多部长篇小说，并发表短篇小说及小品随笔数百篇。值得一提的是，程瞻庐亦如张恨水、向恺然（平江不肖生）等一样，是被《红杂志》《红玫瑰》等刊物包下文章的。所谓包下文章，就是凡程瞻庐所写文章，均在该杂志发表，而杂志则为其提供丰厚的稿酬，足见当时程氏文章之风靡程度，以及杂志对程瞻庐的信任和推崇。须知包圆作品是有一定风险的，倘若作家不能保证质量，劣作频出，对于杂志的销量和声誉是有相当影响的。但是程瞻庐对得起这份信任，时人称其有"疾才"，不仅速度快、文笔佳，而且"字体端正，稿成，逐句加以朱圈，偶误，必细心挖补，故君稿非常清晰，终篇无涂改处也"（严芙孙《程瞻庐小传》），可见其创作态度。民国著名"补白大王"郑逸梅曾拟《花品》撰

3

《稗品》，分别予四十八位小说家以二字考语，曰"或证其著作，或言其为人"，如"娇婉"之于周瘦鹃、"侠烈"之于向恺然、"名贵"之于袁克文等，对程瞻庐则以"洁净"二字相赠。

程瞻庐的写作风格，总体而言，为"幽默滑稽"四字，时人以"幽默笑匠""滑稽之雄"号之。周瘦鹃曾为其《众醉独醒》作序曰："吾友程子瞻庐，今之淳于、东方也。其所为文，多突梯滑稽之作，虽一极平凡事，而得君灵笔为之抒写，便觉诙谐入妙，读者每笑极至于泪泚，殆与卓别灵、罗克同其神话焉。"幽默与滑稽看似同义，其实是有差别的。有人曾这样解释："所谓幽默，乃是内容大于形式；所谓滑稽，则是形式大于内容。"形式大于内容，一般是指以反常规的夸张的行为、语言、做事方式，令人们当即意识到故事和人物的荒诞可笑，瞬间爆发出笑声；内容大于形式，则是将褒贬夹带于正常的叙事逻辑中，通过细节的描述对某一人物或现象进行戏谑或反讽，令人细品之后，心中了然，会心一笑，余味悠长。这两点，都要做到已属不易，都能做好更是难上加难，而程瞻庐恰好是其中的翘楚。

例如程瞻庐有一套仿《镜花缘》风格的小说作品，包括《滑头国》《健忘国》《小器国》等，写的是兄弟三人外出游历，一路之上的所见所闻。"滑头国"中无人不奸，无人不狡，店铺中挂了"童叟无欺"的牌匾，却是狠狠宰客，客人诘问之下，店家居然毫不讳言，并表示是客人读反了牌匾，其实是"欺无叟童"，无论老人儿童，一律欺之骗之。"健忘国"中人人记性极差，姓甚名谁、家乡何处、家中几口，等等等等，通通不记得，因此要将所有的信息记录下来，甚至包括妻子的身材相貌、穿着打扮乃

4

至情夫是谁，都贴在身上，招摇过市，毫无顾忌。由于这几部作品规模较小，结构上虽不显其高明，其主旨也一目了然，在于讽刺当时社会见利忘义、不顾廉耻的种种怪现象，但其中情节的怪诞、语言的机变，足以令人捧腹。

茶寮，是程瞻庐作品中经常出现的一个重要场所，也是程瞻庐创作灵感的重要来源。"君得暇，啜茗于肆，闻茶博士之野谈，辄笔之于簿，君之细心又如此。"（严芙孙《程瞻庐小传》）颇有几分蒲松龄著《聊斋》的风范。茶寮酒肆是各色人等聚集之地，也是各类消息八卦的集散地。程瞻庐日常喜好到茶寮听书，并借机观风望俗，将世间百态、人情冷暖作为素材，一一写入小说。他的《茶寮小史》开篇第一句就是："小小一个茶寮，倒是人海的照妖镜、社会的写真箱。"书中借茶博士之口，将一众悭吝卑琐、有辱斯文的读书人刻画得穷形尽相。"提起那个老头儿，真恨得人牙痒痒的。他去年在这里喝了六十碗茶，临算账时，他只给我小洋四角。我说：'差得甚远，每碗茶三十文，六十碗茶该钱一千八百文。'他把脸儿一沉，说道：'我只喝你十六碗茶，哪里有六十碗茶？'我揭账簿给他看，他说：'你把十六两字写颠倒了，却来硬要人家茶钱。'我与他理论，他竟摆出乡绅架子，把我狗血喷人般地一顿毒骂。……他昨天提起嗓子，喊算茶账，纯是装腔作势，叫作缺嘴咬虼蚤——有名无实。他把手插入袋内，假作摸钱钞的模样，直待人家全会了钞，他才把手伸出。要是人家不会钞，他便永远不会也不肯把手伸出，要他破费一文半文，比割他的头颅还要加倍痛苦。"程瞻庐脾气好，作文虽然尽多讽刺，但是语气并不峻切，而是不急不躁，不温不火，令人莞尔，不忍弃掷。

程瞻庐的另一代表作《唐祝文周四杰传》，以民间传说的"江南四大才子"为主角，至今仍为人津津乐道，据说很多影视作品也是以此书为底本进行改编的。四大才子虽然在历史上各有坎坷，周文宾甚至是杜撰出的人物，但传说中他们各自的风流韵事显然更是老百姓们喜闻乐见的。程瞻庐的这部小说摒弃了以往话本中明显不合逻辑的粗鄙段落，用自己特有的"绘声绘形""呼之欲出"的笔墨，将四大才子风流超逸又各具面貌的形象跃然纸上。唐伯虎的倜傥，祝枝山的老辣，文徵明的俊雅，周文宾的潇洒，栩栩如生，如在眼前。民国时期的《珊瑚》杂志曾刊登过一位读者的评论："长篇小说，总不离喜怒哀乐、悲欢离合，唯有程瞻庐的《唐祝文周四杰传》，却是一部纯粹的喜剧的小说。……瞻庐的小说，原是长于滑稽，这部纯粹的喜剧的小说，当然是他的拿手。全书一百回，处处都充满着幽默的笑料。"

程瞻庐的一生横跨清末与民国两个时期，亲身经历了辛亥革命这一重大历史变迁。新旧思潮的激烈冲突在他身上作用得非常明显。他自幼接受的是旧文化教育，一方面恪守传统道德，另一方面也见证了八股等糟粕对国家和知识分子的戕害，他的思想中有对变革的渴望和肯定。同时，晚清之后大力倡导的"西化"又令他恐慌并困惑，民国政府成立之后，各种蜂拥而起的新思潮、新现象令包括他在内的许多旧知识分子不由自主地抗拒，因此他的思想是十分矛盾的。以女子解放这一思潮为例，程瞻庐不赞成"女子无才便是德"这一说法，他认同男女都应该读书，都应该接受良好的教育，并且学有所成，报效国家；但是他并不支持女子接受西式教育，甚至对出洋的男子也颇有微词。他的作品中时常有对没有文化的老妈子的讽刺，对阻止女子读书的腐儒的不满，但也常见对留洋归来"怪模怪样"的男女的讽刺。他认同婚姻自由，反对包办，对于旧时姑表联姻等陋俗更是强烈不满，但同时又对过于自由浪漫的恋爱大加批判。他并不赞成妻子为去世的丈夫殉节，但又对真去殉节的女子啧啧赞叹。他鼓励女子放足，却又反对女子剪发……凡此种种，可见在那个特殊的过渡时期，从晚清走入民国的旧式知识分子的复杂心态。

总而言之，程瞻庐的小说在当时既有其进步性，也有一定的局限性；既体现了知识分子面对外忧内患的忧虑和担当，也表现出旧文人的保守和怯懦。这是由时代决定的，并不只是他个人的原因。从文学的角度，他的小说思路开阔，情节生动，可读性非常强，在"鸳鸯蝴蝶派"言情题材为主的作品中别具一格，在当时赢得了众多读者的青睐，在今天也依然有可供参考和借鉴的意义。

目　　录

街谈巷语

1

情　血

原　谅

街谈巷语

自　序

　　小说家何仇于社会？一为写照，楮墨中即含有笑骂声，是亦不可以已乎？曰：恶可已也。亦欲歌社会之功，而功无可歌；亦欲颂社会之德，而德无可颂。楮墨中仅有笑骂声，而无歌颂声，咎在社会，而不在楮墨也。夫功无可歌，德无可颂，而姑且歌之颂之，是歌功颂德之等于笑且骂也。不唯等于笑且骂而已，抑又视笑且骂而尤酷焉。吾是以不敢强作歌功颂德之词，而直以笑风骂雨实我文也。

　　且夫楮墨中不含有笑骂声，即不成其为小说。宁独小说，即大说亦无不然。孔子，圣人也。曰："吾未见好德如好色者也。"语中有哂笑意焉。曰："鸟兽不可与同群。"语中有怒骂意焉。经籍中有笑骂声，而况小说乎？

　　吾提笔草是书，凭空结撰，等于子虚乌有，无隐之可索，无本事之足述。偶一挥洒，即洒洒数万言而不能止。吾非实指其人而笑之骂之，而社会复杂，无奇不有，安知现社会中不有可笑可骂者，适符我书中虚构之人乎？于是书都十二回，告一段落，以言笑骂，仅发其凡。现社会之可笑可骂者，岂区区数万言所能尽？倾筐倒箧而尽出之，是不能不待于续集之成矣。

丙寅孟冬之月瞻庐序于望云居之南荣

第一回

出风头小姑娘吃苦
喝汤脚老夫子垂涎

滚滚长江东逝水，浪花淘尽英雄。是非成败转头空。青山依旧在，几度夕阳红。

白发渔樵江渚上，惯看秋月春风。一壶浊酒喜相逢。古今多少事，都付笑谈中。

——调寄《临江仙》

龙争虎斗的中原，打得落花流水，既不为国，又不为民，气吁吁地为着什么来？是非成败，转眼成空，远不如溪上对酌的白发渔樵，酒落欢肠，只扯开着笑口，专把很有趣的谈话当作下酒之物。杨升庵先生的一首《临江仙》，分明替这两个乡老儿写照。两个乡老儿在哪里？便在区区的笔尖底下。但见那三寸毛锥子，在一幅白纸上念念有词，喝声道变，便变出两个乡老儿来也。

两个乡老儿，一般都是花甲以上的年纪。一个渔翁张三寿，是个雕花面孔；一个樵夫金老四，是个独眼龙。在那小溪旁边，对坐饮酒。民国虽经了十五度春秋，他们的脑后兀自各各绾起着一个半黑半白的葛蕉。并不是纪念亡清，留着一条豚尾，报答圣朝，他们只觉得留着这条辫子有许多方便。逢着头戴草笠时，便把豚尾向上几绕，这顶草笠便似船儿系了缆，任凭什么大风，再也不会忒棱棱地吹去。他们饮酒的一张桌子，又方又正，又平又稳。但看民国十五年中，三翻四覆，政局兀自摇摇不定，怎及他们这张桌子，一百年也不会摇动。原来他们的酒肴都放在一块青石上面，酒是乡间土酒，肴是一尾鲤鱼。酒是金老四的，肴是张三寿的。三杯到肚，微有醉意，两个人的面皮上都带些绿沉沉的颜色。

这句话错了，吃醉了酒，面皮上该是红喷喷的，怎么绿沉沉起来？编书的说，不曾错，他们的面皮确是起了一种绿化，绿得和成精的西瓜一般。只为他们恰坐在一棵大树底下，夕阳照在树梢头，把树叶的绿光都映上了他们的面皮。不但面皮绿沉沉，便是杯子里的酒也变作了竹叶青。

张三寿道："老四，我们乡下人，永远不会改变。从前怎么样，现在也是怎么样。不比城里人，稀奇古怪，变换得真快。"

金老四侧着一只眼睛道："三寿哥，你那天上城去，见些什么来？"

张三寿道："我已有十多年不上城，只为我们老婆子上苏州去进香，我才陪着她同去，小金铃也跟着去。真个眼睛一眨，老母鸡变鸭。现在的苏州不比从前的苏州了，城门多添着两个，街上的桥梁都变换了样子，来来往往顿添了许多车儿，但听得当当当的声音，几乎把我吓个一跳。"

金老四道："当当当的是什么？"

张三寿道："好像老和尚敲磬子，不知这个磬子藏在哪里。我在道旁呆立了多时，见每辆车子过时，总有这般的声音。既没有老和尚，又没有磬子，哪里来这当当当的声音呢？后来可被我瞧破了，原来坐车子的略略把那脚尖扭动，便会发出当当当的声音。城里人花样真多，不知哪里学得来的戏法，脚趾扭扭，便会敲动当当当的磬子。"

金老四干了一杯酒道："这也奇怪，脚趾扭扭，便会敲动磬子，那么手指抓抓，也会打起锣鼓来了。"

张三寿喝了一口酒道："这还不算奇怪，最奇怪的是城里的好娘娘，竟和脚鱼精一般模样，只多着一个肥大的屁股。"

金老四诧异道："你休胡说，好好的人，怎么变起脚鱼来？"

张三寿道："我和你照了一杯酒，慢慢儿讲给你听。"说时，端起洋铁酒旋子，彼此倒满了一杯酒，都喝干了，又把旋子里的余酒彼此倒了八分满的一杯，放下旋子，彼此夹了些鲤鱼，放在嘴里咀嚼。

张三寿且嚼且说道："城里好娘娘的衣服，短得不成了模样，只挂在腰眼里。而且衣服的下幅都是圆形的，活像脚鱼的裙边。你想好好的一个人，穿了鳖裙般的衣服，不是成了一个脚鱼精吗？亏得下面还撅起一个肥大的屁股，要不然，我便真个当作妖精出现，吓得跑了。"

金老四笑道："三寿哥嘴里总没有好话说出，没怪人家都唤你一声夜壶嘴张三寿。"说到这里，鲤鱼肉嵌了牙缝，忙向地上

7

拾了一根鲤鱼骨，权作剔牙签。剔了良久，才把牙缝里的东西剔出，依旧吞落下肚，却把骨头丢弃了。笑着说道："这条鲤鱼也算倒霉，用着它的骨头挑剔它的肉吃。"

张三寿拍着大腿道："我们国度里的大好佬都和这条鲤鱼相似，几年来兴兵动众，只是自己人杀自己人。真叫作用着自己的骨头，挑剔自己的肉吃。"

金老四摇头道："快不要谈什么大好佬，听了怄气。还是谈谈城里的笑话，听了也开心。"

张三寿想了想道："还有一桩可笑的事。城里碰见一队女学生，头颈里都套了一条圆绳，绳的一端系着一段三四寸长的东西，又像是钥匙，又不像是钥匙，走路时只在肚皮下面摆动。我见了好生奇怪，悄悄地问那旁边的人，说那些大姑娘肚皮下面挂着的敢是钥匙吗？要是钥匙，请问锁儿在哪里呢？那人骂了我一声瘟乡下人，什么少见多怪，连一支笔都不识货。我虽然挨骂，却学得了一个乖，原来城里姑娘的一支笔，和乡下先生不同……咦，说着曹操，曹操便到，来的不是王先生吗？"

金老四回头看时，果见赤鼻子王先生手执着酒瓶，脚拖着皮鞋，一步一绰拍地渐渐走将过来。那王先生约莫四旬年纪，穿一件旧竹布长衫，挂着吃酒招牌和那猁狲王的商标，不问而知，他是个爱吃酒的教书先生。吃酒招牌在哪里？便是一个赤化的鼻头。猁狲王的商标在哪里？但看他衣襟上挂的一个笔袋和那袖子上的墨迹朱痕，不是教书先生是什么？

金老四招手道："王先生，这里来。"当下挪一挪屁股，腾出半段石条给王先生坐。

张三寿道："王先生，你不要吃寡酒，这里还有半条鱼，助你下酒。"

王先生也不客气，便取金老四的筷儿夹了一筷鱼，放在嘴里咀嚼，又端起玻璃瓶，就那瓶嘴上喝了一口酒。

张三寿指着他衣襟上的笔袋，笑道："你这个笔袋挂在衣纽上，太不时髦了。"

王先生道："不挂在衣纽上，挂在哪里？"

张三寿道："取一条长绳子，系着笔袋，套在头颈上，把笔袋荡到肚皮底下，荡丁荡丁地摇动，那才时髦呢。"

王先生把手指夹着赤化的鼻头道："夜壶嘴里又要放出臭气来了。"

金老四道："王先生，听说你明天要回苏州去，可当真吗？"

王先生道："现在大家闹着蚕忙了，照例要放着一个月蚕忙学。我的书馆里，今夜是我住，明夜便不是我住了。须得打扫干净，预备着养蚕娘歇宿。唉，你们乡下人花头真多，在那蚕忙时，自己家里便不许邻人走动，门上须贴着一条红签，写着'蚕忙知礼'四个字。今天书馆中，男男女女执着红签托我写这四个字的，大约有四五十起，累得我手臂都写得酸了。"说时，向张三寿瞧了一眼道，"你们的小金铃也到我书馆里来，托我写红签。但是这丫头很古怪，头颈里套着一条麻绳，绳上系着三寸长的铁钉，走路时这只铁钉荡丁荡丁地在裤子裆外面摇动，这是什么玩意儿呢？难道你们发明的新花样，这便叫作时髦吗？"

张三寿笑道："这便是你们苏州大姑娘的新花样。小金铃懂得什么？那天她跟我上苏州，眼见城里的大姑娘都把一支外国笔

9

荡在裤子裆外面，她回来便要学样。一时没有外国笔，权把三寸长的铁钉……"

话没说完，早见他浑家张老婆子气急败坏地赶上前来道："你好写意，还在这里吃酒？可知道小金铃跌了筋斗吗？"

张三寿喝干了杯子里的酒道："小丫头跌几个筋斗有什么打紧？值得这般大惊小怪。"

张老婆子道："亏你说这风凉话。快去快去，鬼蜡烛放在哪里，我寻不着，你自去寻来。"

张三寿方才着急道："究竟跌破了什么所在，要用鬼蜡烛做止血药？"

张老婆子恨恨地说道："都是这小丫头不好，学时髦出风头，三寸长的铁钉不是耍的，亏得偏一些，搠在大腿上，淌了多少血，要不然真个要闹出笑话来了。"一壁说，一壁催着张三寿便走。

王先生嘴里正含着一口酒，见这光景，忍俊不禁，一口酒都向对面喷去，喷得张三寿满头满脸，一张雕花面孔，成了翻转来的酒浸石榴皮。张三寿拭了拭面孔，不及理会，跟着婆子去觅止血药，不在话下。

王先生道："老四你坐舒服了，前客让后客，三寿走了，我去坐他的位子。"说时，便迁到对面的石条上坐下。

金老四道："一个人总要安分守己，切莫出风头。小金铃只到了苏州一遭，便学着城里的时髦姑娘来到乡间出风头，合该吃这一番苦头。"

王先生道："喜欢出风头，容易吃苦头，这是一定的道理。

提起小金铃，我便想着一桩出风头的笑话。城外有一个饭店阿三，他开着一爿小饭店，本是个粗人，偏喜咬文嚼字，乔装斯文。见了我总是之乎者也，满嘴乱嘈。一天，他要招揽主顾，托我写一纸字条，贴在店堂里。我写'贵客来光顾，本店大便宜'十个字，他嫌着粗俗，自己卖弄本领，添了一个'者'字，一个'也'字。谁料只添得两个虚字，这爿小饭店几乎变作了大坑缸。"

金老四奇怪道："这是什么道理？"

王先生道："这一纸字条上，写着'贵客来光顾者，本店大便宜也'，多了两个字，不是招揽客人来吃饭，却是招揽客人来拉屎。人家见了这张字条，不问情由，跑入店堂，松着裤儿，撅着臀儿，左一堆屎，右一堆屎，拉得满地，臭得熏天。饭店阿三怒道：'客人做什么？这里不是茅厕。'客人指着字条道：'怎说不是茅厕？你明明招揽我们来拉屎。字条上说'贵客来光顾者'，这句不用解释，当然是指着我们客人而言。字条上又说'本店大便宜也'，这两句便是说在这店堂里拉屎，再要相宜也没有。这'宜也'两个字，文法很好。瞧不出你这屎坑老板，倒是个斯文朋友。'"

金老四大笑道："原来斯文朋友都是屎坑老板。那么你王先生也是个屎坑老板了？"

王先生正夹着一条鱼尾，吃得津津有味，暂时不答话。直待咀嚼完毕，才道："老四，你莫挖苦我。其实呢，我但愿依着你尊口，做一个屎坑老板。你可知道吃教书饭的，远不如吃那屎坑饭来得其味无穷。苏州臭马路有一位大资本家，唤作田老板，他

11

是靠着屎坑发迹的。他开着五爿粪行，城外大大小小的屎坑，大半是他的产业。他有了百十万家私，居然交结官绅，场面阔绰，商界中赫赫有名，都唤他一声'壅业巨子'。我辈教书匠，哪里有他的福分？镇日价扯开了嘴，诗云子曰，喊得口苦舌干。喊了一个月，红纸包里的东西能有几许？怎及那位壅业巨子，老不开口，专待人家松着裤儿，撅着臀儿，把黄澄澄的东西给他一辈子受用……"说到这里，忽然摩擦着赤化鼻子，朗朗地读起八股文来了。读的是"读书万卷，何如积粪千缸？大丈夫所以起金钱之想也"。

金老四拍手道："王先生醉了，王先生醉了。"

那时夕阳渐渐西矬，炊烟四起，暮色苍茫。两个人的酒已喝尽了，金老四收拾杯筷和鱼碗，王先生道："且慢，碗里还有些汤脚，暴珍天物，儒者不为也。待我来惜个福吧。"当下端起鱼碗，把汤脚喝个净尽，兀自伸出了舌头，狗舔缸盆似的把碗里面舔个一周，才把碗儿放下，挟着一个空玻璃瓶，自回书馆去了。

到了来朝，便是王先生回苏州的日子，大清早便起身收拾行李。先把红包里的五块大洋检点一下，见没有短少，重又包好，藏在贴肉短衫里。又开了马口铁书箱，里面掳掳掇掇，无非是破砚断墨，和一个玻璃瓶、几本陈旧书籍放在一起。还把用剩的茶叶、吸剩的香烟屁股和那天张三寿送给他的几个麦饼，都向书箱里塞。回头四望，可有什么遗漏东西。偻见马桶盖上尚放着三张半草纸，也把来叠了几叠，纳入里面。然后关上书箱，拾一根草绳穿了书箱鼻子，绾上几个结，权作了锁儿。

那里张三寿、金老四一班人都来送他动身。王先生道："三寿哥，你们小金铃可曾受伤没有？"

张三寿道："还好还好，没有什么大伤。今天采桑叶去了。"

当下许多人也有替先生背包的，也有替先生掇书箱的，也有陪着先生同走的，都是再三叮嘱，说过了一个月，先生早早到来。王先生答应不迭。一路从田岸行走，猛听得树林子里唤一声："王先生，你可是回苏州去吗？"

王先生举头看时，正是昨天出风头的乡下姑娘小金铃。手提着篮子，猴在树上采桑叶，裤子上还留着斑斑的血迹，这便是她悬挂"外国笔"的成绩。当下笑了一笑，便说："我回苏州去了，和你下月会。"

众人陪着先生到石桥边站定。这是木渎航船到苏州的必由之路，每天总在这里拢一拢岸。众人站立不多时，航船果然拢岸了，便把先生的东西都交给了船户，又替他付去了船钱，很殷勤地道了一声"下月会"，才和先生作别。

航船摇动后，先生见船里面黑压压地拥挤了许多人，哪里寻得出一个座位，不觉眉头一皱，计上心来。

王先生用的是什么计，下回自有交代。

第二回

乘航船邂逅老僧
回乡里嘲弄酒鬼

  王先生见舱里坐满了搭客，便向两个乡下土老儿再三央求，请他们腾出些地方，以便搭一搭屁股。土老儿回说坐不下，王先生道："我这屁股是尖的，只需占据一些些地方便够了。"土老儿听了，都好笑起来，只听说削尖了头皮，没有听得削尖了屁股。大家摇着头儿，怎肯相信？

  王先生道："老实向你们说，我是乡下教书先生，常听得小孩们唱什么'先生先生屁股尖，骑在马上颠来颠'，可见先生的屁股没有不尖的。请你们让出一些些坐地，感激不尽。"

  土老儿见他说得可怜，各把屁股挪了挪，让出些空隙，王先生搭着一些些屁股，勉强坐下。谁料王先生的屁股和得寸进寸的军阀相似，土老儿让一些，他的屁股便进一些，没多片刻，把地盘扩大了许多，累得两旁的土老儿受尽了挤轧。

  那时船头上盘膝坐着一个老和尚，手弄着一串牟尼珠，低眉闭目，很有些高僧气象。旁边有人问道："老和尚可是出来云游的吗?"

老和尚不作声,只把头儿点了点。那人自言自语道:"这和尚很有些道行,不比城里的和尚,贼头狗脑,不成了模样。"

又有一人问道:"老和尚出外云游,可曾到过几省?"

老和尚抬了抬眼皮,重又闭下,徐徐地答道:"云游的地方,一时也说不尽,拣着最远的说说。西藏喜马拉雅山,老衲也去过,云南鸡足山、四川峨眉山,老衲也去过。"

那人伸了伸舌头道:"真叫作云游天下了。这么远的所在,老和尚都去过,好不厉害。"

对面又有两个人窃窃私议道:"深山里常有毒蛇猛虎,老和尚不怕虎,不惧蛇,料想一定有什么法术,可以制得毒蛇,伏得猛虎。"

老和尚合着眼答道:"老衲不过一寻常僧人,哪有降龙伏虎的法术?总算仗着菩萨保佑,出入山林,没有碰见过猛虎。只是山里的毒蛇实在防不胜防,老衲曾被毒蛇咬过几次,幸而死里逃生,没有送掉性命。"

坐在老和尚旁边的那人奇怪道:"请问老和尚,用的什么法术可以死里逃生?"

老和尚凝神片刻,才徐徐地抬眼答道:"老衲有什么法术,只是藏香灵验。老衲在西藏澜沧江沿岸,采得许多藏香,有了这东西,怕什么毒蛇?"

对面坐的两个人失声嗟讶道:"常听得人说藏香是至宝,不容易觅得的。"

那时舱里的搭客都是寂静无声,听那船头上谈话。其中有一个花白胡须的忽地冷笑道："嘿，藏香藏香，非同小可，怎会采得许多？敢怕这和尚在那里吹牛吧。"

坐在王先生身旁的土老儿忍俊不禁，悄悄地问道："什么叫作藏香？有什么用处？"

那个花白胡须的答道："这件东西，人家识得的很少。我在二十年前，跟着北街许大人到四川去，有人曾把两粒藏香送给许大人，他得了这两粒藏香，当作稀奇宝贝，无论什么无名肿毒，只需把藏香在患处摩擦一下，立刻肿退毒消。许大人得了这宝贝，不知医好了多少人。这都是我亲眼看见的。藏香这件东西，约有橄榄核大小，剥去一层薄皮，里面的核仁仿佛双龙盘绕，这便是真正的藏香。苏州城里藏得真正藏香的，除却许大人那边，更没有第二家。藏香的表皮治得无名肿毒，藏香的核仁效用更多。把来浸在酒里，无论什么风痨臌膈，只需饮了半杯酒，立刻可以断根。这是何等名贵的东西，那个穷和尚怎会采得许多，一定在那里吹牛。"

舱里又有一个人捋起衣袖道："朋友，我这条胳膊肿痛了多天，不能做工，你说的许大人可住在苏州？央恳你去讨些藏香，医治医治。"

众人见他这条胳膊肿得和大腿一般粗，煞是可怕。那个花白胡须的说道："要是许大人在苏州，包管一医便好。可惜他在三年前已迁往北京去了。"

舱里诸人谈话时，船头上的搭客也是寂静无声，听舱里人谈论。坐在老和尚旁边的那个人忽又开口道："老和尚，你的藏香可曾随带在身？可是橄榄核大小？可是外面一层薄皮，里面的核仁和双龙盘绕相似？这是很宝贵的东西，你敢是吹牛吗?"

老和尚道："阿弥陀佛，老衲生平不会撒谎，身边现藏着多粒藏香，倘有识者，不妨赏鉴赏鉴。"说时，从怀里摸出一个黄布小袋，从小袋里挖出一粒东西。舱里的搭客目光都向船头注射。

那个花白胡须的伸手到外面道："老和尚，借给我看看。"

老和尚便授给他看。他把这粒藏香细细赏鉴，自言自语道："奇怪奇怪，看这表面，确和藏香差不多，但是里面的核仁怎么样没有知晓。可惜是他人的东西，不能剥开试验。"

船头上的老和尚听了这话，便讨还了藏香，说要看里面的核仁，老衲可以剥给你看。当下便把藏香的表皮剥在黄布小袋里面，单把这粒核仁授给舱中人赏鉴。果然两半绞合而成，和双龙盘绕相似。那个花白胡须的连连嗟叹道："确是真正的藏香，和许大人那边的一般无异。只需掐取核仁少许，和米粒般大小，便可浸得一瓶药酒。"

老和尚忙来索还这粒核仁，似乎怕人掐取一般。那个肿臂的挨到老和尚身边，再三央告道："小子靠着织机营生，胳膊肿了，不能做工，家中老小没法养活，央求师父替我医治医治。"

老和尚道："也是你缘法凑巧，伸臂过来，待老衲替你医治则个。"当下老和尚把这粒核仁藏好了，伸指在袋里掐取一小片表皮，只有瓜子壳般大小，把来放在掌心里，唾一口涎沫，在那人肿臂上揉得几揉，说也稀奇，那人的胳膊立时肿退红消。老和尚依然把这一小片表皮藏在袋里，那人感激涕零，声声道谢。

众人见了，个个惊异不止。于是七张八嘴，都要向老和尚买一些藏香，带回去行方便。有的说我家阿大害着一身疥疮，有的说同居四婶害着臌病，有的说痨病鬼阿三卧床半月，动弹不得，都去央告老和尚大发慈悲，给我一些灵药。要多少钱，请你师父吩咐。老和尚连连摇手，表示不愿意。众人哪里肯听，都说似这般的灵药，机会错过，万难再遇，无论如何总要给我一些。

老和尚受挤不过，才向众宣言道："诸位且莫啰唣，这藏香本是老衲防身之宝，不能给人。既然诸位苦苦央告，要是执意不肯，又不像出家人慈悲为本，方便为门。但须言明在先，只有方才剥开的一粒，可以散给诸位。老衲四大皆空，并不牟利，只需诸位随意布施些香金便是了。"

说时迟，那时快，早有三四只手托着雪白的洋钱争先购药。老和尚道："且慢，要结善缘，必须普遍。诸位购药，最多只许一块钱。"于是托着洋钱的人只得在手里减去几块钱，老和尚才按照着众人的手收去一块钱，便给他两小片表皮、两小粒核仁。于是船头船舱的人各各插手在袋里，预备取资购药。有洋钱的挖洋钱，没洋钱的便挖角子和铜圆。老和尚按照香金多寡，分别给药。一粒藏香零碎分售，已购去了十之七八。

王先生插手在贴肉衣衫里，待想从红纸包里取出一块钱，购些药品回去，但听得船头上的老和尚宣言道："阿弥陀佛，这一粒藏香业已散给完毕，诸位好好地藏着，莫辜负了老衲的一片好意。"于是众人各各把藏香好好安顿，有的放在皮夹里面，有的用纸包裹放在衣袋里面。王先生暗暗自咎，只因慢着一些，眼见这灵药被他人买去，好不可惜。

正在沉闷的当儿，觉得身旁松动了许多，原来两旁的土老儿都到船头上去买药，尚没有回舱。王先生老实不客气，便把身子横倒在舱板上面，一个人占了三四个人的位置。比及船头上的人退还船舱，已没有了坐地。大家都说你这先生太没道理，方才苦苦央求，说你的屁股是尖的，只需占据一些些地方，现在怎么躺了下来呢？王先生笑道："只为屁股尖，所以坐不稳。方才两旁有人倚靠着，尚要勉强坐定。你们走开了，叫我这尖屁股怎能坐定，因此横倒在舱板上面。"说罢，引得众人一阵喧笑。

那时船到了横塘，又需拢岸，船里的搭客上岸的倒有十分之三。方才的老和尚和那肿臂的和那花白胡须的和那船头上几个搭客，都已舍舟登陆，船里去了许多人，彼此便不计较着座位。摇航船的笑道："那个贼秃，又被他骗得十多块钱到手。"

王先生道："船家，你认得这个和尚吗？他的藏香灵不灵？"

船家一壁摇船，一壁笑说道："屁的藏香，只是山东地方的一种野树果子，半文钱都不值，有什么鸟用？现在航船里常有这种卖假药的往来，也有和尚，也有道士。他们的党羽很多，刚才和那贼秃交谈的，以及舱里的花白胡须客人和那肿着胳膊的，都是一党。你道他的胳膊因甚肿得这般粗？他只在胳膊上紧切着一条麻绳，弄得血脉不通，便会红肿起来。贼秃在他臂上揉几揉，他便悄悄地把麻线上一个活结抽去，血脉流通了，自然肿退红消。说破了一些没有稀罕。"

船舱里的土老儿听了大惊，说你既知道药是假的，为什么不给我们一个信息。船家道："怎好给你们信息？这辈江湖上朋友都不是好惹的。道破了他们的机关，怎肯甘休？一定要和我们船家寻仇。诸位客人吃一次亏，学一次乖，只要以后留心便是了。"

于是船舱里的土老儿各各唉声叹气，连唤上当。有的说，我这一块钱预备上城买东西的，只为听说藏香灵验，想着痨病鬼阿三病得可怜，才把来买了药，谁料上这大当。有的说我这一块钱是同居四婶婶托我到大生堂买臌病药的，我听说藏香可以医鼓胀，才上了这大当，回去时须得赔偿四婶婶一块钱，真正晦气的。有的说我这一块钱是上城来还债的，只为阿大害了疥疮，几个月没有好，我一时没主意，却把这一块还债的钱便宜了贼秃。其他还有烧香的老太婆、上城做工的佣妇、挑葱卖菜的小贩，上当的不计其数，都是自怨自艾，懊悔嫌迟。哭的也有，骂的也有，唯有王先生暗唤一声侥幸，亏得红纸包里的东西没有摸将出来，要不然雪白的大洋去换一些没有用的野树果子，那便糟了。

船到胥门，王先生收拾东西，就此上岸。唤一名江北小子，代他背着衣包，挟着马口铁书箱，径回家里。他住的地方便在胥门外牛屎弄里。为什么这条弄堂唤作了牛屎弄呢？原来苏州人油嘴滑舌，好好一条由斯弄，把来读别了，便成了牛屎弄。宛比养育巷唤作羊肉巷，钩玉弄唤作狗肉弄一个样子。

才进得牛屎弄，便听得有人在背后唤道："阿要白糖妹子啊？两个铜板买一个。"

王先生听了好笑，又白又甜的小妹妹只值得两个铜板，天下竟有这般价廉物美的东西？回头看时，却是白糖拌的梅子，便摸出几个铜板，买了两个白糖梅子，回去骗骗女儿翠芬。

走不上百十步路，却见他的爱女翠芬，绰号牛屎之花的，正在门前站着。王先生道："阿翠，我回来了，妈妈呢？"

翠芬也不答应，回身向里面唤一声："妈，酒鬼回来了。"但听得楼上有个妇人自言自语道："搁不开的浮尸，好好地在乡间教书，回来做什么呢？"

王先生给了江北小子几个铜圆，把他遣发了，撮着笑脸唤阿翠，叫她把这马口铁书箱掇到里面去。翠芬把头一扭道："皇帝不差饿兵，谁高兴呢？"

王先生道："有白糖梅子在这里，不叫你白当差。"

翠芬抢着梅子，含一个在嘴里，才把马口铁书箱掇入里面。王先生自把衣包双手捧着，正待捧上楼梯，却见他浑家张氏急忙忙地下楼道："酒鬼的东西，肮肮脏脏的，撂在下面，休得捧上楼来。"

王先生怎敢抵抗"玉皇大帝"的旨意，只得把衣包撂在侧厢里，方才扭转身躯，问张氏近来身子可好。张氏道："自从你酒鬼到了乡间去，眼前少了个厌物，老娘心头宽舒，每顿饭要吃三碗。现在你又回来了，老娘的饭量只好吃一碗。"

王先生笑道："多谢奶奶的美意，省却两碗饭给我吃。"

张氏骂道："不要你的面皮，老娘有了饭，情愿倒给狗儿吃，谁来喂养你这酒鬼？阿翠，你把门闩取来，待我重重地打他几下。咦，阿翠，怎么不答应？你嘴里含着的是什么东西？"

王先生道："是我给她吃的白糖梅子。"

张氏道："酒鬼你倒会得行贿，女儿有得吃，老娘没得吃。"

王先生道："奶奶别慌，箱里有乡下人送给我的两个麦饼，原生不动带回来，孝敬奶奶。"

张氏道："呸，谁要吃这瘟乡下人的臭东西，你自己去受用吧。阿翠，你快去取一套干净衫裤和鞋袜，包在一起，吩咐酒鬼到澡堂里去更换，要不然今夜便不许酒鬼上楼。"

翠芬已把梅子的核儿吐去，答应了一声，自去替老子安排衫裤鞋袜。张氏喃喃地骂道："不争气的酒鬼，回来做甚？老娘见了你的影儿也惹气。"

同居的李寡妇咯咯咯地笑将出来道："你们夫妇见了面，总是这般酒鬼长酒鬼短，别人家夫妇船头上相骂、船梢上搭话，你们夫妇却是楼下相骂、楼上搭话。王伯伯几个月不见了，你一向可好？"

王先生道："李婶婶，我在外面只不过混一碗酒吃，苏秦原是旧苏秦，有什么好处？咦，巧小姐怎么不见面？难道做了伴房小姐，伴在房里做绷子？"

李婶婶道："说穿不得。我们的阿巧益发变了没笼头的马了。镇日价闯乡邻，寻小姐妹，怎肯在家里坐定？不比你们翠小姐，读了多年书，父母的教训又好。"

张氏把嘴一撇道："酒鬼有什么教训？三杯黄汤到肚，百事都不管。要不是老娘代他掌着这份家私，怎有日脚过？"

话没说完，翠芬已取了衫裤鞋袜，授给她老子道："妈说的，快去洗澡，不许停留。"

王先生央告道："好女儿，俗语说得好：'饿剃头，饱汏浴。'我从乡间上来，路上没有吃东西，肚皮里开着留声机器。好歹吃了几碗饭，再去洗澡不迟。"

张氏道："肮肮脏脏的，谁要你在家里吃饭？"说时，卷着五十个铜圆，向丈夫身边一放道，"你去上饭店吃饭，吃罢了，到澡堂里去洗澡，回来报账，一个铜圆都不许私藏。"

王先生道："好奶奶，多给我五十个，待我爽爽快快吃一顿酒。"

张氏道："放屁，你要吃酒，休上我的门。"

王先生没奈何，只得取了铜圆，挟了衣包，自去吃饭。谁知一出了门，家里便惹起意外风波。

什么意外风波，下回自有交代。

第三回

马桶脚边虚应故事
牛屎弄里误抢新人

　　趁这当儿，且把这位酒鬼王先生的醉乡小史补叙一下。原来这位酒鬼王先生倒是一个无忧无虑的快活人，他从十多岁学喝起酒来，直喝到四十一岁，镇日价昏昏沉沉，专在醉乡里消遣人生，胥门城外没有一个不唤他一声王酒鬼。他素来略有些田产，很可过活。依着他的主张，恨不得把所有田地都变了酒泉，滔滔泪泪，供着他的一生牛饮。亏得浑家有主意，见他终日沉醉，不问家事，这份家产十去四五，终究不是个了局，便把财政权夺在手里，握得紧腾腾的，王先生要一个钱，都在浑家手里发付。而且绝对不许饮酒，要是有了些酒意，便不准夫妇同睡，只许在楼下侧厢里炕床上过宿。张氏自以为定下的条件何等厉害，爱色是人生的第一天性，他要在柔乡问津，便不敢在醉乡涉足。谁料这位酒鬼王先生竟出于张氏意料之外，他竟认定饮酒是人生的第一天性，色欲关头倒在其次。与其抱着红粉佳人缠绵软语，不如爽爽快快地喝几碗酒，喝醉了抱着黄泥酒坛藉地而眠，倒有无穷的

24

风趣。无论浑家怎样取缔得紧，他一出了门，总上酒馆。便是身边没有钱，也会把衣服押酒吃。大冷天气，只剥剩短衫裤回家。回来后饱受浑家一顿痛骂，他却悄没声地走到厢房里，向着炕床上倒头便睡。倒是张氏过意不去，生怕他受寒，取一条旧棉被把他盖了。这是常有的事，不足为奇。

最奇怪的，张氏素有洁癖，人家吃过的茶碗，须放在皂荚水里洗过五六回，把新毛巾抹了又抹，兀自不放心，还放在鼻边嗅了又嗅。偏偏这位酒鬼先生，糟得不知所云，穿的贴肉衫裤，不是强逼他脱下，一百年也不想更换，无论吃了什么油腻东西，也不想洗脸，只把手儿向面上一抹，做一个猫儿洗面便算了事。有时出了汗，便把指甲在头颈里乱扒，扒了不算数，还把扒下的油腻放在手心里，搓成丸药搓面条，做出许多龌龊玩意儿，兀自不舍得抛弃，放在鼻边嗅了又嗅，当作香饽饽一般看待。张氏身上的衣服一尘不染，异常整洁。王先生虽会教书，却不会揩屁股，草纸略略一抹，便急急地把裤子束上。俗语道，眼不见为净，若似王先生的揩屁股，既可叫作眼不见为净，也可叫作不见眼为净。为什么呢？眼里不曾瞧见，便自以为干净了，这叫眼不见为净。然而这个"眼"字有两种解释，上面的眼叫作眼，臀后的眼也叫作眼，王先生上面的眼瞧不见他臀后的眼，上面的眼里似乎干净，下面的眼里其实不曾干净，这叫作不见眼为净。

佣妇洗到主人的裤子，一阵臭烘烘，连打了几个恶心。在先还道是主人偶患腹泻，一个猝不及备，裤子上印了一朵黄菊花。后来每逢洗裤总是这般，佣妇忍耐不住，便去告诉主母道："少爷这般年纪，兀是天天出屎，洗到裤子，总是屎头答答滴。奶奶

25

不信，脚盆里的裤子可以做得凭据。不料这般香喷喷的奶奶，却嫁了那般臭烘烘的少爷。奶奶，我要歇工了，吃了奶奶三碗饭，只须洗得少爷一条屎裤子，便把吃下的饭哗啦啦呕个净尽。要是不歇工，我便变成翻胃了。奶奶，你歇掉了我吧。"

张氏听了，又羞又恼，把丈夫唤到面前，酒鬼长酒鬼短，一阵恶骂，说道："你这撒烂污的男子，屁眼上不揩抹个干净，连累老娘面皮上不好看。你枉做了男子，揩屁股都不曾会，亏你不羞。"

王先生笑嘻嘻地答道："奶奶，不要生气，世上懂得揩屁股的人能有几个？"

张氏道："放屁，难道世上的男子都似你这条懒狗，只会撒烂污，不会揩屁股？"

王先生道："奶奶有所不知，目今的世界叫作撒烂污世界，撒烂污的到处皆然，不独区区一人。但看赫赫有名的大人物，哪一个不是撒了烂污返身便走，专待人家替他们去揩屁股呢？"

张氏道："你不用拉拉扯扯，冬瓜的藤缠到葫芦棚上。从今以后，你拉了屎，须把草纸叠了又揩，揩了又叠，直待草纸上没有了粪迹，才算是屁眼干净。你须牢记着，不可疏忽。"

张氏每逢上马桶，常唤丈夫来参观，把草纸叠给他看，揩给他看。王先生直僵僵地站在马桶旁边，静听训话，已不止一遭。经这般口讲指授，便是顽石也得点头，然而佣妇洗到主人的裤子，兀自裤裆后面印着一朵黄菊花。张氏知道了，又是喃喃地责备丈夫道："你不是常常到马桶脚边来参观的吗？须知参观以后，便该切实改良，怎么参观了好几次，兀自不能改良你的揩屁股方法？”

王先生笑道：“奶奶少见多怪了，我到奶奶马桶脚边来参观，不过虚应故事，博一个参观员的头衔罢了。你当真要教我切实改良起来，如何使得？参观由我参观，腐败依然腐败，不独我王尧卿是这般，但看现在纷纷出洋的政治参观团、法律参观团、学校参观团、实业参观团，表面上像煞有介事，骨子里兀自一团糟。试问他们参观回来以后，哪一件哪一桩曾经他们切实改良了呢？分明和我参观揩屁股一个法儿。奶奶且不用责备我王尧卿一人。”

张氏道：“你不用和我说嘴，我再问你，马桶脚边的训话，你不是听过好几次吗？因甚左耳朵里入，右耳朵里出，和没有听得一般？”

王先生道：“这也有一个譬解。譬如军队里面，上官训话，总是三令五申，不许他们奸淫掳掠。然而这辈丘八太爷，离了上官的眼，益发浸淫得起劲，掳掠得厉害。可见恭听训话，不过是虚行故事罢了，奶奶怎么当作了真呢？”

张氏听了，又好气又好笑，且不和丈夫理论，每逢丈夫拉屎的当儿，把手帕掩住了鼻孔，站在他旁边，实行监视他揩屁股，揩得不合适，罚他再揩。王先生才不敢贪懒，这几天内，裤子上果然没有屎迹。王先生觉得不方便，便憋着这堆屎，总到外面去上坑缸。苏州风俗，妇女们不上茅厕，任凭监视员怎样厉害，总不能跟着他到厕所里面。张氏枉费了许多唇舌，王先生的裤子依旧不得干净。

夫妇两结婚了多年，只生得翠芬一人。翠芬的性质像娘不像爷，三四岁时，王先生偶然高兴，把翠芬抱在怀里，翠芬便哇地哭将起来道："妈来呀，酒鬼抱我，漉漉！"苏州的小孩子牙牙学语，瞧见什么肮脏的东西，都唤作"漉漉"。翠芬连唤漉漉，可见翠芬嫌着她老子肮脏，正和张氏的性质相同。

翠芬长成以后，在附近女学校里读书。她的面貌虽然漂亮，可是生长在牛屎弄里，同学们把她取笑，便上了她一个"牛屎之花"的徽号。张氏因丈夫闲着无事，喝酒以外一些正业也不干，便逼着他去干些生意。王先生也因在家里喝酒不爽快，便就了乡间的教书先生。教书以外，只把杯中物当作良伴。母女俩见酒鬼不在眼前，倒省却许多烦恼，况有同居李寡妇母女做伴，也不觉得什么寂寞。这番王先生从乡间回来，张氏口口声声嫌着丈夫肮脏，其实呢，新婚不如久别，夫妇现久别重逢，张氏便安排着干净衫裤鞋袜，催着他去洗澡，其中情节可以不言而喻。王先生那时又不曾喝过酒，头脑清醒，当然猜出浑家的用意。

出了自己大门，途中自言自语道："奶奶的美意，且莫辜负她。天天可以喝酒，唯有今天喝不得酒，喝了酒便上不得楼。赶紧吃饭，赶紧洗澡，换了干净衣服，一口气跑回家中，径上楼头，和奶奶在房里谈心，岂不是好？"

王先生起了这个决心，上饭店后，便进澡堂，瞧着浑家分儿上，便不得不牺牲这满身垢腻。洗澡完毕，包着腥臜衫裤和鞋袜，准备回家。打从酒店门前经过，一阵阵酒香直扑鼻观，舌底馋涎无端汹涌，千百条酒鳌虫都在喉咙口作祟。待要勉强走过，两条腿怎肯从令？

酒店老爷笑唤一声："王先生，长久不见了。也是你缘法凑巧，今天有新开坛的陈绍酒，一等那摩温，管叫你吃了再想吃。"

28

这几句话恰是投其所好，明知进了酒店，便不能够和浑家叙旧，但是到这地步，除却喝个烂醉，更无他法。任凭西子王嫱也不能拉他还家，何况一个床头婆子？张氏给他的五十个铜圆虽已在饭店澡堂里用去，然而红纸包里的东西兀自原封未动，不把来买醉，岂非呆汉？当下昂然直入，拣一个沿街座位，将身坐定，放下衣包，便唤烫酒。三杯到肚，便高吟着"三杯通大道，一醉解千愁"，点头拨脑，舔嘴咂舌，越吃越有兴致。

　　酒店老板伏在柜台上面，和王先生闲讲账，王先生说些乡间景致，又说到今天航船上遇见卖假药和尚，险些儿受他哄骗，把一块雪白的洋钱去换些没用的野树果子。老板道："你不曾受骗，这一块钱分明是拾得来的，今天合该多饮几杯酒。"

　　王先生道："着啊，再烫一壶来，吃个爽快。"

　　一壶已毕，又是一壶。会吃酒的不吃菜，会吃菜的不吃酒，王先生只把一小碟青蚕豆做下酒物，蚕豆还留半碟，绍酒已喝去三斤。王先生平日的酒量不过两斤有余，今天心头爽快，一喝三斤，已过了原量。当下付去酒钱，挟着衣包，便上街坊。酒店离自己家里约莫三四百步，醉后走路，短距离变作了长距离。他走了七八百步，还没有走到家里。只为向日走的是直线，今天走的是波折线，上街跋到下街，不知不觉地把距离增加起来。所以壶公有缩地之方，酒鬼也有涨地之术。

　　他醉眼蒙眬，见自己门前黑压压地拥挤了许多人，大着舌头唤一声奇哉又怪哉，家里没有活狮子出现，这些闲人胡为乎来哉？比及走到大门左近，早有邻人迎将过来道："王先生，不好了，你家翠芬被人家抢亲抢去了。"

王先生毫不惊异地答道："这也不妨，自己的女儿迟早总是人家的媳妇，抢去成亲，免却我赔贴嫁妆。"

邻人笑道："王先生醉了。你家翠芬还没有配给人家，你怎么不记得？"

王先生搔了搔头皮道："不错不错，阿翠还没有许亲，为什么被人家抢了去？是可抢，孰不可抢也！"

邻人道："王先生有所不知，听说抢亲的人家是姓周，住在南濠，雇了一乘轿儿，来抢你们同居李阿巧的，不知怎么一个误会，却抢了翠芬去。现在你们王奶奶哭得和泪人儿一般，你快快回去，和王奶奶商议一个法子，总得把翠芬抢回才是道理。"

王先生点了点头，便从人丛里挤得进去，好容易进了大门，却见浑家张氏正在里面号天喊地地哭。王先生放下衣包，哈哈大笑道："人死不能复生，哭她做甚？"

张氏握着眼泪道："你说是谁死了？"

王先生呆了一呆道："咦，毕竟死的是谁，累你这般伤心？"原来醉后健忘，方才邻居报告的话，王先生都不记得。

同居的李寡妇上前报告道："王伯伯，说来说去，都是这接眚人家不好。周穷鬼和阿巧订婚以后，忽忽四五年，无力成亲。几次央媒来说，要把阿巧接去做养媳，被我破口大骂，叫那穷鬼别想昏了心，没有大吹大擂、花花轿儿，我家阿巧一百年也不进他的门。穷鬼没法可想，才想出这条恶计，雇了几个流氓，押着一乘小轿，希图把我女儿强抢回去做亲。谁知他们没有张开眼睛，误把翠芬抢了去，硬揿入轿中，噼噼啪啪放着鞭炮，把这乘轿儿如飞地抬去。我得了信息，立去找寻原媒三婶婶，着令那穷鬼快把翠芬送回，要不然我们便到衙门里去叫喊，办他一个强抢闺女的罪名。三婶婶去了多时，料想便该前来。那穷鬼断没有这般泼天大胆，以讹传讹，把别人的闺女霸占做妻子。王伯伯不用慌忙，料想那穷鬼一定把翠芬送回。"

王先生道："不要紧不要紧，今天不送回，明天一定送回。明天不送回，后天一定送回。现在柴荒米贵，居家大不易，他把翠芬抢去，我们家里少了一个吃口，省下饭米钱，买几斤酒吃，倒也合算。"

张氏啐了一口道："不识羞的酒鬼，又在哪里喝饱了黄汤，回到家中便放屁。十八的黄花闺女，宛比树头鲜果子，怎好摘了下来放在人家去过夜？你愿意做开眼的乌龟，我倒不愿意。都是你这酒鬼不好，你一进了门，晦气星便跟着你同来。今天着在你身上，把女孩儿索回，快去快去，不放片刻停留。"

正在喧闹的当儿，原媒三婶婶早已气吁吁地前来报告说："那周家的小子太不讲理，定要你们把巧小姐送去，才肯把翠小姐送回。要是挨到傍晚不把巧小姐送去，他便老实不客气，吃不着黄狼便吃鸡，和翠小姐参天拜地，送入洞房。"

张氏大惊道："这怎么使得？时候不早了，酒鬼快和三婶婶去走一遭，赶紧把女儿领回来。他若不依，你便在周姓那边大撒酒疯，打一个落花流水。免得那小子真个和阿翠成了亲，生米煮成了熟饭。"

三婶婶点头道："王先生陪我同去，再好也没有，毕竟是他们理短，我们理长。姓周的肯听便休，要是半句支吾，王先生可扭着他胸脯，投到警察局里去，看这场官司那小子可受得起！"

忽听得呀的一声，房门开动，跑出一个花信年纪的女子，唤一声："三婶婶，你不用领着王伯伯到他家里去吵闹，你只把我送去，调换翠妹妹便是了。"说时拔脚便向外跑。

李寡妇把她拦腰抱住道："阿巧，你怎好挨上门去？万万去不得。"

毕竟阿巧去与不去，下回自有交代。

第四回

女学校高唱戒羞歌
小茶寮自赋催妆曲

这一出抢亲的趣剧，演戏的是李阿巧，排戏的也是李阿巧。原来李阿巧的未婚夫周荣生境况虽然不佳，尚不至一贫彻骨，订婚以后，曾经央托媒人提议结婚的事，意在节省靡费，早成眷属。叵耐李寡妇苛索财礼，丝毫不肯让步，说吾女是一只金狮子，没有金链条，休想牵去。因此一年年地把婚期延宕下来。李寡妇以为周姓急于成婚，不难俯就她的范围。谁料想周荣生也是一个生性倔强的人，女家既然苛索财礼，男家只有延搁不娶，彼此相持，拼把这件事弄僵到底。

然而相持之下，直把李阿巧急得要死。春花秋月，年岁蹉跎，眼见许多小姐妹先先后后都成了有情眷属，朝朝携手，夜夜并头，说不尽千般恩爱，万般风流。唯有我李阿巧天生命苦，五年前定了亲事，五年后依然形单影只，挨磨这闷恹恹的岁月。前几年还听得男家央人来提议成亲，自从经我那不识趣的老娘硬要他备着全金六礼，用着大吹大擂，雇着花花轿儿，才肯遣我出

33

嫁，男家便冷了这颗心。这一二年来，不瞅不睬，消息杳然，累得我心头焦急，宛比热石上的蚂蚁一般。每逢周堂吉期，远远地听得全副军乐队吹吹打打，好不热闹，知道又是人家的有福女郎出嫁夫婿，一声声的洋喇叭，吹得魂儿片片地飞，一记记的洋铜鼓，打得我心儿块块地碎。娘啊娘啊，你害得我好苦啊！

这许多话，都是李阿巧常起的感想。她虽没有向李寡妇宣布衷曲，可是她的心事，李寡妇已瞧科了八九分。半夜三更常听得女儿唉声叹气，不想着婚姻想什么？每逢门前经过娶亲的花轿，阿巧便噘起这张嘴，分明可以挂几个油瓶。和她讲话，也没有好声气，不是没精打采地答应一声，定是怒气冲冲，开出口来，格外地生硬。而且动不动便自己怨命，自己咒骂着自己，听得人家少奶奶死了，便道："这位少奶奶，夫星又透，家况又好，为什么死了呢？天哪，你要是有眼睛，便该把我李阿巧替她一死，似我这般苦命鬼，活在世上也没味。"

李寡妇暗暗自念道："人大心大，这也难怪她。我在娘家时，十八岁便出嫁，还觉得出嫁太迟，阿巧今年二十四岁了，亲事弄僵，到今朝不动不变，要是忧忧郁郁弄成了病症，须不是要。又不好央托原媒，向男宅去迁就说合，催他们快快娶去。唉，千难万难，做娘的最难。出嫁的排场不好，女儿嫁后要怨娘，人生一世，草生一秋，草草成亲，成甚样子？做娘的须担着不是。要是做娘的争些体面，不肯令男家草草娶去，又把亲事弄僵，耽搁了女儿花一般的年纪，做娘的又担着不是……"

一天又一天，阿巧的唉声叹气益发厉害，每天起身，地也不扫，桌子也不抹，活计也不做，呆坐在一张榻床上，只是默默出神。李寡妇偶然埋怨她几句，她便冷冰冰地答道："妈，你不用教训我吧，我已是将死的人了。"

李寡妇碰了一鼻子的灰，仔细思量，只有央托三婶婶，有意无意地向男家探听动静，究竟可有完姻的消息。三婶婶回来报告说，前去探听动静，倒惹动他们一顿排揎，说典当不催赎，女儿不催娶，且等周荣生发了横财，那时备了全金六礼，用了大吹大擂，雇了花花轿儿，前来迎娶李府的千金小姐。

又过了几个月，阿巧忽然觉悟道："我可是痴了吗？我的终身大事，合该由我做主，妈不肯把我迁就嫁过去，我却自愿迁就嫁过去，妈也管不得我。凡事经了媒人去传话，容易弄僵，不如我自去找那未婚夫，当面锣对面鼓，直言谈相，开了天窗说亮话，老实不客气和他面订了吉期，爽爽快快便做亲，管什么父母之命、媒妁之言？"

阿巧有了这般主张，毕竟行得行不得，自己也不能解决。她瞒着老娘，悄悄地把这个计较告诉翠芬知晓。原来阿巧和翠芬虽属异姓姐妹，却是性情投契，无话不谈。翠芬听得她要去面会周荣生，极端赞成。说民国时代的女子，没有一个不和未婚夫通往来的，只有你巧姐姐还拘守着旧礼教，订婚业已五年，还不曾和未婚夫见过一回面、握过一回手、接过一回吻，你简直成了一个女道学家了。要似我王阿翠，今天订了婚，明天便要访问未婚夫，催着他快选吉期，早日成婚，急急如律令，火速火速，不得有误。谁能够耐着性子，磨细着肚肠，挨延到三年五载？

阿巧道："妹妹的说话果然不错，但是一个陌生小伙子，陡然间和他商议成亲的事，总觉羞人答答，难于启齿。"

翠芬笑道："巧姐姐又来了，什么害羞不害羞？这个羞字已成了过去名词，二十世纪新女词典中再也寻不出一个羞字。巧姐姐，你毕竟没有入过学校，吸过文明空气，动不动便害羞，兀自脱不了野蛮习惯。要是你入过学校，吸过文明空气，淋淋漓漓地行了一个荡涤羞耻的洗礼，那么落落大方，人格便增高了许多。休说和未婚夫略谈几句话没甚打紧，便是和未婚夫同睡在一张床上，也是理所当然，势所必然，算不得什么一回事。巧姐姐，你的失着，全误在一个羞字上面，我有几句《戒羞歌》，是同学们编的，当作山歌唱的，我来唱给你听：

莫害羞，莫害羞，
这个羞字是我们的七世之仇。
丢了便休，抛了便休。

莫害羞，莫害羞，
一害了羞，便失却我们婚姻的自由。
只好在专制家庭底下为马为牛。

莫害羞，莫害羞，
盛年都付水东流，红粉佳人白了头。
只落得深深黄土埋却许多愁。

"这末几句，便指着巧姐姐一般的女子而言。你今年已二十四岁了，要是一年年蹉跎过去，直到老死，依然没有尝过那蜜月

36

滋味，可不是'盛年都付水东流，红粉佳人白了头'吗？可不是'深深黄土埋却许多愁'吗？"

经这一番商议，阿巧便打定了主见，敲钉转脚，永不动摇。到了来朝，梳得头光面滑，换几件体面衫裙，推说到观音庵里去烧香。李寡妇一些不疑，反而喃喃地叮嘱道："阿巧，你本该到菩萨那边去烧烧香，你这几年来星宿不好，姻缘上很多磨折。你在菩萨面前多磕几个头，伏在蒲团上默默通诚，保佑那周荣生快快发了横财，备了全金六礼，用了大吹大擂，雇了花花轿儿，前来迎你去做亲。"

阿巧不说什么，只是笑了一笑，翩然出门。李寡妇见那女儿一笑，心头万分宽慰。只为这几年来常见着女儿板起脸儿，动不动便生气，难得今朝嫣然一笑，满面春风。莫非女儿合该脱运交运，红鸾星已高照了命宫，周姓那边不日便有迎娶的消息？

李寡妇胡思乱想按下不表，且说阿巧虽没有和周荣生会过面，可是定亲的当儿交换照片，周荣生的小影在阿巧的脑膜上已留着一个深深的刻痕，知道未婚夫在南濠彩章颜料铺子里做伙计，她便上铺子去买洋红。事有凑巧，恰和周荣生打个照面，便在未婚夫手里买了一包洋红，笑吟吟问道："请问先生可是姓周吗？"

荣生道："你怎么知道我姓周？"

阿巧道："不但知道你姓周，而且知道你是牛屎弄里李巧珍的未婚夫。"

荣生老大诧异，呆呆地注视着阿巧。阿巧道："你可认识我吗？"

荣生道："好像有些面熟。"

阿巧道："不要面生面熟，我的照片五年前已存在你处，怎么不认识？"

荣生道："难道你便是我的……"

话没说完，阿巧早抢着回答道："岂敢岂敢，我便是你的未婚妻李巧珍。"

荣生倒有些不好意思起来，面颊上一阵阵热烘烘，和阿巧手里的洋红一般。同店的伙计听得荣生的未婚妻到了，都挤在一起，把阿巧细细打量。阿巧面不改色，笑向荣生说道："你不用诧异，我来和你会面，完全是帮你的忙。只为我的妈不晓事，苛索财礼，大大地敲你一下竹杠。我知道你一个小小经纪人，万万没有这力量，因此特地来和你会面，商议一个简省的办法。你的钱便是我的钱，省一个好一个。这里不是谈话之地，拣一个冷僻茶寮，同你泡一壶茶，解决这个问题，可好不好？"

荣生听了，有些忐忑，踌躇莫决。阿巧发嗔道："我是一片好心，你莫当作了恶意。"

"快去快去。"同店伙计们也劝着荣生和阿巧吃茶去，似这般好机会，错过了未免可惜。荣生这才陪着阿巧同到大街上，拣一个冷僻茶寮，泡茶坐定。

阿巧笑道："荣生哥，你的年纪也不小了，怎么丈二长的豆芽，兀自这般老嫩？目今世界，婚姻都由自己做主。我不避着嫌疑，和你说几句体己话儿，荣生哥，你端的爱我不爱我，为什么定亲以后，忽忽五年，不把我娶去？"

荣生道："巧珍妹，这可不能怪我。若不是令堂苛索财礼，三年前早已把你娶去了。"

阿巧道："妈的话当不得真，你别怕她。你也不必备什么全金六礼，用什么大吹大擂，只须打发一乘小轿上门，我便立时上轿来和你成亲，岂不节省了许多靡费？荣生哥，我虽没有进你的门，但是我的一条心早已归向了你。我方才不是说的吗？你的钱便是我的钱，省一个好一个，何须贪着一时热闹，争些空场面，弄得百孔千疮，将来的日脚难过？荣生哥，现在柴荒米贵，哪一件物价不是比从前增加着三五倍？可省便省，越是简便越是得实惠。我嫁了你，总须替你通盘筹算。俗语道得好，一个变两个是繁难的，两个变三个是容易的。将来和你生男育女，该花的钱正多。现在草草成婚，省下一笔钱，预备日后生男育女的使用，岂不是好？"

荣生连连点头道："巧珍妹，承你百般体贴，感激不尽。但是我打发了小轿上门娶你，到那时令堂从中拦阻，不放你上轿，岂不是鞋子未曾着，先落了一个样儿吗？"

阿巧笑道："荣生哥，你不须顾虑。我有一个最简捷的计策传授于你。我和你约定了一个日期，我立在自己门口，专候你来抢亲。你备着小轿，雇几名江北佬，买一串霸王鞭，把我抢入轿里，抬着便走。几名江北佬点起鞭炮，噼噼啪啪在轿子前壮威，抬到家里，立刻和你成亲。到那时，生米已煮成了熟饭，妈也奈何你不得了。荣生哥，这个计策又迅速又省钱，一乘小轿至多花了一块钱，一串霸王鞭和那几名江北佬的酬劳，至多也不过三四块钱，大约一张五元钞票便可以作为做亲盘缠。荣生哥，我的计策好不好？"

荣生听了，喜出望外，哪有不赞成之理，当下约定了日期，便是四月初六日。到了午后，预在门前站立，以便实行抢婚。一切谈妥以后，荣生方才付了茶钱，和阿巧同出茶寮。却把茶寮里的堂倌笑得前仰后合，连唤"话巴戏，话巴戏"，天下有这般钝皮老脸的女子，招揽男子去抢亲，看她的模样，宛比卖叫货一般，又是克己又公道，先吃滋味慢会钞。

四月初六日，便是王先生回家的一天，周荣生抢亲的事，李阿巧已暗暗告诉了翠芬。翠芬叫她不要声张，只是阿巧想起一件事，没有和荣生谈妥，他们来抢亲时，还是从前门来抢，还是从后门来抢？论起婚姻大事，这乘小轿合该抬到前门来，但是前门出入人多，抢亲时有些不方便。或者这乘小轿打从后门来，也未可知。想到这里，阿巧倒有些左右为难了。要是站在前门恭候，抢亲轿子偏从后门来，要是站在后门恭候，抢亲轿子偏从前门来，只落得彼此相左，抢亲不成，自己的计划不免又成了画饼。

当下又和翠芬秘密商议，翠芬道："你站在前门，我站在后门，轿子打从前门来，你大踏步便上轿。轿子打从后门来，我一面吩咐他们停轿，一面向你报告喜信，以便你从前门转到后门，上轿去成亲，可不是万稳万妥，绝无失着？"

计议定妥以后，到那下午时候，阿巧和翠芬果然按照地方各守一方，一个前门，一个后门，和站岗的警察一般，怎敢轻离了岗位？

约莫下午三点钟时分，翠芬眼快，远远见一乘小轿和四名江北佬正向后门而来，翠芬向他们招招手儿，要想唤他们把轿子停在后门口，待我去通报新娘前来上轿。谁料他们误会了，以为翠芬便是新娘，不由分说，便把翠芬硬揿入轿里。江北佬点起鞭炮，噼噼啪啪地响亮起来，前门站立的阿巧听得后门口鞭炮声响，急煎煎地从前门转到后门来，正遇着一伙人押着小轿上道，但闻得翠芬在轿里声唤道："巧姐姐不好了，他们抢了我去了。"

阿巧这一惊非同小可，待要上前去拦阻，可是这一伙人个个生成飞毛腿，哪里追赶得上，只落得嗒然丧气，跑回家里号天恸地地哭将起来。这便是当日抢亲的一切详情。

且说周荣生在家里等做新郎，待到小轿到门，里面大踏步走出的又不是李巧珍，倒有些慌张起来。翠芬转是不慌不忙地说道："你们这辈人都是饭桶，不向前门去抢李巧珍，却向后门来抢我王翠芬。我王翠芬今年一十六岁，并没有许亲，只和李巧珍同居，不是她的亲妹妹，你们抢我来做什么？"

周荣生自认冒昧，向翠芬连连谢罪。痛骂江北佬都是瘟猪猡，我唤你们抢李巧珍，没有唤你们抢王翠芬，快快把王小姐送回府上，不得有误。

翠芬扑哧一笑道："你不要慌，既然把我抢了来，何妨将错就错，把我当作抵押品，且待他们把巧珍送来后，再把我送回不迟。要是现在便把我送回去，周荣生周荣生，管叫你一辈子做男孤孀，再休想有老婆进门。"

荣生道："小姐的计较果然很好，只怕府上不答应。"

翠芬把胸脯一拍道："怕他们怎的？有我呢。自古道，兵来将挡，水来土掩，到那时我自有应付的方法。你休着急。"

荣生不知她葫芦里卖什么药，只有唯唯从命。当下请翠芬在新房里坐，由妇女们伴着她，当作上宾看待。隔了一会子，三婶婶气吁吁地跑上门来，嚷道："你们好大胆，可知道强抢闺女，该当何罪?"

荣生忙向翠芬问计，翠芬叫他不要软化，如是这般地回复原媒，便没事了。荣生果然很强硬地回复三婶婶，定须将巧珍送上门来，调换翠芬。要不然老实不客气，只得和翠芬成亲。三婶婶不得要领，没趣而去。

约莫上灯时分，三婶婶陪着酒鬼王先生登门问罪。荣生慌慌张张地报告翠芬道："不好了，尊大人前来问罪了。"翠芬笑了一笑，又想出一番计较。

毕竟怎样的计较，下回自有分晓。

第五回

老虔婆肚皮挨饿
养媳妇屁股揩油

翠芬笑了一笑，连说："不要紧不要紧，你去瞧瞧我酒鬼老子的面孔，白的呢还是红的呢？"

荣生道："白的怎么样？"

翠芬道："要是白的，他还没有喝过酒，你撮着笑脸，赔着小心，请他喝一壶酒，便没事了。"

荣生道："红的又怎么样？"

翠芬道："要是红的，他已喝醉了酒，益发容易讲话了。你便请他上坐，忙不迭地送茶送烟，还给他戴上几顶高帽子，包管他只会欢笑，不会恼怒。"

说话的当儿，但听得王先生在外面发话道："是可抢也，孰不可抢也。周荣生在哪里？我要和他评一个理。"

翠芬叮嘱荣生道："你快去敷衍他，他的舌头已大了，他的面孔一定是红的。"

荣生壮着胆，抢步出房，兜头唱一个双料的喏，尊一声"王

老伯，小侄恭候多时了，请坐请坐"。王先生睁着醉眼道："足下
何人？我可不相认啊。"

荣生笑道："老伯不认识小侄，小侄却久仰老伯的大名。老
伯是天上的酒星，人间的快活神仙。"

王先生大笑道："着啊！瞧不出这少年倒是我王尧卿的生平
第一知己。"说着便在上首的交椅上坐了下来。

荣生便去安排香茗。三婶婶乘这当儿，向王先生附耳说道：
"他便是周荣生，你快快扭住了他，别放他走。"

王先生乱摇着头道："岂有此理！岂有此理！他是我的知己，
怎好干这野蛮举动？"

荣生已高送香茗，又敬了一支香烟，替王先生燃点起来。王
先生夹着香烟，吸了几口，笑问着荣生道："足下可会饮酒？"

荣生道："小侄也酷喜杯中之物，但没有老伯这般洪量。今
天横竖没事，且和老伯对饮三杯。"

王先生道："来来来，我便和你对饮三杯。"

荣生又去安排酒肴。三婶婶乘这当儿，又向王先生附耳说
道："王先生，你是来索回女儿的，不是来喝酒的。怎么见了周
荣生，不向他理论？"

王先生道："理论些什么？吃酒要紧。这叫作'大事如天醉亦
休'啊。"

三婶婶听了，又好气又好笑，便撇却王先生，自去找寻翠
芬。才走进新房，便见翠芬坐在里面吃西瓜子。三婶婶道："翠
小姐，你倒自在，险些把你妈急死了。这里不是你停留之所，快
快跟着我回去。"

翠芬道："跟你回去做什么?"

三婶婶道："天色已晚,你是黄花闺女,怎好在这里过夜?"

翠芬道："过了夜便不是黄花闺女吗? 今日黄花,明日也是黄花。"

三婶婶笑道："翠小姐,看你面庞俊俏,怎么心坎儿这般糊涂? 小娘儿在陌生男子家里过夜,便是看轻了自己的身子。"

翠芬把瓜子壳丢得三婶婶满头满脸,骂一声老虔婆道："休得嚼蛆! 我王翠芬今年立夏上过秤,计重七十六斤半,便在这里过了夜,到了来朝,依旧是七十六斤半,难道会得减去八两、少去半斤? 你怕我在这里过夜,你快把李巧珍交出,怎么空口说白话,便想把我领回? 你既做了媒婆,须得把周李两家的亲事撮合成就,才不枉你拉了一辈子的皮条。要是你把我领回家里,又不把李巧珍送来成亲,人心都是肉做的,叫那周荣生唉声叹气、孤眠独宿,你可过意得去? 老虔婆,快快滚你的蛋,滚吧滚吧!"

三婶婶碰了一鼻子的灰,退出房外,又见王先生和荣生对坐饮酒,谈话异常莫逆。王先生道："酒是一件好东西,一杯酒灌入喉咙,满肚皮的气恼嗖的一声都从后宰门逃去。不瞒足下说,世上的人个个都似我酒鬼王先生一般,早已天下太平了。我希望中华民国变作了中华酒国,许多大军阀个个喝得烂醉如泥,那么再也不会兵连祸结、争战不休了。"

荣生道："老伯的话一些也不错。可笑世人争名夺利,到头来总是一场空梦,还不及酒落欢肠,把杯中物饮个一干二净。"

王先生拍着手掌道："着啊! 古来圣贤皆寂寞,唯有饮者留其名。换个大杯来,和你爽爽快快喝几杯。"

三婶婶向王先生做个眼色，又把手在自己胸脯前扯扯，暗暗关照他快把荣生的胸脯扭住。王先生已把上门问罪的事忘记在九霄云外，向三婶婶瞟了一眼道："咦，你这婆娘敢是痴了？我又不曾喝你的酒，谁要你心疼？指指胸头，扯扯领口，装出许多怪模怪样。你越是心疼，我越要喝个爽快。"说时，便把一大杯的酒一口气喝下，擎着空杯向荣生道，"酒来酒来。"荣生又替他满满地斟了一杯酒。

　　三婶婶暗地里着急，王先生这般醉鬼打诨，翠芬又死赖在新房里不肯走，回去后，王奶奶又要向我索人，这便怎么是好？正在踌躇的当儿，忽见门外影影绰绰地走进一个女子，唤一声"三婶婶，不令你为难，我来了"。举眼看时，正是李巧珍。

　　原来李巧珍早想前来调换，只因被李寡妇拦腰抱住，脱身不得，没奈何只可暂留家里。然而她的一条心总是七上八下，深恐今天不早早解决，春暖洞房被翠芬剪了边去。便推说到厨房里去烧夜饭，悄悄开了后门，唤一辆黄包车，如飞地拖着她到南濠而去。

　　比及到了荣生家里，会见了荣生，忙说："事不宜迟，赶紧参天拜地，成就婚姻，莫被我妈知晓了，前来拦阻。"

　　当下在堂前点起蜡烛，央托酒鬼王先生做赞礼，王翠芬做伴娘，双双交拜天地，草草成亲。才把新娘子扶入新房，李寡妇已握着鼻涕，啼啼哭哭地进门道："还我女儿来，还我女儿来。"

　　荣生尊一声"岳母大人，里面请坐。令爱已和小婿行过吉礼……"，话没说完，李寡妇早把当胸扭住道："小鬼，你敢引诱我的女儿，谁是你的岳母？"

阿巧听得"小鬼"两个字，好生触耳，怒冲冲跑将出来道："妈，人家大好的日子，你却小鬼长小鬼短地浑骂，你骂时不觉得口软，我听时倒觉得心疼。"

李寡妇放下荣生，抱住女儿道："好女儿，你怎么一溜烟跑了？你不该背着我逃走，你更不该把厨房里的汤罐锅子火夹铲刀一古拢儿都卷着走。"

阿巧道："你休得浑说，我只空身而来，何尝带着什么东西？"

李寡妇道："倘不是你卷了去，怎么厨房里的应用东西一件也没有？"

阿巧扑哧一笑道："我可明白了，临走时后门洞洞地开着，料想被那掩门贼闯将进来，一古拢儿偷了去。妈不用着急，过了一天，吩咐女婿赔偿你的损失便是了。但有一层，你见了女婿，须着亲亲热热地唤一声姑爷。倘再这般小鬼长小鬼短地浑骂，我可不依，定要你点大蜡烛，放霸王鞭，保我们男人一辈子的太平。"

李寡妇见女儿口口声声回护着丈夫，女心外向，再有什么话可说？他们夫妻总是夫妻，自己不犯做这闲冤家，捺下了一口气，也只索罢了。当下由荣生唤着几辆黄包车，送岳母和王先生父女回家，改日再行登门谢罪，一天云雾就此吹散。

王先生已醉得不成模样，坐在车中鼾声便起，回家以后，便是王奶奶许他登楼，他也不能从命了，按下不提。

再说三婶婶坐在荣生家里，捏着拳头连连地捶着自己大腿道："我做了十余年的媒人，像今天这般受挤轧，要算出娘胎第一遭。南濠街离着牛屎弄约莫有三五里路，左一趟来，右一趟去，脚不停踪，险些儿把腿都跑折了，我拉拢这段姻缘，图些什么呢？指望赚一份柯仪，吃一顿谢媒酒，带着干的，吃着湿的，有吃有喝有带，酬报我一番辛苦。现在干的没有，湿的也没有，他们新夫妇躲在房里唧唧哝哝地谈话，干搁我媒人在外面，挨着瘪塌塌的肚皮，呜里哇啦听蝈虫叫，这是什么道理？"

荣生坐在房里，听得三婶婶在外面唉声叹气、自言自语，心中好生过意不去，准备着几块钱，把媒人遣发出外。阿巧道："呸，我们不要把这雪白的洋钱送给老虔婆用，你的钱便是我的钱，你不肉疼，我倒肉疼。你坐在房里，别去理会她，待我出房，自有退兵之策。"

当下扭扭捏捏地走到外面，唤一声"三婶婶，时候不早，你老人家也好回府去用夜饭了"。三婶婶连连冷笑道："哼，好小姐，倒也亏你道得出。大媒名下的谢意一些也没有，茶也不曾喝你一口，汤也不曾喝你一滴，怎好便赶我动身？"

阿巧啐了一口道："什么大媒小媒，说出来不怕肉麻！须知我们没有成亲时，用得着你媒人，我们业已成了亲，便用不着你媒人了。俗语道得好，新人进了房，媒人抛过墙。你做了多年媒人，难道不省得？"

三婶婶怒道："你不听得人家常说九子不忘媒吗？要没有我三婶婶，你们两口子的姻缘怎会凑合起来？没的过河拆桥，便要图赖我的媒人钱。"

阿巧道："穷昏你的心咧！我不向你要钱已是万分客气，你倒向我要起钱来，谈也不要谈。"

48

三婶婶气得瑟瑟地抖，且抖且说道："我生了耳朵，从来没有听得这般放屁的话。不送媒人谢仪，颠倒向媒人索起谢仪来。做媒人的哪有这许多钱来赔贴？只听得老太婆贴汉，不曾听得大媒太太贴新娘。"

　　阿巧道："你休得嘴硬，我来讲给你听。你既做了大媒，合该早早地把我们撮合成亲，为什么五年前定下的亲事，直到如今才能够勉强成礼？都是你这老虔婆在两方面搬唇弄舌，把亲事弄僵了，把我花一般的年纪一搁了五年。论起这笔损失，你便卖田卖地卖身子，也赔偿我们不清。要是我们在五年前成了亲，一年一胎，我们夫妇俩已有了五个孩儿。都是你这老虔婆误了事，把我们该有的五个孩儿，到今朝依旧落空。一个孩儿赔一千块，你便合该赔偿我们半万块洋钱。我不向你清算这笔账，已是多大的造化，你倒向我索起媒人钱来，唉，真正放屁，真正放屁！"

　　新娘和媒人争论不休，亏得旁边的婆婆妈妈竭力解劝，劝新娘不用气恼，且到新房里坐；劝媒人自回家里，过了一天再来理论。三婶婶见阿巧蛮而无礼，明知挨在这里也没用，徒然受她糟蹋，不如过了一天，到颜料店里去，拖着荣生吃讲茶。当下没精打采地出门而去，自己家里又远，只得赔贴着车钱，唤一辆黄包车，拉往臭马路去。

　　这条臭马路便在阊门城外，只为沿河一带停泊着许多粪船，一年四季，臭气熏天，所以便把这一带地方唤作臭马路。原来同是一个地名，其间很有薰莸之别。唤作了香粉弄，便觉香喷喷的，异常可爱；唤作了臭马路，便觉臭烘烘的，不堪向迩。

　　闲文剪断，且说三婶婶到了自己门前，下了车儿，付了车钱，不曾叩门，先在扬州式矮闼的门缝里张这一张，看那养媳妇瑞宝背着我的面，可在里面偷东摸西。果不其然，洋灯火点得亮晶晶的，偷东摸西的瑞宝一个人在里面扮演种种的趣剧。三婶婶一壁张一壁喃喃自语："啊哟，不要她的面皮，怎么把裤儿褪了下来呢？端的做什么，倒要看个仔细……该死该死，她把我的雪花粉偷在手里，在屁股上拍起粉来了……裤儿束上了，她又赶到那边去做什么呢？……啊哟，这个镜架不是我的小照架子吗？她把来放在地上做什么呢？……该死该死，她竟摆起坐马势，跨在我的小照上面了，怪不得我今天搠霉头，原来她在那里做魇倒……她把镜架挂好了，她又赶到这边去做什么呢？该死该死，她点着纸吹，捧着水烟袋，泼洛泼洛吸起我的皮丝烟来了。怪不得一两皮丝，吸得没多几天，便已空空如也，原来她在暗地里偷吸……活该活该，她又呛咳起来了，这真叫作眼前报哪。谁叫她偷吸水烟，活该呛死这小贱人……她放下了水烟袋，又干些什么呢？该死该死，她又把我的一瓶白玫瑰酒捧在手里了。瞧不出她倒是好酒量，她口对着瓶口，咕嘟咕嘟连喝了几口酒，她又放下酒瓶，捧起水烟袋来了。该死该死，她竟把水烟袋里的水灌到酒瓶里去了。怪不得我每逢喝那白玫瑰酒，总带一些烟火气，原来又是她做的鬼戏……"

三婶婶这时怒火上冲，再也按捺不住，砰砰声响，把门儿打个不住。吓得里面的瑞宝放下水烟袋，藏起酒瓶，急张急智地前来开门。呀的一声，便接着啪啪的两响。呀的一声是开门，啪啪的两响是三婶婶赏给瑞宝的"十支雪茄"。可笑瑞宝偷吸了几口水烟，兀自连连呛咳，现在享用了十支雪茄烟，反而一些不呛咳，不过双手捧着面皮，呆呆地在门后站着。

三婶婶骂道："戆坯，还不把大门闭上，呆立在这里做什么？"

瑞宝道："妈，我没得手了，怎好闭门？"

三婶婶骂道："放你的屁！你的手怎会没有？这不是你的手吗？"

瑞宝道："这两只手是要掩住面皮的，闭门的手我却没有。"

三婶婶道："你不会把手放下吗？"

瑞宝道："放下了手，你又要打我耳光，我不上当。"

三婶婶忍着笑道："我不打你，快去闭门。"

瑞宝听了这般说，才敢去闭门。正待上闩，忽听得背后扑的一声，又道是三婶婶去打她，忙把门闩丢下，双手掩住着面皮，回头看时却不是，妈妈已到了里面，只是墙上跳下的一只狸奴。才敢重拾起门闩，把门儿闩上，蝎蝎螫螫地走到三婶婶面前。

三婶婶道："你好你好，你干的鬼戏，都在我眼里。今天我跑得乏了，没有气力来打你。到了来朝，一件件地审问你，不打得你皮开肉烂，我便不是三婶婶。"

瑞宝道："我没有干什么鬼戏。我烧好了夜饭，等候妈来吃饭。"

三婶婶骂道："戆坯，若要人不知，除非己莫为。你道我不晓得吗？我的雪花粉岂是给你拍屁股的？"

瑞宝道："这不干我事，这是阿奎哥哥教我的。"

三婶婶奇怪道："怎说是阿奎教你的？"

瑞宝道："阿奎哥哥嫌我屁股黑，说你的屁股须得拍些香粉。

我才敢瞒着妈，把妈搽面的粉搽我的屁股。"

三婶婶骂道："不识羞的贱人，你和阿奎还没有并亲，怎好把个屁股给他看？"

瑞宝道："都是阿奎哥哥不好，把我撅到床上……"

三婶婶道："不许讲这混账话，快去搬夜饭，老娘饿得慌了。"

婆媳俩吃过夜饭，一宵无话。到了来朝，三婶婶尚没起身，瑞宝前来报告道："妈，一个光郎头在外面看你。"

三婶婶道："什么光郎头？"

瑞宝道："便是念着阿弥陀佛的光郎头。"

三婶婶道："是和尚还是尼姑？"

瑞宝道："也有些像和尚，也有些像尼姑。"

三婶婶骂道："真正气数，连那和尚尼姑都辨不明白。"当下披衣起床，自去观看。

毕竟来的是僧是尼，下回自有分晓。

第六回

提议案老板谋利益
挂灯谜小姐抱羞惭

三姊妹和方外人素通往来，和尚也有，尼姑也有，交情都是很深的。戆头戆脑的瑞宝，但知来的是个光郎头，毕竟是男性的光郎头，还是女性的光郎头，她一共不曾晓得。三姊妹心想最好来的是个男性的光郎头，只为她对于男性光郎头的情分又比女性的光郎头深过一层。谁料出去看时，不是海藏寺的竹禅和尚，却是放生庵的静修师太，忙道："师太，你好早啊。"

静修道："时候不早了，贫尼出庵时，已敲过八点钟，现在约莫九点钟了。"

三姊妹笑道："原来是我困失了睏，唉，师太哪里知晓，昨天跑得我好苦，阊门赶到胥门，胥门赶到阊门，跑了足足三四趟。跑得两腿酸麻，一个钱都没有到手。唉，做媒人做到这般田地，我真个要怨命了。师太请坐，待我洗了脸和你细谈。"

说罢，自回房里去洗脸。瑞宝忙着舀脸水，又向静修那边去送茶。送茶以后，站在静修面前，一眼不眨，把静修看个彻底彻

53

骨。静修笑道："瑞宝，你呆呆地瞧着我做甚？你敢是不认识我吗？"

瑞宝道："认识你的，只不知你是个和尚还是个尼姑。"

静修大笑道："痴丫头，你今年一十七岁了，说出话来兀自这般戆头戆脑，不听得你妈唤我师太吗？师太便是尼姑，没的见了和尚也唤师太。"

瑞宝道："我不相信，我不相信。"

静修道："你为什么不信呢？"

瑞宝道："那一夜，也是来了一个光郎头。妈说是尼姑，和妈睡在一床，谁料到了来朝，那尼姑变作了和尚。"

静修道："你不要浑说，尼姑怎会变作了和尚？"

瑞宝道："我是亲眼瞧见的，是和尚不是尼姑。尼姑撒尿该用马桶，为什么和妈同睡的尼姑，撒起尿来立得直僵僵，拉去裤腰，提起夜壶，笃落落笃落落撒了一夜壶的尿？"

静修听了，笑得前仰后合。三婶婶在房里骂道："戆坏，你嚼什么蛆，待我上过了马桶，出来撕你的嘴。"

原来三婶婶正在房里上马桶，听得瑞宝这般说，待要去撕她的嘴，又值尴尬的当儿，马桶上立不起来。隔了一会子，方才洗了手出房，气冲冲来打瑞宝，吓得瑞宝躲避在静修背后。静修道："你去打她做甚，她的戆话本来没人相信。"

三婶婶道："亏得你师太是个明白人。要是被别人听了去，当作真的，岂不坏了我的名声？我三婶婶自从死了丈夫，三贞九烈，苦守清明，谁人不知，哪个不晓？我还巴望那跷脚儿子阿奎一朝发迹，替我向大总统那边去请奖，臭马路建起贞节牌坊，也好千古流芳，不埋没我的半生苦节。"

静修忽地吩咐瑞宝道："你取去扫帚和畚箕来。"

瑞宝一声答应，真个取了扫帚畚箕来。三婶婶倒有些奇怪，瞧瞧地上业已打扫干净，忙问静修："你唤她扫什么?"

静修道："我听了你一番肉麻的话，满身肌肉瘩子稀里哗啦都向地上落下，怎不要唤瑞宝打扫打扫?"

三婶婶笑道："你是满口弥陀的出家人，不该说这俏皮话。你回去须仔细，防着佛菩萨来割你的舌头。"

两个人互相取笑，很老实的瑞宝兀自一手提着扫帚，一手捏着畚箕，向静修呆看。静修道："你快放下吧，只和你开玩笑，并不要扫什么东西。"瑞宝才去放掉扫帚和畚箕。

三婶婶道："师太，你到这里来，可有什么要事?"

静修道："无事不登三宝殿，只为观音菩萨不日开光，要向太太奶奶们募化募化。"

三婶婶忙道："你别向我募化。我这几月来晦气星高照命宫，做做媒婆，昨天碰着一个泼辣货的新娘子，图赖我的媒人钱。做做走梳头，那家奶奶学时髦剪去了发髻，这家小姐爱文明又剪去了发髻。"

静修笑道："你别向我愁穷叹苦，我便没处募化，也不会募化到你三婶婶府上来。老鼠尾巴生疖子，出脓也不多，何苦写这一百文二百文的捐款，污了我的缘簿?"

三婶婶道："既不向我募捐，你来做甚?"

静修道："你近来可到田太太那边去梳头?"

三婶婶道："这是天天去的。田太太是上了年纪的人，既不

55

会学时髦，也不会学文明，她的发髻兀自留在头上。"

静修道："一条臭马路，要推着田家是首富。我们菩萨开光，总要仰仗这几位绅富人家的太太慷慨解囊，香火才能兴盛。你和田太太既是天天见面，总须请你口头帮忙，说庵里的菩萨异常灵验。你不妨捏造些鬼话，把菩萨说得活灵活现，以便田太太写起缘簿来，一写便是三百五百块钱。"

三婶婶道："桥归桥，路归路，你们出家人要募捐，不用我俗家人在里面帮忙。你们吃菩萨，着菩萨，灶里没柴烧菩萨，借着菩萨开光，你们又有好处到手，但是和我三婶婶不相干啊。我没有这空闲舌头，替你们募修五脏殿。"

静修凑着三婶婶的耳朵道："你不须使刁，田太太果然写了三百五百块钱，团多汤腻，多少也叫你喝几口儿。"

三婶婶听得可以沾光些汤水，把头儿几点，把胸脯一拍，情情愿愿地从中帮忙。又略谈了几句话，静修作别回庵。三婶婶吃过点心，便到田家去梳头，临走时再三叮嘱瑞宝留心门户，又把雪花粉水烟袋白玫瑰酒一齐锁在房内，免得她偷偷摸摸。又道："少顷阿奎回家，你和他须得客气，不许把屁股给他看。"叮嘱已毕，方才离家。

田太太是谁？便是壅业巨子田老板的浑家。本书第一回王先生曾向金老四谈及苏州臭马路一家姓田的，开着五爿粪行，家里有百十万家私，结交官绅，场面阔绰，便是指着这一家。现在且把田姓起家的历史略叙一下。

这田老板原名小狗，他的出身是很名贵的，要是做起衔牌来，有两对可以做得。一对是赐进士出身，一对是太子洗马，但是都有个别解。赐字和屎字谐音，他只配唤作屎进士出身。为什么呢？他的出身是个倒马桶的倒老爷，这不是屎进士出身吗？倒了马桶，时时在太子码头替人家洗马桶，这太子洗马的衔条端的确切不移。他自从十五岁做起倒老爷，一共做了十年。他在许多倒老爷里面，够得上一个老官僚资格。也是他合该交着好运，粪行老板娘娘米寡妇把他看中了，招他去做黄泥膀。什么叫作黄泥膀？这是苏州的一句俗语，凡是没有儿子的寡妇坐产招夫，招来的便是黄泥膀。至于"黄泥膀"三个字毕竟做何解释，在下也曾向人请教过的，有一位老先生讲给在下听道，黄泥膀者，望儿慌也。坐产招夫的寡妇急于盼望儿子，所以招来的丈夫便唤作望儿慌。苏州土白，读儿字和泥字同音，于是乎望儿慌一变而为望泥慌，以讹传讹，不加纠正，于是乎望泥慌一变而为黄泥膀。经那老先生一番解释，黄泥膀三个字才有着落。

米寡妇既把田小狗招为丈夫，臭马路一带的居民都说他们的姻缘真叫作"米田共"姻缘。佳话流传，名闻远迩。这"米田共"三个字，本是双关妙语，"粪"字拆开，果然是个米田共，米姓的产业和田姓共和起来，又是一个天造地设的米田共，仿佛当年仓颉老子创造这个"粪"字，专为数千年后米寡妇、田小狗共产的预兆。诸君，这事奇不奇呢？

闲话少说，田小狗自从做了米寡妇的黄泥膀，这臭烘烘的营业便大大地发达起来。在先只开着一爿小小的粪行，经那田小狗几年经营，变作了五爿大大的粪行。而且城外一带大大小小的粪坑都被他收买净尽，他便成了一个肥料大王，屎连头的托拉斯。但是他觉得名称不雅，他只说我的营业是叫作壅业，因此人家都唤他一声壅业巨子田箫九先生。这箫九两个字和小狗声音相近，他在倒马桶时代，不妨唤作小狗，现在做了壅业巨子，身份高了，要是小狗小狗任人呼唤，未免失却了绅士的体面。他曾请教斯文朋友，替他变换一个清雅的台甫，又须和原名的声音相近。那位斯文朋友忙着去拍财主的马屁，答应不迭。亏他用尽脑力，想出箫九两个字，和小狗的声音差不多，但是一俗一雅，如判霄壤。

他以为替财主起着这个雅号，定可以得着财主的欢心。谁料过了一天，田老板扭住了斯文朋友，说不该取这箫九两个字把我嘲骂。

斯文朋友道："冤哉枉也，箫九两个字，又堂皇，又冠冕，何尝嘲骂你老板？"

田老板道："箫九箫九，分明嘲笑我在太子码头曾经连箫着九个马桶。"原来苏州土白把洗马桶唤作箫马桶，因此田老板疑及箫九两个字便是嘲笑他连箫九个马桶。

斯文朋友指天誓日，竭力剖辩，田老板兀自不肯相信。后来斯文朋友检出一部《书经》，把箫九两个字的来历指给他看道："这不是'箫韶九成'吗？箫九两个字，取材《书经》，再要堂皇冠冕也没有。"

田老板对于这部《书经》，只见白纸上印着黑字，不知里面说的什么话，便令斯文朋友把这四个字抄录出来，他又四处去向读书人请教，动问这四个字毕竟用得用不得。人家都说箫九便是箫韶九成的意思，果然又堂皇又冠冕，像个绅士的雅号。田老板才知道斯文朋友不曾嘲骂他，便取消了倒马桶时代的小狗原名，行使那做绅士时代的第九雅号。

　　他又把屎里得来的金钱，贿买一个县议员玩玩。议员到手，便取得了绅士的资格，大模大样地出席议会，今天发表一份意见书，明天又发表一份意见书，议会里的议员，唯有他的提议最多。他胸无点墨，怎会预备什么意见书？原来有钱使得鬼推磨，他的身边早雇用着两名无聊文人，替他办理文牍和那议会里的意见书。措大眼孔小，见了雪白的洋钱、花花绿绿的钞票，也不管是香的臭的，早已死心塌地，愿做那粪行秘书。田箫九的议案，从那表面上看来，倒也算得不惮烦劳，为民请命。不是提议限制米价，定是提议取消屠宰捐，虽然能言不能行，但是议案发表以后，很博着多数社会的欢迎。只为近年以来，米价继长增高，居民大受影响，加着厉行屠宰捐，鸡猪鹅鸭，哪一样不是增价倍蓰？贫苦人家吃些蔬菜淡饭已属不易，再休想有鸡猪鹅鸭到嘴。田箫九的意见书，要把米粮和鸡猪鹅鸭大大地减起价来，以便茅檐蔀屋中人个个可以果腹，人人可以吃荤，他的体恤贫民，可谓无微不至。其实他的意见书另有一番用意。他以为米价抬高，鸡猪鹅鸭般般飞涨，一班贫民只可吃些杂粮充饥，造成的屎连头一定材料薄弱，性质硗瘠，他的营业上不免大受打击。所以他指望着人人果腹，个个吃荤，造成又粗又肥的屎连头，替他粪行里供给材料，以便靠着屎连头吃饭的，益发利市三倍，日进斗金。这便是他的意见书的缘起，表面上为着公众生计，实际上却是为着个人营业。

　　这位坐产招夫的米寡妇，现在不唤作米寡妇，唤作田太太了。前夫名下没有儿女，一嫁了田箫九，居然财丁两旺，生下一

59

女两男。女名兰芳，两个儿子唤作金官、银官，年龄尚轻，请了老夫子在家里教书。

唯有兰芳最长，今年一十八岁，在女学校里读书，和王先生的女儿翠芬同学。翠芬绰号牛屎之花，兰芳也有一个绰号，唤作密斯屎连头。这个绰号有两层用意，田兰芳出身粪行，靠着屎连头起家，木本水源，不忘其始，所以唤她一声密斯屎连头。而且兰芳生成一个矮胖身躯，浑身肌肤都是黄澄澄的颜色，活像一个放大的屎连头，所以唤她一声屎连头。这个绰号只好在背后呼唤，要是当面唤她一声密斯屎连头，她便要大动其气。只为她虽然生长在粪行里面，却很不愿人家提起她的臭烘烘身世。但看她取兰芳两字为名，足见她要把那香喷喷的名字，掩饰她家臭烘烘的营业。

有一天，同学们和她开玩笑，却使她面子上有些下不过去。同学们课余消遣，挂着许多灯谜条子，供人猜射。有一条谜面"兰户"两个字，射一个身体名词。众人猜了良久，都猜不中。却被一个促狭的同学猜中了，说我猜兰户两个字的谜底定是粪门。那挂灯谜的同学笑道："好心思，果然被你猜中了。"

众人奇怪道："兰户两个字，怎么好猜粪门？倒有些莫名其妙。"

那个促狭同学笑道："兰户兰户，便是兰芳姐姐的户，兰芳姐姐绰号密斯屎连头，那么兰芳姐姐的户不是粪门是什么？"

那时兰芳也在里面猜灯谜，众人听了，都瞧着兰芳拍手大笑。兰芳又羞又怒，黄澄澄的皮肤顿时变作了赤化，哭丧着脸儿，跑到校长室内，一是一，二是二，都去告诉校长知晓。校长对于绅富千金素来掇臀捧屁，忙向兰芳连连安慰，叫她不用羞恼，立时传了那挂灯谜和猜灯谜的学生到来，一顿训斥，又各记了大过一次，兰芳这一口气方才平复下去。从此同学们不敢把密斯屎连头当着兰芳呼唤，背后却窃窃私议，都说校长是崇拜屎连头的，现在的世界是屎连头出风头的世界，越是臭烘烘，越是大红而特红，我们合该注意，切莫触犯了屎连头，自讨没趣。

田太太素性佞佛，庵观寺院里很结些善缘。每逢朔望，家里总是架着大块檀香，当天焚化，屋子里香烟缭绕，大门外却是臭气熏天。只为每天总有三五只臭粪船在田姓大门前埠头上停泊，而且臭空气中夹着檀香气息，一薰一莸，混合在一堆，益发令人难闻。真个应了两句俗语，叫作"香夹臭，没有救"。

这天田太太做完了佛前功课，专候三婶婶来梳头。候了良久，不见她来，正待遣人去呼唤，但见一个半老徐娘满面堆欢地跑将过来，唤一声田太太，道："对不起你，久候了。只为我今天困失了瞓，家里的戆大瑞宝又不会催我起身，以致错误了时刻，请你老人家别见怪。"

来的正是三婶婶，但不知怎样地劝田太太慷慨解囊，下文自有分晓。

61

第七回

伶牙俐齿谈菩萨
挨肩擦背轧神仙

三婶婶和田太太敷衍了一会子，便立在妆台后面，替田太太梳起头来。手里左一梳，右一梳，嘴里兀自喃喃讷讷讲个不停："太太，你真个前世敲破了木鱼，到了今生享不尽的荣华富贵……你家老爷也是前世的高僧投来的，但看他走到人前，额上亮晶晶地放着豪光……兰芳小姐真是一个好相貌，生得肥头胖耳，福分定然不小。虽然皮肤略带些黄色，但是小姐的皮肤宜黄不宜白。听得人家常说：'姐儿的皮肤蜡一般黄，嫁个丈夫该田该地该家当。姐儿的皮肤地一般白，嫁个丈夫又丑又老又蹩脚。'这不是我三婶婶信口乱谈，不瞒太太说，我在娘家时生就一身雪白皮肤，人人唤我一声白斩鸡。谁料皮肤白了，运气却黑了。嫁了一个死鬼丈夫鲍老二，比我长着十二岁，鸦片烟吸得和老角端一般。结婚不满五年，便唤声失陪，伸伸腿竟走了。累我守着半世的孤孀，见着春花也不欢，对着秋月也不快。可见姐儿的皮肤太白了，只落得一世命苦。"

田太太笑道："你既然自恨皮肤太白，为什么每逢出门，雪白的脸蛋上兀自浓抹着玉容霜？"

三婶婶道："这不是我爱妆饰，却是显出我的苦命。雪白的脸蛋上浓抹着玉容霜，这便叫作雪上加霜咧。太太，你想我苦命不苦命？"

田太太听了，益发好笑道："三婶婶，你真个能言善辩，横说竖说，总引得人发笑。我为什么定要你来梳头？只为你一壁梳头，一壁说笑，很令人不觉得寂寞。"

三婶婶道："太太，不是我吹牛，我的梳头好算得卫生梳头，经我梳一回头，至少可以减轻太太一年的年纪。"

田太太道："不信你有这么大的本领。"

三婶婶道："太太不听人家常说'笑一笑，少一少；恼一恼，老一老'吗？我来梳一回头，可引着太太笑几笑，太太的年纪便一年年地减轻起来。要是不信，但看太太头上的白发，今天又比昨天减少了几茎。再梳上一年的头，包管你太太乌云齐额，和二八佳人一般。"

田太太笑道："亏你说得出，年纪老了，怎会返老为童？我也不存这般痴望。但愿佛菩萨保佑我的手轻脚健，我便感激不尽。"

三婶婶放下了木梳道："提起佛菩萨，我便想起放生庵的观音大士，比着一概菩萨还灵。"

田太太道："千佛万佛，总是一佛。佛菩萨没有不灵的，怎说独灵在放生庵一处？"

三婶婶道："太太不是这般讲，佛菩萨也有交运倒运。佛运好的，任凭冷庙里的菩萨，也会香火热闹，轰动一时；佛运不好的，本是个热闹寺院，也会衰败起来，只落得香烟冷落，佛面上挂着许多蛛网。所以不会烧香的逢庙烧香，会烧香的拣佛烧香。拣着佛运亨通的菩萨，多磕几个头，多解几副钱粮，多写几百块钱捐款，那么求福得福，求利得利，定有很大的效验。说起放生庵里的观音大士，实在奇怪，胥门外金珠的娘患了多年的咳呛病，病发时总咳得伤筋动骨，镇夜不得安睡。大大小小的寺院里都已求过仙方，只是不见丝毫效验。后来睡在床上，似梦非梦，仿佛有人在她耳边说道：'要求大慈大悲的观世音，须到臭马路上去寻。'到了来朝，她便赶到臭马路上来访问，果然被她寻到放生庵里，向着观音大士求得一杯仙水，饮了下去，竟把十多年的宿病连根除去，每夜安睡，再也不咳呛了。这是金珠的娘亲口告诉我的。这还不奇，最奇的是北濠住的王三太太，只生了一个儿子，偏偏害了瘫痪之症，一卧半年，动弹不得。王三太太预备到普陀去烧香，求求佛菩萨保佑她儿子病好。铺盖行李都已发下了船，以便来朝动身。谁料隔夜忽得一梦，梦见一位金甲神人，向她口授四句偈语道：'要求真仙丹，何必上普陀？菩萨在何处，便在臭马路。'王三太太一睒醒来，恍然大悟，忙把铺盖行李挑了回来，自己很志诚地到放生庵里去求仙丹。求得仙丹回去，取些开水，灌给瘫子吞下，午刻服了药，未刻手足活动，申刻便能下床行走，手轻脚健，仿佛另换了一个人。王三太太见了，喜出望外，择定四月十四菩萨开光的一天，便要去上匾还愿。太太你想，臭马路的观音大士灵验不灵验？"

三婶婶口中这么讲，眼光却射在镜子上，从镜子里瞧见田太太颜色很有些耸然动容的模样，心头暗慰道："我这一番瞎三话四，却打动了她的心坎也。"

田太太道："三婶婶，被你说得活灵活现，这事可当真吗？"

三婶婶重执了木梳，一壁梳一壁说道："千真万确，臭马路的观音大士，实在比一概菩萨灵验百倍。"

田太太道："亏得你告诉我，要不然这几天内我便想上杭州天竺去烧香。"

三婶婶道："远处烧香，不如近处求佛。有这很灵验的菩萨近在一条巷里，太太你上什么杭州，到什么天竺？"

田太太听了，把不住头儿乱点。三婶婶道："太太别动，我正待替你扎把根，扎得歪了，却不好看。"

当下三婶婶替田太太绾起云髻，点染些生发油花露水，梳得一光二滑，苍蝇飞上去休想躲得住，宛似上了跑冰场，一溜一滑，须跌个十七八跤。

三婶婶去后，静修便上门来写缘簿，毫不烦难，一写便是四百元。三婶婶暗中分肥，不消说得。

时光匆匆，转眼已是四月十四日。这天是神仙生日，又是观音大士开光的日期。田箫九夫妇同床各梦，箫九崇拜的是神仙，田太太崇拜的是菩萨。箫九办着香烛钱粮，到福济观里去烧香；田太太也办着香烛，到放生庵里去拜佛。兰芳在学校里没有回来，金官银官扭住着老子娘，一个要跟着老子去轧神仙，一个要跟着娘去看菩萨开光。箫九夫妇都不肯带着儿子出外，怎禁得金官银官哭哭闹闹，没奈何，只可应允了，吩咐佣妇去到书房里通知史师爷，今日里官官们出去游玩，放一天学。这个消息传到书房，直把那位幽囚在粪窖子里的史伯通老夫子喜得不可开交，宛比九天降下了赦书，暗暗地念着"钦哉谢恩，愿吾皇万岁万岁万万岁"。

诸君，那位史伯通老夫子好好地在田府里做先生，怎说他幽囚在粪窖子里呢？原来田府里的书房正对着停粪船的埠头，史先生在那里教书，不是春风化雨，却是尿风屎雨。一阵阵风儿从窗外吹来，空气中挟着阿摩尼亚气味。史先生扯开着嘴，哼着诗云子曰，那空气中所含的肥料质点，零零碎碎钻入教书先生的嘴里。大约史先生在田府里教一年书，至少要吃两个半的屎连头。今天吃进一些些，明天吃进一些些，积少成多，合该有两个半屎连头的分量。金官银官都是生长在粪行里面，尿风屎雨当作家常便饭，一些儿不觉得臭，可怜史先生少年时是个公子哥儿，脾气很大，喜发彪劲，鲜衣华服，浓浓地洒着香水精。家中仆妇人等都须衣衫整洁，稍有一些肮脏，便遭摒逐。一天，他在书房里坐，书童来送茶，无意中偶放一屁，他便勃然大怒，把书童驱逐出门，不许停留片刻。又恐怕臭屁作祟，有碍卫生，立刻吩咐家人等把书房大加打扫，烧着芸香檀香，解除这一个屁的秽气。可笑书童只是轻轻地放了一个屁，倒累那家人等手忙脚乱，足足地费了大半天的工夫。谁料不到十年，把这位公子哥儿穷得狗赶出。什么叫作狗赶出？原来道旁觅食的狗儿，跑到了史先生家里，更不停留，转身便赶将出来。从此以后，狗儿经过史先生的门前，发咒也不再进去，这便叫作穷得狗赶出。足见史先生家里真个一贫如洗，狗儿也无恋恋之意。

至于史先生的家况怎么堕落得这般快呢？这便是交易所害

人。卖空买空，其间不知倾荡了几许家产。史先生的老子是个投机事业的失败者，失败以后，不但自己田产一概断送净尽，而且还欠着人家一笔巨款，无法对付，吞烟自尽。史先生的老子死后，史太太不久也死了，家破人亡，只剩得史先生夫妇和一个五岁孩子。米珠薪桂，叫他们怎样过活？没奈何，浑家做些女工，自己在田箫九家里教书，胡乱度这日子。忽忽已满了六年，足足有十五个屎连头到嘴。

而且史先生所住的一间卧房，益发不堪设想，只为田箫九是屎进士出身，全不懂尊师崇儒，拣着落脚房屋，给先生下榻。房里黑魆魆不透空气，前面的板窗和那两旁的板壁，田箫九废物利用，都是破坏的粪船材料把来改造。那些粪船材料都经着二三十年的尿屎浸透，臭烘烘的气息都团聚在这间屋子里，遇着黄梅天气，益发臭得厉害。史先生在日间既然饱享着木樨滋味，晚间归寝又受那阿摩尼亚的熏染，真个度日如年，度夜如岁。他曾有一首七绝诗自叹不幸，道的是："臭气熏天无日无，如之何也如之何。屎里逃生逃不得，苍蝇便是我哥哥。"这般可解不可解的妙咏，除却史先生，更无别人道得出。他一听得今天放学，怎么不喜出望外，宛似遇着皇恩大赦呢？

田箫九赴阊门内福济观烧香，有他的粪行秘书施里仁做伴。田太太赴臭马路放生庵烧香，有她的走梳头三婶婶做伴。话分两头，书却并行。先说田箫九带着金官和施里仁，谈谈说说，同进金阊。箫九道："里翁，你且试试这小孩子的才学。听得史先生说，金官很聪明，年只十三岁，已能作对。我不懂得什么叫作对，里翁是内行，不妨考他一考。"

里仁连连点头道："大公子的才学一定是很好的，何须兄弟考查？但是盛意不敢违，只可斗胆从命了。"

那时打从水果摊旁边经过，便道："金官官，我有一对，上联是'香蕉'，你试对来。"

金官应道："我对'屎连头'。"

里仁奇怪道："怎么香蕉可对屎连头？倒要请教。"

金官道："香蕉是黄的，屎连头也是黄的。香蕉是长的，屎连头也是长的。怎说不对？"

里仁道："好心思，这个屎连头对得很切。"

又经过一爿糕团铺子，恰有应时的神仙糕，便道："金官官，神仙糕可对什么？"

金官道："屎连头。"

里仁道："神仙糕对屎连头是何用意？"

金官道："施先生，你太笨了。神仙糕是米做的，屎连头也是米做的。难道不好作对吗？"

里仁啧啧称赞道："我果然太笨了，你的心思实在灵敏，这个屎连头又是很切很切。"

正在谈话的当儿，忽见一员武官骑着高头马打从福济观拈香回来，荷枪军人前呼后拥，慌得路上行人纷纷避道。武官过去后，里仁道："金官官，武官可对什么？"

金官道："屎连头。"

里仁道："武官对屎连头，这心思益发曲折了，请道其详。"

金官道："路上来了武官，人人避道，不敢冲碰他。路上有了屎连头，也是人人避道，不敢冲碰它。所以武官可对屎连头。"

里仁拍掌道："切切切，这个屎连头对得很有滋味。"

金官道："屎连头很有滋味，施先生不用切切切了，就此囫囵吞下吧。"

里仁听了益发喜形于色，忙向箫九拱手道："东翁，令公郎口才敏捷，对仗工整，实在了不得，恭喜恭喜。"

进了福济观，但见里面广场上排列着许多食物摊、玩具摊，红男绿女穿梭也似的来往。金官东瞧西望，目不暇给。箫九道："我们且拜过了祖师，再来游玩。"

当下三个人都向大殿上去烧香，观里的老道士正高坐在柜台里面，远望见了箫九，认得他是臭马路的乡绅老爷，怎敢怠慢，整一整道冠，拂一拂道袍，抢步出外，把他们三个人迎入里面。里仁把手里的香烛元宝交给了香伙，然后请东翁拈香。箫九正待跪下，老道士忙在蒲团上面再加上一个蒲团，以便乡绅老爷跪拜起立，节省些腿力。箫九拜罢，金官和里仁都拜了，老道士导入客堂里面，茶点款待。金官哪里坐得定，拖着里仁到各自去游玩。

原来神仙生日的一天，有三种买卖最为热闹。一是卖花草的，唤作神仙花草，虎丘一带的花佣都到庙里来赶生意。一是卖泥人的，唤作神仙老爷，所有无锡惠山的粗细泥人，都贩到这里来摆摊。一是卖乌龟的，唤作神仙乌龟，奇形怪状的乌龟插标求售，生意很是热闹。金官生性不喜花草，见了泥人，便走不过去。泥人的花样很多，神佛也有，鬼怪也有，美人也有，小孩也有，三百六十行，般般都有。金官独看中了一位倒老爷的泥像，身披青布短衫，敞着胸脯，手抱着三个红漆马桶，大马桶上叠中马桶，中马桶上叠小马桶，塑得神气活现，惟妙惟肖。便花了四角钱，买来玩耍。又在乌龟摊上买了几个金钱小乌龟，都似核桃般大小，小得可爱。左手握着倒老爷，右手握着小乌龟，扬扬得意，忙到老子那边去献宝。

萧九正和老道士在客堂里闲话，老道士掇臀捧屁，一味恭维，几乎把这位乡绅老爷捧到三十三天以上。萧九傲睨自若，也忘了自己出身微贱，笑问老道士道："我倘然一意修仙，可有成功的希望？"

老道士道："仙人都是凡人做的，像田老爷这般骨秀神清，大有来历，再加着十年修仙功夫……"

"爹，我买得一位神仙老爷来了。你看你看，这位神仙老爷和爹的面貌差不多。"

萧九只道金官买了一位骨秀神清的吕洞宾到来，举眼看时，却是手抱马桶的倒老爷，不禁又羞又怒，劈手抢来，下死劲地向着地上一摔，把倒老爷跌成两段。

金官扭着他的老子哭道："赔还我的倒老爷！赔还我的倒老爷！"

毕竟萧九可曾赔偿这笔损失，下回自有分解。

第八回

搠霉头西席中谗言
听壁脚东家发脾气

同类相残，这句话确是颠扑不破。箫九是个倒老爷，泥人也是个倒老爷，今天闹的玩意儿叫作倒老爷摔碎倒老爷。一个倒老爷气坏在座中，一个倒老爷跌断在地上；一个倒老爷恼得耳红面赤，一个倒老爷变作骨化形销。老道士是个乖巧的人，一壁敷衍着座中的倒老爷，劝他不用恼怒，一壁吩咐香伙把地上的倒老爷打扫净尽。金官恃宠撒娇，拉着老子，定要他赔偿一个老爷。箫九毕竟是舐犊情深，便道："你不用哭，赔偿你一位吕纯阳可好？"

金官摇摇头说："吕纯阳不像爹，我不要。"

箫九道："赔偿你一位张果老跨着驴儿，是很好玩的。"

金官摇摇头说："张果老不像爹，我不要。"

里仁一壁替金官拭泪，一壁好言相劝道："金官官，泥人摊上的老爷好玩的正多，面目慈悲的是菩萨，骨格清奇的是仙人，威风凛凛的是名将，态度翩翩的是美人，去去，我和你再去买

71

来。要几个买几个，只拣好玩的买，总比方才的倒……"说到这里，防着东翁生气，只说了一个"倒"字，把马桶吃在肚里。

金官跺着脚骂道："你懂得什么来？你只懂得屎连头有滋味，一片片地切来吃。我除去倒马桶，别个都不要。还我老爷，还我倒马桶的老爷！"

萧九见儿子这般乱嘈，分明当着和尚骂贼秃，自己越是讳说倒马桶，小孩儿口没遮拦，越是倒马桶长倒马桶短，嘈得恁般响。没奈何，只得吩咐里仁胡乱替他买了一个泥人便是了。金官方才回嗔作喜道："去去去，快去买个泥老爷，快去买个泥员老爷，快去买个倒马桶的泥员老爷。"一壁喊，一壁拖着里仁便跑。

萧九好生没趣，亏得老道士知趣，把方才的事撇开了，只和萧九谈些祖师得道的神话，萧九才恢复了原有的颜色。

"爹，你瞧你瞧，这个倒马桶的老爷好不好？"

萧九只得胡乱答应了一声好，又怕金官捧在手里，惹人家注目，分明捧着老子的行乐图。便唤里仁取一张旧报纸，把泥人包裹在内。

金官道："还有两只小乌龟，一起包了。"里仁真个把小乌龟一起包了。金官笑道："这两只小乌龟，宛似倒马桶老爷的儿子。"

萧九瞅了儿子一眼道："你再这般瞎三话四，下回不带你出来了。"当下盘桓了片刻，辞别老道士，要紧回去。老道士挽留不住，亲自送出大门以外。

萧九等人离却这座福济观，缓步回家。那时轧神仙的男男女女兀自兴高采烈，一窝蜂地向着福济观而来。金官受了挤轧，忙喊着："不要轧不要轧，轧坏了我的倒马桶老爷，你们赔偿不起。"惹得道上行人都向着他好笑。

好容易出了城关，回到家里，里仁辞别而去。田太太恰从放生庵烧香回来，见了丈夫便说："我今天懊悔带着银官同去，累我面上不好看。"

箫九道："我也和你一般地懊悔，金官在福济观里只是瞎三话四，不肯说好话。"便把方才买泥人的事述了一遍。

田太太叹道："真叫作前世事啊，一对小冤家，宛比戚子卿家里的小二，总没有好话说。金官是这般，银官也是这般，读了多年书，一些儿没有规矩。看来这位史先生不中用，从来名师出高徒，蹩脚先生哪里教得出好生徒？方才我带了银官到庵里烧香，有许多乡绅人家的太太见了我，忙不迭地招我进去讲话，我唤银官都去叫一声，年老的叫声婆婆，年轻的叫声伯母和婶婶。银官理都不理，光把眼睛骨溜溜向着几位太太面上打转。见人家胸前挂的香袋，他便说屎袋挂到头颈里来了；见人家头上插的黄杨如意，他便说这支如意可是把屎连头来做的。我怕她们生气，便挽着小冤家到园子里去玩玩，他见了竹林，便吵着要截下几根做篙子，回去撑粪船，把来劈破了，又可做扁担挑粪桶。见了池里的金鱼忽沉忽浮，便说宛比我们粪船里的屎连头。惹得人人都向着他好笑，都说他三句不离本行。我几次三番喝他不住，累得我面上很不好看。"

箫九道："银官呢，今年只有九岁，说话没遮拦，怪他不得，金官读了七年书了，为什么也是这般没规矩呢？那一天我问金官读些什么书，他说先生教我《孟子》，我教先生吃堆硬屎，我听了已老大的不快活。我们乡绅人家的孩子，出言吐语总要带些斯文模样，怎好硬屎烂屎放在嘴里乱嘈？史先生在我面前总把孩子说得异常聪明，他教金官作对，金官一作便成，而且作得很好。"

田太太啐了一口道："怎么做起担来呢？我们请先生教孩子读书，不是请先生教孩子做担。我们开了偌大的几爿粪行，挑粪的担子，竹器店里要多少，难道我们没钱去买？谁要他鬼讨好，巴巴地教孩子去做担呢？"

箫九道："太太缠误了，此对不是那担，我也曾向念书人请教过的，据说孩子们学作对，也是学堂中应有的功课。"

田太太道："那么还好。但是金官作的对毕竟怎么样？"

箫九道："他说我出了一个对，教金官慢慢地打起稿子，哪知金官生性聪明，不用打什么稿子，脱口则出，便已作就。"

田太太骂道："短命的史先生，接菅的史先生，他总不肯教孩子学好样。我们开了偌大的几爿粪行，怕不会雇用着长工撑粪船？谁要他鬼讨好，巴巴地教孩子打起篙子来呢？"

箫九笑道："太太又缠误了，此稿不是那篙。凡是作文章的，必须预先打起着稿子。他说金官不打稿，便是称赞金官的聪明。"

田太太道："原来又有这般臭讲究。但是先生遇见东家，总把孩子说得聪明伶俐，你毕竟是个外行，粪船里的货色好不好，你是知道的，孩子肚里的才学好不好，你哪里会知道？你不要受了他的欺骗吧。"

箫九道："我也是这般想。方才在路上我央托施里仁试试孩子的才学，连出了三个对子，他总对一个'屎连头'。"

田太太怒道："你可上了吃屎先生的当了。从前请先生时，我便嫌着先生的姓姓得不好，他姓了史，总有些屎气，还是不请他的好。我们家里既有了一位施先生，要是又有一位史先生，尿呢屎呢叫起来，很不好听。你和我强辩说，此施不是那尿，此史不是那屎，一定要把他请来。现在却好了，教了孩子多年的书，旁的才学都不曾会，只学得一句'屎连头'。我们开了偌大的几爿粪行，出出进进的屎连头不知有多少，还怕孩子不懂吗？似这般的吃屎先生，快快叫他卷铺盖，别在这里误人子弟吧。"

当下夫妇俩商议定妥，且待史伯通明天到馆，借端寻衅，辞去他的馆地。可怜史伯通哪里知晓，自从那天皇恩大赦，赦他归家，家里虽然贫苦，倒也打扫得干干净净。穷人家里的空气，总比富翁家庭清洁万倍。浑家陆氏见丈夫回来了，放下活计，笑容相迎，儿子阿馨依依在老子膝下。史伯通仰起头，扯开着嘴，向着空中大大地吐出了一口气。陆氏道："你连日教书，教得疲倦了吗？怎么回到家里便打哈欠？"

伯通道："我不是打哈欠，只为这几个月内，耳中、眼中、鼻中、口中、周身的毛孔中不知输入了多少秽恶之气，好容易今天回家，才能够大大地吐出这一口气。似这般的龌龊家庭，亏我们东翁居住。"

陆氏道："目今的世界越是乌糟糟，越是走着红运。清打清，便要饿断脊梁筋。本来你的脾气也太孤僻了，动不动便嫌人家肮脏，谁知道清洁过分，便遭上天之忌。"

伯通道："且休议论，快替我到老虎灶泡一桶水来，待我洗净了身子，再和你讲话。"

陆氏便提了木桶，上街泡水。泡得回来，伯通在房里洗澡，足足洗了一个时辰，方才换着衫裤出房，吩咐浑家先把蓬条塞住鼻孔，然而倾去这盆浴汤。只为浴汤里面充满着富翁家庭中的秽恶之气，触犯了容易发痧。

陆氏道："你回来一次，总把我差唤得手忙脚乱。方才一块洗衣裳肥皂，被你擦去了大半块，一盆浴汤都变作肥皂水了。现在百物昂贵，肥皂的价值比从前增添了几倍。你这般贫苦，还不肯节省一下子。"

伯通道："般般可以节省，唯有肥皂节省不得。我的身子虽然洗净，但是脏腑里面还留着许多秽恶之气，恨不得把剩下的肥皂开水冲了，一股脑儿都吞入肚里，洗洗我的秽恶脏腑。"

陆氏啐道："快别说这搨霉头的话吧，好好的人，为什么要吞起肥皂来？提起着吞那肥皂水，我兀自心惊胆战。"

伯通听了，自知失言。原来那年伯通的老子投机失败，吞烟自尽。毒发时，家人给他灌下肥皂水，希冀洗去脏腑里毒质，但是仍归无效。所以陆氏听说要吞肥皂水，连啐带吐，说是搨霉头。

夫妇俩午饭以后，谈起家常闲话。陆氏劝伯通忍耐一下子，田姓的家庭虽臭，但是红纸包的东西却不臭的，一样可以籴米买柴，养家活口。你这几年来，亏得有这粪行里的馆地，敷衍度日。要不然，家里的老婆儿子怎好喝西风度日，岂不要活活地饿死？

伯通叹道："都是为着这生活问题，便顾不得香臭了。要是我们尚可度日，何可钻入粪窖子里，干那教书生涯？想我老子在日，经他手里提拔的人不知有多少，叵耐老子死后，他们绝迹不上我的门，便是道上相逢，也都别转了头，不来理会。唉，人在人情在，人亡人情亡，这是炎凉常态，须怪他们不得。我只恨年轻时节不曾用功刻苦，除却坐在冷板凳上哼几句别字连篇的书，旁的事一些都不会干。又恨爹娘生我时，为什么使我鼻子里辨别得出香臭？要是也和田老板的鼻子一般，那么一辈子住在粪窖里面，也不觉得难受。"

陆氏道："鼻子里辨得出香臭，这便是贫困之根。你瞧世上得意的人，哪一个鼻子里辨得出香臭来？只要有利可图，便忙不迭地似那金纸苍蝇，向干屎橛里去讨寻生活，万万谈不到香臭两个字。"

伯通点了点头道："我没奈何，也只得牺牲着这个鼻子，跟着他们去逐臭了。但是田老板吝啬非凡，在他门下，也不见得有什么出息。"

陆氏道："我方才出去泡水，有人告诉我说，十年前在我们家里烧饭的王司务，现在做了官了。我想王司务那年死了老子，没钱埋葬，经我公公独力帮助，才能支持过去。要是他真个做了官，你何不到外面去打听打听，以便……"

话没说完，伯通剪住道："不用说吧，经我家提拔的人，得意的何止一个王司务？他们都是上流社会的人，尚且忘恩负义，何况王司务是一名厨子，他便得意了，也不见得认识我穷主人，打听他做甚？"

忽忽到了来朝，伯通从床上起身，便是一声长叹。陆氏问他叹什么，伯通道："又要到粪窖子里去受罪了，怎不放声长叹？"

陆氏道："你昨天情愿牺牲这鼻子，怎么今天又唉声叹气起来？天下无如吃饭难，你既寄人篱下，不但牺牲着鼻子，便是耳朵也要牺牲了，才能够宾主相安，不生挫折。我是一番阅历中言，你须牢牢地记着。"

伯通点着头，不说什么，盥洗已毕，忙着到馆。每从店铺子门前经过，舒头探脑地向里面张望。有时伸出舌尖，把头乱摇，有时揉着胸脯，暗自宽慰。只为东翁言明在先，早晨到馆在八点钟以前，馆中供给稀饭充饥，错过了钟点，须由先生自挖腰包买点心吃。伯通舒头探脑，便是张望店铺子里面的壁钟，开得快了，他便着急，开得迟了，他便安心。急煎煎赶到臭马路，田府门前自有特别牌号，便是河埠前的七八只臭粪船，一字平肩般地泊着。伯通无暇浏览，径进大门，转入书房，瞧一瞧壁上的时辰钟，暗唤一声侥幸。原来距着八点钟尚欠一刻，这三碗薄粥、两碟酱小菜，千稳万妥，断然可以到嘴。

谁料呆坐了半点钟，竟如石沉大海，消息杳然。肚皮偏偏不争气，转动着磨盘，呜呜地开着留声机器。伯通奇怪道："莫非里面没有知道先生坐在书房里吗？待我放出些声音，使他们觉得。"当下随手抽出一本《千家诗》，声调琅琅地唱将起来。唱了一首"云淡风轻近午天"，隔了半响，兀自不见里面搬出薄粥来。伯通自言自语道："大约唱得太低，里面不曾听见。待我提高声调，再唱一首来。"当下又唱道："清明时节雨纷纷，路上行人欲断魂。借问酒家何处有，牧童……"

唱到这里，门帘揭起，蓦然见田箫九闯入书房，伯通双手一拱，离座相迎。箫九气昂昂地说道："老夫子，我和你多年宾主，自问并没有什么开罪先生，不该大呼小叫，揭我的痛疮。"

伯通忙道："东翁冤枉煞小弟了。小弟正在这里读几首《千家诗》呢。"

箫九怒道："你还敢挖苦我吗？什么千家屎千家屎，有了千家屎，必有万家屎。你分明语中带刺，说我靠着千家屎万家屎起家。"原来这"屎"字，苏州土音和"诗"字差不多，因此箫九把"千家诗"误会成了"千家屎"。

伯通发急道："这是哪里说起，益发冤枉也。《千家诗》是吟诗的诗，不是撒尿的尿。东翁如不信，不妨去问问他人，《千家诗》的诗，毕竟是撒尿的尿，还是吟诗的诗。"

箫九虽然不识字，但是假作斯文，不肯当面认过。明知是自己误会了，却又强辩道："我岂不知《千家诗》是吟诗的诗，但是老夫子恰才所唱的敢怕不是《千家诗》吧。要是《千家诗》，句子总该文雅些，断然没粗俗不堪的话。"

伯通道："怎见得小弟所唱的诗句粗俗不堪？"

箫九道："你提高着声调，唱什么'马桶马桶'，老夫子，马桶夜壶怎好放在嘴里乱喊？有你高喊马桶的先生，自有那满嘴屎连头的学生。"

伯通气得不可开交，颤巍巍地说道："东翁，吾何尝唱什么马桶来？吾唱的是牧童。牧童便是看牛童子，和马桶毫无关系。"

箫九本意要来搜寻先生的过失，以便借口辞歇，现在却又无懈可击，转有些不好意思，便道："老夫子，再会吧。兄弟今天要赴车站欢迎王团长，回来再得老夫子细谈。"说罢，转身便去。

伯通那时气满胸脯，反而不觉得腹中饥饿。自知东翁这番无理取闹，一定是听信谗言，想借端辞退我的馆地。与其被人逐客，不如自己见机，留一纸辞职书在案上，就此拂袖而去吧。当下握笔在手，写一纸简单的字条。写得没多几句，忽然转念一想，我何苦自把饭碗打碎？还不如听了吾妻良言，牺牲着耳朵，把方才东翁寻衅的话只算没有听得，挨一天是一天，不见得他便赶我滚蛋。想到这里，放下了这支笔，把字条搓作纸团，丢在字篓里面。揉一揉肚皮，权且忍耐下去。

待到十点钟，金官银官都到书房里来读书。按照功课，便须和金官讲书。伯通的才学有限，他和金官讲的书便是《论语》"君子有九思"一节，囫囵吞枣，讲得不很明白。谁料隔着门帘，田太太在那里侧耳潜听，听得没多几句，怒气冲冲，便在帘儿外放声大骂起来。

毕竟田太太因甚骂先生，下文自有分晓。

第九回

田箫九前倨后恭
史伯通因祸得福

　　向例金官、银官进书房总在八点钟左右，这一天田太太吩咐他们慢慢儿进去，且待我做过佛前功课，你们进去不迟。金官、银官很高兴地答应了一声，自去玩耍。田太太为什么不叫他们进书房呢？只为疑着先生不说好话，尿呢屎呢当作功课。孩子早进了书房，徒然学得恶模样，还不如待到自己念佛完毕以后，一壁遣孩子进书房，一壁去窃听功课。倘有一言不合，便在帘儿外一顿大骂，骂得这教书狗垂头丧气地出门。

　　那时佣妇来报告说："先生已到书房里去了，可要搬稀饭出去？"

　　田太太怒道："好好的白米粥，为什么喂给狗吃？"

　　佣妇也不知太太为什么动气，只得诺诺连声，不把稀饭搬入书房。少顷，三婶婶来梳头，顺便问太太道："今天两位官官可是放了学？方才瞧见他们在园子里白相。太太，你好福气，金官官比银官官益发长得肥头胖耳，相貌真好。不比我们的阿奎，瘦得和象牙猢狲一般。"

田太太叹了一口气道:"孩子生得却不错,只是先生不好,一味撒烂污,不把好样教孩子。所以昨天银官在放生庵里闹出许多笑话,不是我没家教,实在是先生不好。"

三婶婶道:"先生怎样地撒烂污呢?"

田太太恨恨地说道:"提起了这个吃屎先生,忍不住胸头的气。短命的教书狗,接售的教书狗!三婶婶啊,一言难尽,我要把他恶恶毒毒地痛骂一顿。现在权时忍耐着,只为今天是月半,我还没有拜过佛念过经,空心肚里便骂人是罪过的。待我拜过佛念过经,功课完毕,总要发泄我这口闷气。"

三婶婶道:"太太也不用生气,先生不好,便把他辞退了。苏州城里吃教书饭的要多少有多少,尽可以抓一把来拣拣。"

梳头完毕,三婶婶回去不提。田太太一进了佛堂,立时抛弃了骂人的念头,南无般若波罗密多念得怪响,明晃晃点起蜡烛,烟漫漫烧起檀香。今天月半,要做加倍的佛前功课,多拜几次佛,多念几卷经。约莫敷衍了一点多钟,才出佛堂,吩咐佣妇送官官们上书房。田太太收拾起念佛心肠,搭足了相骂架子,影影绰绰只在门帘外探听动静。里面史伯通怎会知晓,忍耐了这口气,唤金官到案头听讲《论语》。

伯通道:"今天讲的是九思章。'孔子曰,君子有九思',便是孔夫子说君子有九种的思……"

帘外的田太太暗唤一声:"放屁,分明是欺我们外行,难道孔夫子会说君子有九种的屎?且听下去,讲些什么。"

伯通道:"第一种,'视思明',视便是看着的时候,有一种

82

思要看得清清楚楚。第二种'听思聪'，听的时候，有一种思要听得明明白白。第三种'色思温'，合罕合罕……"为什么"合罕合罕"？伯通每逢讲书时，觉得字义深奥，讲不下去，总是"合罕合罕"地假咳嗽。一壁咳嗽，一壁在脑海里盘旋打转，居然被他想了出来，续讲道："色便是货色，见了货色的时候，有一种思是要不冷不热，带些温暾才好……"

田太太再也忍耐不住，隔着门帘唤道："金官出来，别去听那吃屎先生讲屎。说什么有一种屎要看得清清楚楚，有一种屎要听得明明白白，又有一种屎不冷不热，带些温暾。既然不冷不热，先生何不咽了下去？为什么放在嘴里乱嚼？"

金官听得呼唤，忙不迭地出了书房。银官刁着嘴，兀自在书房里读《三字经》，读的是"经子通，读诸史"，读得不清不楚，仿佛是"鸡屎孔，掏鸡屎"。

田太太又唤道："银官也出来，吃屎先生哪有好话说出，你是读书官人，他教你在鸡屎孔里去掏鸡屎，怎么使得？"

银官果然也跑了出来，只剩那史伯通在书房里发抖。等要出去分辩，无奈外面的是东家太太，嫌疑攸关，不便和她斗口。自古道，好男不和女斗，且待东家回来，再去理论。

又听得田太太在帘外吩咐两个儿子道："我们乡绅人家的少爷，嘴里总该干干净净，你们不必坐书房里听那混账先生嚼什么蛆。过了一天，待我和你老子商量，请一位有才有学的先生教你们读书。苏州城里吃饭的先生尽多，不见得个个吃屎。唉，早知道这混账先生是吃屎的，我们便不该请他教书。千不好万不好，都是你老子不好，枉费六年的饭食和束脩，喂养这一只吃屎的教书狗……"以下的辱骂听不清楚。原来田太太挈领着两个儿子，一壁走一壁骂，直骂到里面，田太太兀自骂不绝口。但是相距得远，伯通的耳朵里却听不清楚了。

伯通愤愤地坐在书房里，再也坐不安稳。正待负气归家，又道："且慢且慢，我不妨静待东翁回来，把方才的种种辱骂告诉他知晓，须他向我道歉一声，我便瞧着金钱分上，胡乱在这里混过一年，再做计较。"

且说箫九赴车站，欢迎一位王得功王团长。团长到了车站，只邀请商会会长和几处公社里的社长相见，并没有和箫九会面。箫九心里很有些不快活，以为失了乡绅的体面。目今趋势，全仗和军阀时相联络，才能够狐假虎威，夸耀乡里。偏生王团长不和他交接，他怎么不快快回家？

到了家里，田太太这么长那么短，说了先生许多不是。箫九愤愤地说道："怪不得今天捌霉头，原来这混账东西又在书房里胡言乱语，不说尿定说屎，有意把我们的孩子糟蹋。倒亏他还死赖在书房里，老着面皮不肯走。我今天不把他驱逐出门，我便不是田箫九。"

说罢，气冲冲地跑进书房，见了伯通，也不招呼，砰的一声，把书案碰得震天价响，喝道："史伯通，你也好算是先生吗？"

伯通见东翁来势不善，知道这只饭碗断然不保，也是气冲冲地答道："我在这里已教了六年的书，怎说不是先生？"

箫九道："你原来是先生？我只道你是个马桶，满肚皮都是屎。"

伯通冷笑道："我既是马桶，你为什么不把我倒这一倒？"

这一句是刺心的话，箫九恼羞成怒，便把五支雪茄烟奉敬西宾。伯通扭住了箫九说："你殴辱斯文，还当了得？且到外面评个理去。"书房里闹得马仰人翻，没个结局。

忽然小厮田兴进来通报，说王团长登门拜访，有许多军队前呵后拥，好不威风，老爷快去迎接。箫九听了大喜，说："好了好了，王团长来了。你敢扭住乡绅，该当何罪？待我知会了王团长，少不得把你军法裁判，一粒卫生丸送你归天。"

伯通听说一惊，不觉放松了这只手。箫九整一整衣襟，自去迎客，吩咐田兴看守着书房，这姓史的已成了要犯，万万不能放他脱逃。

箫九出了书房，田兴便守住了门户，不放伯通出外。这时伯通心头懊悔，不该螳臂当车，惹出这场横祸，辜负了浑家的一番忠告。田箫九我不怕他，但是他和军阀勾结，一言之下，便可以断送我这条老命，那便怎么是好？唉，早知如此，便挨受了一下嘴巴，打什么紧？何必扭住他的胸脯和他奋斗？当下向着田兴央告道："你可放我出去，我愿对你主人磕头服罪。"

田兴道："呸，你休想活命。我家老爷是赫赫有名的臭马路乡绅，你冲犯了他，不是杀头也得坐几年长监。"

伯通擦着眼泪道："田兴哥哥，你可起个恻隐之心，向我家中通个消息，好叫内人和我见一次面，我便感激你不尽。"

田兴道："休得啰唆，伸头也是一刀，缩头也是一刀，和老婆见面做什么？要是你命不该死，定了三年监禁，你老婆自会到监里来探望，和你会面。要是你命尽禄绝，转眼便要宣布死刑。

王团长板一板面孔，吩咐兵丁把你押赴臭马路斩讫报来。你若抛不下老婆，尽可在三更半夜，和老婆梦中相见。"

伯通听了，越听越怕，吓坏在冷板凳上，浑身的肌肉零碎跳动，仿佛死刑业已宣布一般。在这当儿，忽见箫九急匆匆地闯入书房，伯通大吃一惊，料想他定是引领着兵丁前来捉人，待要扑通跪下，向箫九求饶，忽听得扑通扑通又扑通，脑袋瓜儿在地板上撞得怪响。说时迟，那时快，早吓呆了两个人。两个人是谁？便是伯通和田兴。原来跪倒在地的便是赫赫有名的臭马路乡绅田箫九先生。

伯通暗唤不妙，莫非我死在目前，他预告向我活祭？吓得三十六员牙将捉对儿打仗，半晌开不出口。

田兴暗唤不妙，主人向先生服礼，一定是主人理短，先生理长，懊悔着方才不该出言无状，得罪先生。要是先生告诉了主人，我便要挨一顿毒打。

箫九宛似狗爬在地上，连连哀求道："老夫子，你是大度宽宏，宰相肚里好撑船，大人不捉小人之过。念我田箫九和你做了多年宾主，并无冤仇，今天我被鬼摸了头，一时糊涂，冒犯了你老夫子，特地向你下个全礼，求你老夫子不要记下我的仇恨。我自有特别的报答，办着丰盛筵席，请你老夫子坐了首席，我亲自敬酒三杯，跪着奉献。将来你有什么使用，我田箫九绝不吝啬，随时可以供给老夫子使用。老夫子，你应允了我的请求吧，你道一句恕你无罪，我才敢起立。要不然，我便一辈子跪在你面前。"说罢，又是扑通扑通又扑通。

箫九越是哀求，伯通越是惶急。他肚里寻思，分明箫九怕我身死以后，鬼魂缠绕，和他为难，所以在我将近就刑的当儿，说这一派好听的话，好叫我死而无怨。他说什么丰盛筵席，只不过逢着岁时令节，给我一碗羹饭吃罢了。说什么供给使用，只不过焚几串锭帛，烧几只冥箱，给我黄泉路上做盘缠罢了。不料我史伯通这般命苦，在粪窖子里坐一只冷板凳，也会遭着飞来横祸。想到这里，愈想愈惨，不禁泪如雨下。

萧九见伯通挥泪，跪着央求道："老夫子不用悲伤，我知道你今天受了委屈。方才不是我擅敢侵犯你的皮肤，只为着一个蚊虫叮住了你的面皮，我给你拍一下，拍得太重了，累你吃了些痛苦。实在是我的不是，老夫子请你结结实实地打我几下耳光吧。耳光两面生，左右凭你打。爱打左面颊，我便把左面颊送上；爱打右面颊，我便把右面颊送上。要是你不肯动手，我可以代你效劳，自己打自己的嘴巴。"说时，左右开弓，真个自己打了几下嘴巴。

伯通颤巍巍地说道："你要害我的性命，也不用装腔作势，猫哭老鼠假慈悲。我生前是个善人，死后却是个恶鬼。任凭你说得天花乱坠，我的鬼魂总不肯饶你。"

萧九知道伯通误会了意思，忙道："老夫子说什么话？你怎会死？你的好运来了，恭喜恭喜。"

伯通听说恭喜两个字，面容惨变，只为犯人怕听恭喜两个字，恭喜便是处决的代名词。于是且哭且说道："你要害死我，也叫没法。快把我妻子唤来，我有几句遗嘱和他们面讲。"

萧九道："老夫子愈说愈不是了。老实向你告禀，外面来的这位王得功王大人，在那十年前曾经充当府上的厨房，现在他荣

87

任团长了。这次他上门拜谒，不是拜我田箫九，却是拜你老夫子。他现坐在厅堂上，专候你出去相见。你和王大人相见时，千万替我添几句好话，万万不可记我的恨。"

伯通听了，如梦初醒，原来王团长便是王司务，难得他有良心，特地前来拜望我。猛听外面的卫队大声吆喝道："姓田的，怎么还没有请史大人出来相见？你毕竟在里面做什么？"

箫九着急道："老夫子，你应允了我的请求吧，要不然，他们要打将进来了。"

伯通冷冷地说道："我怎敢出去？我是要犯，我一出去便要把我军法裁判，一粒卫生丸送我归天。"

箫九道："老夫子，这是我方才放的一个臭屁，求你原谅。"一壁说，一壁扑通扑通又扑通。外面的卫队益发吆喝得厉害，田兴也跪着恳求道："史师爷不要作难，快快应许了吧。"

伯通道："贵管家，你怎么叫我出去送死？王团长板一板面孔，岂不要吩咐兵丁把我押赴臭马路，斩讫报来？"

田兴道："史师爷不要生气，这是小的信口胡言，只好算是一个狗屁。"

里面的田太太以为史伯通业已驱逐出门，早念着："大慈大悲救苦救难的观世音，似这般吃屎先生，将来绝子绝孙，转世投胎，永做披毛戴角的畜生。南无观世音菩萨，摩诃萨……"忽地佣妇进来报告道："太太，外面来了许多兵马，把我们房屋团团围住。"

田太太猛吃一惊，忙问怎的。佣妇道："听说王团长前来答拜老爷，顺便要把这个吃屎先生绑赴臭马路，一切两段。"

田太太听了不忍，转念一想，似史伯通这般误人子弟，把他杀却，也是可怜不足惜。又念道："色即是空，空即是色，一刀两段，可怜不足惜。"

忽地小丫头又来报告道："太太不好了，老爷直橛橛地跪在吃屎先生面前，连那田兴也跪了。听说王团长帮着吃屎先生，要把老爷推出辕门斩首。"

田太太啊呀一声，丢去了念佛珠说道："这是怎么讲？我们的当家人怎好杀却？"

那时田箫九气喘吁吁地跑入上房道："太太快把我新制的单袍和那新鞋新袜一齐取出来，以便更换。外面催促得厉害，赶快赶快！"

田太太只道箫九换了新衣服，前去就刑，不觉涕泪滚滚，抱着箫九大哭道："你舍得抛着我去啊？我好容易把你做了黄泥膀，指望夫荣妻贵，齐眉到老，谁料你命尽禄绝，合该死亡。换了衣裳，绑赴法场，一刀两段，好不惨伤。啊呀我的天啊！"

箫九连连摇手道："这衣裳不是我穿的，是我借给老夫子穿着会客的。太太你可知道，那位老夫子很有势力，很有体面。王大人上门来拜谒，不是拜我田箫九，却是拜那位史伯通老夫子。"

田太太诧异道："原来吃屎先生来头很大？"

箫九道："再也不可把那位老夫子唤作吃屎先生。他是吃香粳白米饭的，吃鱼翅海参的，吃燕窝鸽蛋的。我田箫九哪里有他的福分？他不吃屎，我却吃屎，狗眼看人低，把那位非同小可的史老夫子百般侮辱。亏得老夫子器量很大，已饶赦了我的过失，从此以后，那位史老夫子便是我们的佛、我们的仙、我们的老祖宗。将来我们一辈子的荣华富贵，都要仰仗着史老夫子竭力提拔。太太，快不要唤吃屎先生。你是信佛的，你可知道得罪了贵人，比得罪了生身父母要加十倍罪过。唤一声吃屎先生，宛比骂佛骂仙骂祖宗，菩萨听了怒冲冲，折尽你的福，削尽你的功，十年念佛变作一场空。"

蓦然间，田兴跑来报告道："老爷不好了，王大人在花厅上大发雷霆，说再不放史师爷出去相见，他便要领着卫队入内抄家了。"

第九吓得面如土色，连催着田太太快把新衣服新鞋袜送给伯通更换。

毕竟伯通怎样和王得功相见，下文自有分晓。

第十回

贵客临门雪中送炭
乡邻赠物锦上添花

　　杀人如麻的王得功，牺牲着小百姓许多生命财产，造就他一个团长头衔。论他的心肠，合该是异常狠恶的，然而武人手腕虽辣，但是对于生平受过大惠的恩人，却也牵肠挂肚，历久不忘。王得功出身灶养，本是个脑筋简单的人。自从十年前辞去了史姓的烧饭职役，富贵逼人来，遇着了一位屠猪将军，是他少年时的好友，见他落魄，便留他在营中差遣。十年来扶摇直上，才有今日的富贵。

　　什么叫作屠猪将军？只为那位将军少年时曾做杀猪生涯，后来放下屠刀，去弄枪杆，把杀猪的本领去杀戮同胞。杀人愈多，功劳愈高，才成了一员大将。王得功做团长时，那位屠猪将军已升作了师长。一个出身屠户，一个出身厨房，都是民国干城之选。英雄何论出身低，古来有屠狗的名将，有灶下养的中郎将，佳话流传，千古一辙，正不须少见多怪，以为奇事。

　　王得功对于屠猪将军，果然是感恩知己，愿效驰驱。对于十年前的旧主人帮助他埋葬老父，也是念念不忘。这番奉命到苏州驻军，一抵了车站，便向商会会长探问史姓的近况，才知道老主人商业失败，吞烟自尽，留下小主人夫妇，苦得不成了模样。住在胥门外竹行河头，租几间小房子，男子出去坐馆，女的在家中做些女工，勉强度这苦恼日子。王得功听了，连连嗟叹，不图十年以内，我旧主人家中沦落到这般田地。便打定了主意，今天拜客，便要首先去拜望这位遭难的小主人。

再说史伯通的娘子陆氏，见丈夫已出去教书，她也不敢荒废光阴，早晨的工作完毕，便坐着刺绣，一针上一针下，趁着日长天气，多做些女工，也好帮助丈夫贴补家用。阿馨把小竹椅掇出掇进，独自在庭心里玩耍。穷人家庭格外清静，平日常常来往的亲戚朋友，到了那时大都绝迹不来，似乎到了史姓家里，便要沾染了穷气。

陆氏做了多时的女工，看看日影还没到午正时刻，满拟再做一条线，把这朵花儿绣好。叵耐穷人家的孩子易闹饥荒，阿馨扯开着嘴，哭喊着要吃饭饭，陆氏没奈何，只好放下了针线，预备烧饭。忽听得一阵敲门声响，有人高喊着："史大人可在公馆里面？"

陆氏隔着门儿答道："这里没有史大人，只有吃教书饭的史伯通。"

门外人道："不错，我们前来禀见的，便是这位史伯通大人。"

陆氏听了诧异，开门看时，却是两名警察，不觉猛吃一惊，便道："我们家里既不吸烟，又不窝赌，你们上门来做甚？"

警察道："我们有一桩要事，要面见了史大人禀告。你快去通报一声，说本区警察前来求见。"

陆氏道："史伯通不在家里。"

警察道："史大人不在府上，便去通告史太太也是一般。"

陆氏道："我便是史太太。"

两名警察一齐吃惊，皮鞋掠地有声，行了一个立正礼，把手向帽旁一拂，表示敬意。陆氏莫名其妙，慌得倒退了几步。

一名警察道："警察们不知道便是太太，多多有罪。"

一名警察道："回太太话，今天王得功王大人要到公馆里，向史大人、史太太请安，方才有电话到局子里，着令巡官老爷督率警察两名，先在公馆门前照料，王大人已在途中，不久便要登门。"

陆氏忙道："我们穷苦人家，哪里有贵人来往，你们敢是弄错了吧？"

一名警察道："王大人在电话中吩咐说，史大人是他旧时的东家。"

一名警察道："商会里也有电话来，说王大人在十年以前，曾充史公馆里的厨房。"

陆氏恍然大悟，才知道王大人便是王司务。自思昨天上街泡水，便听得茶寮里有人向我说，王司务已做了官了，我兀自半信半疑。今天他肯上门来探望旧东家，可见他不忘旧恩，我夫妇俩一定可以得他的帮助。

正在念忖当儿，蓦见那两名警察倏地把肩上的枪支高举在手，陆氏又吃了一惊。抬眼看时，原来是身穿制服的巡官老爷来了。警察禀报巡官说："史大人不在公馆里，这位便是史太太。"

那巡官怎敢怠慢，也是行了一个立正礼，立时督率着警察，在大门外照料一切。陆氏自回里面，又喜又急。喜的是难得王司务有良心，急的是贵人来踏贱地，家中没茶没汤，怕不要亵渎了贵人。忙提着一把茶壶，正待上街去泡茶，早被警察接了去，说史太太有什么差遣，只差唤我们便是了。阿馨牵着他妈的衣角，连唤着肚里饿。警察道："小少爷不用吵闹，我去买东西给你吃。"

无多时刻，一名警察泡了茶来，一名警察买了些东洋饼果子糖给阿馨吃。阿馨果然不吵了，一壁吃东西，一壁把头左右摆，瞧着警察，且吃且唱道："呒啊呒啊好吃，黄狗白狗看吃。"

不多一会儿，商会里的会长、公社里的社长也都到了，见了陆氏都是满面春风，嫂嫂长嫂嫂短地叫不绝口。又不多一会子，菜馆里厨役挑着丰盛筵席到来，这是商会会长顾虑周密，恐怕史姓无以应客，特地备着筵席，代替史伯通做东道主人。那天史姓家里热闹非常，惹得东邻西舍老大惊讶。眼见巡官老爷替他们看门，岗警替他们泡茶买东西，门前停着商会会长公社社长的包车，难道冷镬子里烘出一个热栗，史穷鬼交着了好运吗？待要挨进门去，探听根由，却被巡官呒喝说："这是史大人的公馆，不许闲人乱闯。"邻人没奈何，只好站在自己门前，瞧这热闹。

那时竹行河头，五步一警，十步一兵，断绝了行人交通。约莫午牌时分，但见那壁厢刀光如雪，枪杆似林，簇拥着骑在高头马上的王得功，浩浩荡荡而来。王得功到了史姓门前，滚鞍下马，警察喝着一二三的口令，举枪立正。商会会长公社社长都在大门口恭迎虎驾，陪着王得功直入里面。

陆氏偷眼瞧时，十年不见，另换了一种模样。从前王司务束着青布作裙，提着竹篮，上街坊买东西；现在王团长穿了长袍短褂，挂了文虎章，气象不凡，果然是一位贵人之相。正待迎上前去相见，不料王团长早见了小主母，赶忙摘下呢帽，授给卫兵手里，抢步上前，向着陆氏纳头便拜。会长、社长也跟着跪倒在地，他们为什么也跪倒在地呢？只为眼见赫赫炎炎的大人向着陆氏尚且推金山倒玉柱，死心塌地地下跪，何况区区会长、小小社长，哪有不跪之理？因此团长跪了，他们都跪。一来可以讨好军阀，二来下跪也有一种传染性性质，见人吃饭尚且喉咙痒，见人下跪哪得不膝盖软呢。

三个人下跪以后，慌得陆氏也跪了，口称"折杀小妇人了，快快请起"。待到一齐站起，分宾主坐下，伺候团长的巡官忙上前来献送香茗。得功开口便问主人哪里去了，又问近来光景怎样。陆氏备细诉说连年的颠沛情形，又说丈夫没法糊口，只得在臭马路田姓家中教书度日。

商会会长道："好叫大人得知，这姓田的是本地的县议员，方才也在车站上欢迎虎驾。只是大人没有接见。"

得功点了点头，便问陆氏道："主人在田姓教读，有多少薪水？他们待先生好吗？"

陆氏道："每月薪水只有五块钱，五块钱里面，还要搭着一两块哑洋。田姓家产虽丰，待师很是吝啬。这也怪不得他人，只怪丈夫命运不济罢了。"

得功把头一摇道："岂有此理？用一名小厮也要五六块钱，

怎么延请教读，只有此数？似这般的守财奴，委实可恶。"

社长含笑说道："史太太，我本意要到府上来拜望伯通先生，舍亲家中正要物色一位教读，大约月薪有二十块钱，比着田姓家中起居饮食舒服得多，不知道伯通先生愿就不愿就？"

陆氏尚没回答，会长抢着说道："我也想推荐伯通先生到敝族中去教书，月薪有三十块钱，料想伯通先生可以俯就吧。"

社长道："舍亲延师，月薪虽只有二十块钱，连着月费节敬在内，也有三十块钱左右，好在和府上相距不远，伯通先生就馆，当然要取个往来便利。"

陆氏听了，好不心头欢喜。平日丈夫四处求人推荐，辄遭白眼，万万想不到一朝交运，大家都要抢先延请这位史伯通先生。

得功吩咐卫兵取出二百元钞票，送给主母，暂救目前之急。陆氏受了，谢不绝口。会长、社长同声说："韩信拜将，不忘漂母之恩，王大人这般义胆忠肝，更在韩信之上。将来民国史上佳话流传，可以千秋不朽。"

得功谦逊了一番，又问："姓田的住在哪里？待我到他家里拜望我旧时主人。"

会长社长说明了田箫九的住处，都愿引导得功前去拜望史伯通先生。得功道："不须诸君作陪，只我一人登门，表示我的诚意便了。"

当下吩咐卫队到臭马路田姓家中拜访史大人，卫队们一声道诺，伺候王大人上马。会长、社长再三挽留得功在这里宴会，得功连称不必，辞别了主母，跨上马背，径向臭马路而去。会长、社长和那巡官警察也都散了，留下一席丰盛菜肴，给陆氏母子享用。

陆氏见众人都散，心中犹疑是梦，瞧一瞧青天白日，并不是梦境迷离，留下的菜肴，预备遣人去唤伯通回家，再约了几位东邻西舍饱餐一顿。一叠钞票数了又数，恰是整整的二百块钱，到房里安放妥帖。

在这当儿，邻舍人家的婆婆妈妈都得了消息，纷纷地进门贺喜。对门周家婶婶平时见了陆氏不大讲话，陆氏很殷勤地和她攀谈，只是热气换她的冷气。问她三句，只答一句，说话时没精打采，似乎万分不高兴的模样。今天她第一个进门，手里托着两碗鸡面，高唤着："史家嫂嫂，一些些粗点心，给你充饥。"

陆氏道："我们有现成的菜肴，娘儿俩吃不了。周家婶婶，这两碗面请你自己用了吧。"

周家婶婶道："史家嫂嫂，这整席的菜肴，吃了也可惜。不如到了下午去请那位王大人来夜宴，总算做了一个人情。我和你宛比自家姐妹一般，史家嫂嫂不用客气，你忙了半天，也该饿了。这碗面趁热吃。阿馨宝宝，来来来，我来喂给你吃。"说时，取了两副筷子，一副给陆氏，一副自己执了，端了面碗，喂给阿馨吃。阿馨吃不完，又分了半碗给陆氏。娘儿俩一齐吃饱了，陆氏谢不绝口。周家婶婶道："史家嫂嫂又来了，自家姐妹，说什么多谢？"一壁说，一壁抽了一方手巾，替阿馨揩嘴。又把阿馨搂在怀里，"好心肝乖心肝"地唤了百十遍。

斜对门衣装店里老板娘娘平日见了陆氏理都不理，今天手捧了一件格子布女衫、一条纺绸裙送给陆氏道："史家嫂嫂，这一些小意思请你收了吧。你和王大人会面的日子很多，衣裳穿得太破了，不成模样。这一套衣裙很配着你的身材，佛要金装，人要衣装，你和贵人相见，衣服总该光鲜一些才好。"

陆氏道："我没有什么送给老板娘，怎好受你的厚惠？"

老板娘娘道："一些些算得什么？将来我还要和你结拜姐妹，我的衣服便是你的衣服，分什么家呢？"

周家婶婶道："很好很好，你们结拜姐妹，我也情愿加入。"

三个人攀谈的当儿，邻舍人家妇女愈来愈多，史家嫂嫂叫得震天价响，也有送雪花粉的，也有送生发油的。巷口杂货店里的娘娘一手提着十块肥皂，一手提着五刀草纸，说："这些家常日用东西，史家嫂嫂总该用得着，不要客气，收了吧。"

陆氏越是推辞，许多婆娘越是要强迫她领受。一个人怎禁得起许多人包围，凭你生性清高、一介不取的人，到了那时，也不免牺牲了清白。但看政治舞台上的优秀人物，都是这般，何况陆氏一个寻常女流呢？

阿馨笑嘻嘻地唤道："妈，你看宝宝穿了标标衣裳、新裤裤、新袜袜。"

陆氏奇怪道："谁给你换上的？"

阿馨道："陌陌人，陌陌人。"

隔壁赵师母笑得咯咯地道："阿馨囡囡，你莫唤我陌陌人，我是你们的近乡邻，唤我一声赵师母。"

陆氏才知是赵师母给他换的，连声道谢。赵师母道："谢什么？这些都是旧东西，我家孩子年龄大了，穿上不配身，送给你们囡囡穿。史家嫂嫂不要见怪已够了，谢什么呢？"

衣装店娘娘道："儿子打扮了，娘也该打扮起来。史家嫂嫂快把衣裙换上，瞧瞧配身不配身。"说时，也不待陆氏许诺，忙替她更换了格子布衫纺绸裙。送雪花粉的忙着替她搽面，送生发油的忙着替她梳头。杂货店娘娘肚里寻思，我送的东西偏生一时用不着，怎么是好？谁知合当凑巧，陆氏多吃了半碗面，忽然坑急起来了，说一声"诸位宽坐，我要去解手"。杂货店娘娘大喜，忙抽了几张草纸，授给陆氏。待到陆氏登坑完毕，杂货店娘娘又把一方肥皂献上，请史家嫂嫂把来洗手。众人掇臀捧屁，百般奉承。

忽听门外车铃声响，抬眼看时，但见史伯通浑身衣服打扮一新，大摇大摆地进门。众人又把伯通包围着，你也史伯伯，我也史伯伯，叫得怪响，叫得伯通答应不迭。

"史伯伯，你面上紫气腾腾，合该有贵人相逢……"

"史伯伯，人逢喜气精神爽，你的气色真好啊……"

"史伯伯，你门前到了贵客，我们左邻右舍都有威光……"

陆氏见了丈夫，便把方才的经过述了一遍，又问王团长到臭马路来拜客，可曾见面。伯通道："已曾会面过了，难得他不忘旧恩，心心挂念着穷主人。可笑我东家田箫九，存心势利，一会儿把我吓得魂飞魄散，一会儿把我喜得心花怒放。"

陆氏道："喜是应该喜的，吓有什么吓呢？"

伯通不慌不忙，也把方才的经过述了一遍。怎样东翁无理取闹，怎样又是跪地哀求，怎样取出了新衣服送给我穿，请我到花厅上去会客，要在王团长面前添些好话。

陆氏道："后来你见了王团长，怎么样呢？"

伯通道："王团长见了我，纳头便拜，磕了三个头，东翁也跪在旁边磕了九个头。直待我们都坐了，东翁才从地上爬起，侍立一旁。王团长问我教多少生徒，我说只教两个小蒙童，谁料东翁误会了，禀告王团长道：'回大人话，晚生家里的两个小儿愚笨不堪，肚里一包屎，确是两个小马桶……'"

伯通说到这里，惹得众人拍手大笑。伯通又道："王团长嫌我教书太辛苦，薪水又很薄，要调剂我一个差使，多赚几块钱。我连连称谢。东翁又禀告道：'回大人话，史老夫子有了高就，晚生那边依旧照送干脩，按月奉上。'王团长点了点头，不说什么，略坐了一会子，便说今天还要到各官各绅处答拜，晚间又要到道尹衙门里去赴宴，约我后天到他公馆里去畅谈，说罢匆匆告别。东翁还要留着他便饭，他说：'不必不必，你把这筵席孝敬了先生，便和孝敬我一般。'东翁连道了几个'是'字，便和我恭送王团长出门。回到里面，添了几样菜，请我吃饭。饭罢请我休息几天，再来授课。吩咐车夫把我送回来，因此我坐了车儿回家。"

衣装店娘娘道："你的东翁真是一个势利小人。"

赵师母道："天下最可恶的便是这般的势利鬼。"

周家婶婶道："我也最恨的是势利人，见人家失了势，面孔立时冰冷，见人家交了运，忙不迭去掇臀捧屁。似这般的势利人，叫他人也罪过。"

众人都在那里痛骂势利人，却不知自己也在势利之列。这真算得自己骂自己呢。

到了晚间，便把日间的筵席请了乡邻，夫妇俩陪着他们喝酒，开怀畅饮，直到夜分始散。有了这靠山，自以为丰衣足食，高枕无忧。然而天下的事苍狗白云，易生变幻，怎能够打着如意算盘？

毕竟怎样变幻，下文自有分晓。

第十一回

酷相思阮囊羞涩
空欢喜世态炎凉

时光忽忽，已是五月初旬。蚕忙放假的王尧卿先生专在醉乡里消遣光阴。看看一个月将满了，过了端阳，又要到乡间去教书。想到这里，不免心中有些恋恋不舍。他恋恋的是什么呢？不是恋恋着浑家张氏，也不是恋恋着女儿翠芬，他只抛不下附近酒店里的一坛陈年绍兴。乡间虽然有酒吃，但是哪里有这般的好酒？又恨红纸包里的几块钱渐渐用尽，不能够买一坛绍兴，载到乡间去畅饮。

这天，身坐在酒店里，囊内只剩得十余个铜圆，喝了两碗陈绍酒，正喝得喉咙奇痒，可恨囊内的钱只有此数，付去酒资，业已无余。酒店老板又不肯欠账，赊给他几碗酒吃。勉强抬身，正待离这座酒店，忽地又坐了下来，不觉凄然泪下。

酒店老板道："王先生，你有什么心事？怎么好端端掉下泪来？"

王先生哽咽着说道："我今番到了乡间，这相思病一定害得成了。"

酒店老板笑道:"不料你这么大的年纪,兀自恋恋女色。你恋的是谁?"

王先生道:"我恋的是香喷喷的女郎,甜津津的雌儿。我每见了她的面,骨也酥了,心也醉了,眼睛也迷花了,馋涎也滴溜溜滚下来了。似这般的妙人儿,我怎么抛撇得下?这番到了乡间,再也不能见着她的娇模样,再也不能嗅着这香喷喷的气息,尝着这甜津津的滋味,叫我怎么不害起相思病呢?"

酒店老板大笑道:"亏你这一把年纪,说这肉麻的话儿!这雌儿毕竟是谁?"

王先生道:"便是你的令爱。"

酒店老板奇怪道:"王先生只饮得两碗酒,怎么已说醉话?我可没有女儿咧。"

王先生道:"我说的女儿,便是这坛里顶呱呱的女儿酒。酒价虽然很贵,但是酒味却很好。我到了乡间,再从哪里去喝这般好酒来?这相思病一害便成,害了一个月,管叫骨瘦如柴,害了两个月,管叫一命归阴。老板老板,我将来身死后,你怜念我多年老主顾,送几斤好酒到灵前祭奠,我王酒鬼在黄泉路上感恩匪浅。"

说时,待要放声大哭,忽听得有人唤道:"王尧翁,果然在这里饮酒,我方才特到府上专诚奉访,尊嫂说尧翁不在家里,叫我到酒店里来寻,果然不出尊嫂所料。"

王先生擦着泪眼,认得来人便是壅业巨子府上的西席先生史伯通。见他打扮一新,不似从前的落魄模样,心中奇怪,田老板家里的馆况并不算好，怎么史伯通的衣服却穿得这般漂亮？当下起立，拱手道："伯翁何事见访？倒要请教。"

伯通道："有些要事，特来和尧翁商量。"

王先生道："商量商量，坐了商量，倒碗酒来，喝喝何妨？"

伯通便坐了下来，笑道："尧翁要喝酒，兄弟可以奉陪，只是酒量不佳。"

王先生道："你的酒量不佳，我的酒量却好咧。伯翁，我不和你假客气。开了天窗说亮话，兄弟酒量虽好，酒资却带得无多，方才还了两碗酒钱，囊中早已空空如也。伯翁陪我饮酒，可能做一次东道主人吗？"

伯通沉吟不语，王先生道："你不用慌，我是吃寡酒的，一碟盐花拌的生豆腐、一包五香豆，便够下酒，并不要你十分破费。"

伯通点了点头道："区区的小东道，兄弟可以做得。本来杯酒谈心，是朋友应有的事。"

王先生拍着手掌道："着啊！老板快烫酒来。"

直待酒碰了嘴唇，王先生才问伯通的来意。伯通道："兄弟现在已抛弃旧业，投身政界了。刻奉王团长的委任，充当苏州烟酒税局的局长，不日便要到差。"

王先生笑道："恭喜伯翁，有此好机会，怪道方才踏进酒店门，大摇大摆，很有些官僚气概，原来你已做了官了。但是我替伯兄恭喜，却又替自己担惊。"

伯通奇怪道："怎么我做了官，你却担起惊来？"

王先生道："现在的酒价一加再加，比从前加上了十多倍。

你荣任了烟酒税局的局长，烟和我没关系，酒却是我的性命。要是你专在酒上刮削起来，害得我酒鬼买不起酒，岂不要重重地担惊？趁着酒价未加，不如喝个爽快。老板添一碗来。"

伯通道："尧翁休得取笑，兄弟既入了政界，田老板那边的馆地，其势不能兼顾，曾向老板辞馆，尢如东翁再三挽留，情不可却，只好延请一位代馆先生，暂代兄弟的功课。素知尧翁设帐乡间，馆况不甚佳妙，意欲奉恳尧翁到田家中去庖代，那边月薪比乡间较多，又省却往来的川资，料想尧翁一定应许。"

王先生道："可以可以，我正舍不得抛却苏州的美酒，恰好有此机缘，可称实获我心，合该满饮一杯。老板，添一碗来。"

伯通又谈及王团长出身厨役，不忘旧主，一到苏州，便来访我，所以东翁器重，邻里交欢，梦想不到有此好运。王先生道："伯翁交好运，合当庆贺一杯。老板添一碗来。"

伯通道："既承尧翁俯允，兄弟便须去通知东家，大约节后便可开馆。今天初二，尧翁且到后天光顾舍间，再和你订定开馆日期。"说时便要招呼老板付去酒钱。

王先生道："且慢且慢，难得知己谈心，总须饮个爽快。老板添一碗来。"

伯通只饮得一碗酒，王先生已喝了三五碗，再想喝几碗，免不得拍着伯通的马屁道："伯翁，你真可以算得慷慨好客的孟尝君。"

伯通道："兄弟不像身相齐国的孟尝君，却像逃出昭关的伍子胥。"

王先生道："你怎么像起伍子胥来？"

伯通道："《文昭关》里的伍子胥，口唱着'一天一天又一天，心中好似滚油煎'。今天和尧翁饮酒，尧翁连唤添酒，钱却是兄弟出的，这叫作'一添一添又一添，心中好似滚油煎'。"

王先生指着吃剩的生豆腐道："你的心头会得煎，且把豆腐煎一煎。"说罢彼此一笑，伯通付去了酒钱，和王先生作别。

到了端阳前一日，王先生记得今天和伯通有约，须去订定开馆日期。好在牛屎弄和竹行河头相距很近，只隔得一条胥门大街，不多一会子，便到了史伯通家里。却见伯通哭丧着脸儿，正和他浑家陆氏牛衣对泣，身上衣服不似那天的漂亮，恢复了从前落魄的模样。

王先生好生奇怪，正待动问情由，伯通拭着泪道："尧翁请坐，那天和你一别以后，尚没有和敝东家会面。谁料天有不测风云，人有旦夕祸福，昨天传来一个惊人消息，说什么王得功团长有通敌嫌疑，已被师长把他逮捕到案，从重治罪。所有部下军士，由团副余德利升任团长，妥为节制。我得了这个消息，兀自半信半疑。不多一会子，接到新任团长的训令，把我撤差，所有烟酒税局的局长早已另委了人。一场欢喜，化作春梦。王团长虽曾送过我二百块钱，除却拨还宿债以外，早已不名一钱。差使既已被撤，没奈何只好收拾起做官希望，重去坐那粪窖子里的冷板凳。谁料东翁见我失势，遽下逐客之令，那天送给我的衣衫等件，都被索还。苏秦仍是旧苏秦，不但没有官做，而且失去这个馆地，至于代馆问题，益发谈不到此。尧翁，你想我的命运苦不苦呢？"

王先生听了，老大失望，便道："你的命运不济，我的命运益发比你不济。代馆不成，免不得重到乡间去教书。伯翁伯翁，你想我撇却香喷喷的酉家三姑娘，叫我心头苦不苦呢？"

伯通正待答话，蓦然间门外拥进了三五个婆娘，来势汹汹，倒把伯通夫妇吓得呆了。来的是谁？便是赵师母、周家婶婶、衣装店娘娘、杂货店娘娘一干人。杂货店娘娘首先闯入房里，瞧一瞧马桶脚边尚有几刀未用的草纸，面盆旁边尚有几块未用的肥皂，她便掳掳掇掇，一齐拿了去。临走时，自言自语道："我不高兴浇那死桑树，肥皂草纸，物归原主，老实不客气，带到杂货店里还可以卖给人家。"

陆氏听着，气得瘫了半截。衣装店娘娘提起着呱啦松脆的嗓子，指着陆氏的衣裙道："你已没福做那局长太太了，格子布短衫纺绸裙，穿在你身上也不配，把来还了我吧。你自有你自己千补百衲的衣裙。"

陆氏又气又恼，轰地立起身来，一口气把衣裙宽卸。衣装店娘娘忙道："轻些轻些，拉破了纽扣，扯断了裙带，卖相不好看。"

陆氏把衣裙掷还了，赌气到房中换那原有的衣裙。衣装店娘娘托着衣裙，吹一吹桌子上的微尘，把衣裙折叠好了，喃喃自语道："穷人家的妇女，穿衣着裙没好相，才穿得几天，袖口沾着乌光了，裙幅也起着皱痕了。卖给人家，须得削码，至少削成一个七五折或者七折，受了这损失，也是老娘晦气。"说罢，撅着嘴走了。

阿馨忽然大哭道："妈妈来呀，赵师母抢我的标标衣裳、新裤裤、新袜袜。"

陆氏见人情势利到这地步，不觉泪如雨下。阿馨握着鼻涕，哭哭啼啼去告诉妈妈。打从周家婶婶身旁经过，周家婶婶骂道："小鬼，滚开些，龌龌龊龊的，鼻涕弄脏了我的衣服，你的爹妈须赔偿不起。"

伯通忍耐不住，愤愤地说道："周家婶婶既嫌着这里肮脏，不敢屈留，请便请便。"

周家婶婶道："姓史的，说些什么话？我便没处走也不会走到穷鬼家里来。自古道，亲戚人家盘博盘，乡邻人家碗博碗。那天盛着两碗满满的细条切面，堆着壮鸡的浇头，外加火腿虾仁，没的吃了下去，揩揩嘴就算了事。"

陆氏没好气地说道："周家婶婶，你要讨还那两碗面？面已变了屎，屎已载在田老板的船里，你向田老板讨去。"

周家婶婶骂道："不要你的面皮，白吃我这两碗鸡面。"

陆氏道："谁说白吃？那夜请酒，你坐了首席吃东西，比别人加倍凶险，眼睛像闪电，喉咙像背纤，牙子像夹剪，筷子像雨点，吃得弗多一歇歇，碗盏像狗舔。我没有向你算清这笔账，你颠倒向我讨还两碗面？"

这许多话似歌谣非歌谣，听得坐在旁边的王先生点头拨脑，十分有趣。周家婶婶骂道："不要你的面皮，还提着那夜的席酒。这席酒可是你自己办的吗？你也是白吃，我也是白吃，亏你不识羞，还说请酒请酒，听了也要打恶心。"说时，连打了几个恶心。

蓦然间，门外闯进一个店伙，执着一叠账单，就中抽出一张，授给伯通道："史先生，明日便是端节了，这笔账今天便要算清。"

伯通看那账单道:"尊账揭欠洋十二元八角。此致史伯通先生台照,大兴园菜馆书柬。"不禁老大奇怪道:"足下错了,谁欠你的菜账来?"

那店伙道:"四月十五日,这席丰盛菜肴明明送到府上,先生怎么抵赖?"

伯通才知道商会会长送来的菜肴,到了今天依旧要自己还账,心头异常着急。谁料复泰酒店里的徒弟又来收酒账,计洋一元三角,也须今天付清。

陆氏忙出来分辩道:"这是商会里会长唤的酒菜,你们讨账须讨到商会里去,和姓史的没相干。"

菜馆伙计、酒店徒弟都说:"这笔账本来写在会长账上,但是昨天商会里有电话通知,说这笔账须向史伯通算清,和商会里没相干,因此特地前来讨账。节关已近,快快把账算清,休得迟延。"

陆氏哭道:"这便怎么是好呀?吃菜容易还账难。早知今天要算账,那天把酒肴退还了商会里,便不会受这挤轧了。菜又不是我一人吃的,酒又不是我一人喝的,怎么只向姓史的要钱呀?"

在这痛哭的当儿,周家婶婶和几个婆婆妈妈都是脚底搽了油也似的,一溜烟地跑了。只为那夜饮酒,她们都在座,生怕陆氏向她们摊派菜账。三十六招,还是走为上招。

许多婆娘走了,那位坐在旁边的王尧卿先生,屁股上接受了觉书,很有些不安于座。想到初二日和伯通在酒店里谈话,一添一添又一添,破费了他的酒钱。今天节账受逼,论理我该帮助他还账,可是腰无半文,有心无力,没奈何还是脚下明白,溜之云

109

乎。王先生肚里盘算，脚步已跨出了史姓的大门，暗暗自慰，侥幸离开了是非之门，伯通受挤和我王尧卿风马牛不相及也，我还是到酒店里去痛饮一壶酒，解解我的烦闷。摸摸腰囊，只有一个私板铜圆，镇守这只羞涩阮囊。叵耐浑家执掌财权，我向她索取酒钱，稳受她两个白眼，一声呀呀呀呸，骂几句酒鬼滚开来，酒鬼滚开来。待要向酒店里赊这一壶酒喝喝，又恨节关已近，概不宕账。我便向酒店老板苦苦央求，连连跪拜，磕破头颅，跪破膝盖，只怕他铁面无私，毫无更改，理都不理，睬也不睬。

正在一路思量的当儿，猛抬头见一个乞丐，乞得一碗冷饭，戳在墙角里吃。王先生向着乞丐拱手道："丐兄丐兄，你的福气真好啊。"

乞丐瞪着眼睛道："你这位先生倒也奇怪，我苦到这般田地，做了讨饭的，还有什么福气？"

王先生道："你不要生气，我讲给你听。你的福气比我大咧，你肚子饥饿，只须沿门托钵，唤几声娘娘太太，自有人把白米饭倒给你吃。我喉咙里发痒，一天没有喝过酒，任凭沿途叫唤，讨一碗酒吃，谁也不肯理我。三百六十行中，只有讨饭吃的花子，没有讨酒吃的花子。黎菩萨只说大家有饭吃，不曾说大家有酒吃。可见一个人不怕没有饭吃，只怕没有酒吃。没有饭吃可以沿门托钵，没有酒吃，便是托钵也徒然。你的福气比我强过几倍，你不算得苦，我才是真苦咧。"说罢，泪如雨下。

王先生半痴半癫，向着花子诉苦，惹得往来行人一齐驻足，见这情形，忍不住地好笑。众人笑得起劲，王先生越是哭得凄惨。蓦然间有人挤入人丛里，很殷勤地叫唤道："王先生不用哭，要吃酒随我来，虽没有什么佳肴美酒供你大嚼，但是半斤黄酒、四样荤菜，包在我身上。"

王先生抬着泪眼，瞧一瞧那人，不觉破涕为笑道："原来是你，我王尧卿有命活了。"一壁说，一壁随那人而去。吃冷饭的花子呆瞧着他们的背影，枉自流着馋涎，不能够跟随他们同去。

毕竟招王先生去饮酒的是谁，下文自有分晓。

第十二回

大请客动地惊天
小收场笑风骂雨

李阿巧嫁了周荣生，忽忽将满一个月，夫妇俩的感情倒也很好。这番做亲算得是很经济的，什么全金六礼、花轿迎娶，一切省去，便是三婶婶的媒人钱也都赖着不付。三婶婶上门索讨过几次，荣生觉得不好意思，准备取出几块钱算作谢仪，却被阿巧劈手抢去说："你有这空闲钱给婆子用，不如给我用。新人进了房，媒人抛过墙。什么媒人钱？两个钱来换我一个。"因此三婶婶上门几次，只是白跑，非但一个钱没有到手，反而把新买的一双人造丝袜，踏破了两个鹅蛋般的窟窿。

荣生和阿巧商议道："我们的亲事凑合，三婶婶虽没有什么功劳，但是亏了那位翠芬小姐，处处都替你着力。又亏了那位酒鬼王先生，误抢了他的女儿，他一些不发怒，反而和我饮酒谈心，后来你上门来，又亏他做着执礼。我想预备一席酒，请请岳母，顺便还请他们父女俩作陪，也可聊表我们一点感激之心。"

阿巧点点头道："好虽好，但是你用什么酒席请他们？"

荣生道："燕窝鱼翅席我们的门境不对，唤一桌起码吃全的菜，连同黄酒都算在内，大约六七块钱便够了。"

阿巧道："呸，你拢总只赚得十多块钱，花去六七块，便是半个月弗天亮。"

荣生道："那么再节省些，唤一桌五大菜，连同酒资都算在内，大约三四块钱也够了。"

阿巧道："捏你的鼻头做你的梦。三四块钱请一次客，你的月薪只消请得三次客，便成了净光王菩萨净光王佛。"

荣生道："再要节省，太不成模样了。也罢，饭店里去喊一碗风膀、一碗黄鱼羹、一碗咸肉、一碗三鲜汤，连同黄酒，不过两块钱左右，你看使得吗？"

阿巧道："似这般的请客，乡下人弗识屁股，叫作大大的费（肺字谐音）。"

荣生道："依你便怎样？"

阿巧道："据我主见，只消花费三角小洋，便可预备四碗菜，连同黄酒一齐在内，还可以分作两次请酒，请了一席酒，又请一席酒。一举两得，真叫作惠而不费。"

荣生摇了摇头道："只怕不能吧？三角小洋要请两席酒，怎样的请法？"

阿巧道："待我讲给你听。现在不是已近了端阳节吗？端阳节照例要祀先。我们便把祀先的酒肴去请客，请过死人又请活人，不是请了一席酒又请一席酒吗？若说四样荤菜怎样办法，到了来朝，你去买猪肉一百五十文，百叶五十文，死虾三十文，韭菜五十文，生蛋一个八十文，豆腐一块十文，酱油、麻油、醋一起六十文，拢共四百三十文，恰合两角之数。买了回来，分配烹饪，可烧成韭菜炒虾一碗、百叶肉丝一碗、肉炖豆腐一碗、蛋汤一碗。尚多一角钱，足够舀一斤黄酒。但有一层，你明天到牛屎弄去请客，只把我妈和翠芬请来，那个酒鬼王先生，万万请他不得。妈妈和翠芬的酒量都不好，吃了四两酒便成了关老爷面孔，一斤还有余剩，可以留着烧小菜用。要是酒鬼王先生到来，三斤酒都不够他一顿喝，所以万万请他不得。再有一层，你明天请客，顺便请翠芬的妈同来。她若不来，你不妨再请三请。我知道她一定不来的。妈妈和翠芬都来了，家里没人看守门户，她要防着王先生偷钱买酒吃，怎舍得离开这座老营。你不妨假意邀请，做些口头人情。"

荣生诺诺，佩服他浑家又会省钱，又会做人情，又会做鬼情。拢总三角钱，死活都有份，果然是一举两得，惠而不费。

到了来朝，荣生上街买齐了东西，交付浑家去烹饪。自己便到牛屎弄，请那丈母李寡妇和牛屎之花王翠芬前来赴宴。李寡妇和翠芬都应允了，又向张氏说道："王师母可肯赏光，到舍间喝几杯酒？"

张氏道："心领了，我是不会喝酒的。"

荣生道："不会喝酒便陪着她们坐坐，吃些粗肴，有何不可？"

张氏道："家里没人看守门户，如何走得？"

荣生道："王先生到哪里去了？待我去找他回来，交托他看守门户，王师母便可光顾舍间了。"

张氏道："实不相瞒，早是这酒鬼可以看守门户，我便磨快着牙齿到府上去大嚼特嚼，叵耐酒鬼不争气，一离了我的眼，他便偷东摸西去买酒吃。那天我在厨房里烧菜，他便偷着一把铅吊到酒店里去换两斤酒吃，真个眼睛一眨，老母鸡变了鸭。有了这般偷东摸西的酒鬼丈夫，我便馋煞也不能叨扰府上的盛筵。"

荣生道："那么真正虚邀了。"

荣生去后，李寡妇和翠芬都是得意扬扬地赴宴。张氏镇守家庭，喃喃自语道："酒鬼啊，你怎么这般不争气啊。今天颜料荣生来邀我吃酒，看他情意殷勤，诚心请客，料想这席酒菜一定格外丰盛。偏生老娘没有吃福，碰着你酒鬼做丈夫，枉自挂着馋涎，不能够去享受这席盛筵。啊呀，真正是前世的冤孽啊。"

不表张氏自怨自艾，且说荣生离却了牛屎弄，顺便又在大街上去算几笔节账，直待公干已毕，经过竹行河头，却见黑压压围着许多人，挤入人丛看时，正遇王先生向那花子诉苦，不禁起了个恻隐之心，便邀他去同赴那三角盛筵。

比及到了周姓家中，阿巧正陪着李寡妇、翠芬在客堂里谈话。王先生见了阿巧，兜头一揖道："巧小姐，巧姑奶奶，未吃先谢。敲钉转脚，今天你办了酒肴，请我王伯伯，菜也不须多，肴也不须佳，只须大碗的酒筛了又吃，吃了又筛。"

阿巧听罢老大吃惊，向荣生做了一个眼色，回身便走。荣生会意，跟着阿巧到厨下。阿巧怒道："我昨天怎么叮嘱你来？你不该隔了一夜，忘得干干净净。似这般的酒鬼，也拉到家里来喝酒。我们又不开什么酒坊，拢总一斤过节酒，烧小菜时又用去了四两，暨家眷等，只有十二两酒，酒鬼作一口喝也就喝干了。要是不添，他不肯走，要是添了，我们不免费钱，这便怎么是好？

没怪今天起身头顶上的老鸦呱呱地叫，我早知有晦气星进门，枉自吐了六七口涎沫，依旧淹不死这个晦气星。唉，招鬼容易退鬼难，你招了酒鬼进门，倘不预备着三四斤黄酒，休想急急如律令，把他退出大门。"

荣生便把方才在道上遇着他，见他向乞丐诉苦，委实可怜，因此招他来饮酒。横竖添客不添菜，尽蜡烛念经便是了。阿巧听了，才没话说。

于是阿巧在厨下安排酒肴，荣生在客堂里忙着搬台子、掇椅子，取着一方大红桌围，在台脚上系了。王先生忙道："我们都是自家人，用不着这般客气。"

荣生道："实不相瞒，今天舍间祀先，不过把过节的酒肴屈诸位一叙。"

李寡妇和翠芬老大失望，原来荣生郑重其事登门请客，只不过请我们吃一顿过节酒。早知如此，我们便不该一团起劲，花了车钱，远远地跑来，吃这死人嗅过的羹饭。她们心头虽然这般忖量，但是绝望之中尚有余望，说不定今天的过节酒特别改良，鸡鹅猪鸭色色俱备，八盆五大菜，也足够我们的大嚼。比及荣生点了香烛，阿巧把厨房里的菜肴一碗碗地搬将出来，李寡妇和翠芬如电的眼光飞到菜碗里去，不约而同地彼此抽了一口冷气。一碗肉炖豆腐，薄薄的几片肉，只消一阵大风便要吹个无影无踪。一碗百叶肉丝，三五条肉丝躲在百叶缝里，很有些藏头露尾的模样。一碗韭菜炒虾，韭菜上躺着几个虾兵，身上的战袍半紫半黑，失却了赤化的色彩。一碗炖蛋，大约是广东出品，搬出来时只是"广东广东"地摇动。

翠芬满肚皮不快活，扯扯李寡妇的衣角，待要赌气回家。李寡妇生怕女儿女婿丢脸，咬着翠芬的耳朵，轻轻地说道："好小姐，瞧我分上，胡乱吃了一顿饭去。"翠芬情不可却，只得且住为佳。

隔了一会子，祀先完毕，然后把这馂余请客。王先生暗暗好笑，自己分明做了齐人，来到东郭墦间，餍这祭余。阿巧一面让座，一面说着客气话道："今天请你们吃一顿苦饭，切莫见笑。"

翠芬道："正是前世敲破了十八个木鱼，坐穿了三十六个蒲团，才修得今朝吃这一顿惊天动地的丰盛菜肴。巧姐姐，你这般大请客，不是太破费了吗？"

阿巧明知翠芬有意嘲笑，仗着面皮城砖般厚，假作痴呆，笑嘻嘻地回答道："这也算不得，不过聊尽我们夫妻俩一片诚心罢了。"

荣生执着酒壶敬酒，敬过了一巡，壶里面已余剩不多。王先生饮酒的当儿，把田姓的馆事不成讲给女儿知晓。翠芬道："幸亏馆事不成，田箫九的为人再要吝啬也没有，你到了他家去坐馆，那便糟了。"

王先生道："你和田箫九并未会面，怎么知道他吝啬？"

翠芬道："欲知其父，但看其女。田箫九的女儿密斯屎连头是和我同学，她的吝啬全学校中更无其比。"

王先生奇怪道："怎么田箫九的女儿唤作蜜渍屎连头？莫非说她又甜又臭？"

翠芬道："不是这般解释。她是粪行老板的女儿，唤她一声密斯屎连头，便是唤她一声屎连头小姐。讲到这位密斯屎连头，委实可笑，同学姐妹有了什么可口东西，她的鼻子比着蚂蚁鼻子还灵，涎着脸便来大嚼。吃过了抹一抹嘴，转身便走，谢都不谢一声。同学姐妹见她专吃白食，从没有做过东道，一天，探听她家里送来一篓金丝蜜枣，立时约着许多人，闯入她房里，把她团团围住，向她讨枣子吃。"

王先生哈哈大笑道："那么许多同学姐妹都变作了蛆了。倘不是蛆，围住了屎连头做什么？"说时，干了一杯酒，举着空杯，向荣生道，"又要叨扰了。"

荣生提壶奉敬，只筛了半杯，酒壶里已空空如也。王先生瞧了瞧酒杯，忽问荣生道："请问足下，左近可有砑玉器的工匠？"

荣生道："砑玉器的工匠都住在城里黄鹂坊桥弄一带，这里却没有。王先生因何动问？敢是有什么翡翠玉器要叫他们去砑吗？"

王先生道："非也，只为这只酒杯下半截盛着酒，上半截空空着不用，未免可惜。不如唤砑玉器的砑去上半截，还可废物利用，送给夫人做镯头用。"

这几句俏皮话，说得荣生满面通红，不好意思不添酒。提着酒壶离座，阿巧忙向他丢眼色，仍不能使他止步。不多一会子，添了酒来，王先生道："不用烫了，冷吃也好。"忙向荣生手里接取这把酒壶，自斟自酌起来。

翠芬道："我的话还没讲完，众人拥着密斯屎连头，定要讨枣子吃。密斯屎连头道：'要是可以贡献诸君的，早已贡献了。叵耐这种枣子是一种药枣，专治咳嗽的。家母因我在校里，夜间往往咳嗽失眠，所以备了这种药枣，给我治病。诸君又没有咳嗽病，要吃药枣何用？'当下众人都是合罕合罕假装着咳嗽，定要讨枣子吃。她便没法拒绝了，数一数房里的人，恰是十六个，她便取出四个蜜枣分给众人，她的手腕却是索索地颤动。众人道：'四个蜜枣，叫我们如何分派？'她道：'药性很是厉害，多吃不得，只好四个人合吃一个。'众人见她这般吝啬，赌气走了。她却笑说道：'你们客气，我的福气。本来这药枣只有我一个人可吃。'"

翠芬说到这里，向阿巧瞟了一眼道："巧姐姐，你想世间竟有这般吝啬的女人，好笑不好笑？"

阿巧又假作痴呆地答道："果然好笑。翠妹妹，你想田姓有了这么的产业，兀自舍不得请人家吃几个枣子。我李巧珍只是一个穷人的妻子，今天却备着酒菜请客，实在太靡费了。从此以后，我也要节省一下子，免得被人家说我手面太阔。"

翠芬自思阿巧的面皮竟不信这般坚致结实，倒有些奈何她不得，总须想个对付之策才好。正在忖量的当儿，猛听得有人喊将进来道："未到端阳先喝酒，你们小夫妻好快活啊。李奶奶在这里朝南坐着，这是丈母娘，合该孝敬。王先生、王小姐都在这里喝酒，这是什么缘故？难道是谢媒啊？嘿，吃了对门谢隔壁，颜料荣生，你的良心真好啊！我今请问你，盐是怎样地咸起？醋是怎样地酸起？你们的婚姻是怎样地说起？今天小夫妻合坐在一条板凳上，笑眯眯喝端阳酒，要是当年没有我三姊姊从中撮合，你们怎会捉对儿做亲，成双儿喝酒？过桥拔桥，这条理天下讲不过去。你们快活，累我三姊姊吃苦，左跑一趟，右跑一趟，跑得满头是汗，跑得上气不接下气，跑得鞋头破、袜头穿，只是白跑，哪有一些油水到嘴？没有喜酒吃倒也罢了，八块大洋的媒人钱，你们赖着不付，这是什么道理？我三婶婶本不稀罕这八块钱，但是情理难容，破坏了媒人的规矩，不由我不动怒。今天和你们到媒婆茶会上评个理去，毕竟是谁的理长，谁的理短？"

阿巧因丈夫多花了酒钱，心头正自烦恼，今见三婶婶前来厮缠，捺不住胸头这一腔怒火，轰地站起身来，扑地便是一跤，跌得快，爬得快，倒惹动翠芬拍手拍脚地大笑。跌的是谁？不是阿巧，不是三婶婶，却是颜料荣生。只为小夫妻俩同坐在一条板凳上，荣生冷不防阿巧站起，板凳的一端便似打米杆般地翘将起来，重心外移，竟把荣生扑翻在地。

阿巧也不管丈夫跌痛不跌痛，怒冲冲地指着三婶婶骂道："放你老太婆的陈年宿垢夹屎屁！媒人长媒人短，放在嘴里乱嘈。媒人要卖多少钱一斤？没有杀猪屠，不吃带毛猪。难道我李巧珍没有了媒人，便一世没有丈夫？老实向你说了吧，现在的世界文明卫生，特别改良，做夫妻的自会拉皮条，用不着媒人在里面做马泊六。这便叫作自由结婚。我李巧珍和颜料荣生便是呱呱叫的自由结婚，和你瘟媒婆贼媒婆有什么相干？你要媒人钱，今生休想！"

三婶婶也破口大骂道："不要面皮的小堂客，亏你呱呱叫呱呱叫地自信大好佬，男家不来娶你，你便捱上大门，这才叫作呱呱叫呢。'呱呱叫，呱呱叫，叫货生意真公道，先吃滋味慢会钞。'你便和卖叫货的一般无二，似乎今天不做亲，你便要霉了，你便要烂了。"

李寡妇生怕三婶婶不说好话，上前相劝，说要媒人钱，总好商量，快快请坐，吃一杯酒。一面又把阿巧拉入房里，劝她别闹，沿街浅屋，被人知道了，要做笑话讲。

王先生道："三婶婶，来来来，快请坐下来，来迟罚三杯。"提起酒壶要敬客，酒壶又空了。荣生没奈何，只得又去舀酒。三婶婶也喜杯中之物，正待坐下，忽见自己家里的养媳妇瑞宝气吁吁地跑来报告道："妈，不好了，海藏寺里的竹禅和尚害了急痧，快要死了。方才打发香伙来报信，叫妈快去，和他会一面。"

三婶婶听说，泪如雨下，把衣袖掩着面，带了瑞宝，头也不回径自出门去了。荣生添来的一斤酒，又便宜了王先生。待到席散，众人告辞，王先生醺然回去。

忽忽过了端阳，王先生重往乡间去教书，课余之暇，和张三寿、金老四树下饮酒，便把耳闻目见的奇形怪状，讲给两个乡老儿听，听得他们哈哈大笑。王先生道："我回家只有一个月，所见所闻，千奇百怪，其中情节很可以编得一部滑稽小说。可惜我不是小说家，要不然我便到上海编小说去，再也不来乡间做什么教书匠了。"

编书的道：你不会编小说，我却会编。把你的所见所闻，引渡到我的笔尖上来，一部《街谈巷语》就此告一小小的段落。以后再有什么新鲜的资料，须待王先生在乡间教了几个月书，重返苏州，或者还可以供给在下编撰续集的需用。现在正集告成，随意诌一首绝句，做个收场。诗云：

滑稽话匣忽然开，编作新书十二回。

读未终篇先绝倒，笑风骂雨一时来。

情　血

第一回

蹴　　球

上海西门外，学校林立，洋房数十幢，垩壁成青灰色，四周围以短垣，兀立于黄家阙路旁者，则藉藉闻名之某女校也。

某年上巳之辰，风吹和气，天放丽晴，校门外洋葡萄树数十株，齐抽嫩叶，生意盎然。沿墙一带，成一天然油碧之幕。楼上学生每凭窗俯瞰，路旁行人举首望之，觉红颜与嫩叶互相辉映矣。

时有王生载琪者，徐家汇某学校之高才生也，以事道出其间，转至校左。闻隔垣有嬉笑声，试伫立一觇之，则见短垣绵亘，凡数十丈而遥，垣中远处有房屋矗起，而近处无之。以意度之，殆必为体操场也。垣之高虽不逾丈，犹出人头也。垣上又无透明之花纹，则垣外之人不能望见垣内之人也明甚。

王生徘徊瞻顾，对此红墙银汉，徒唤奈何。方欲转身，忽闻垣中砰然有声，随有一物形如西瓜者，凌霄而直上，其物愈上，则其升高之速度愈缓，迨至势衰力尽，一落千丈，坠地有声，而其反动力之强，尚能推物上升，高出墙垣数尺，为垣外人所窥

125

见。如是降而复升者凡数次，终为地心吸力所胜，贴伏不复动矣。噫，是物非它，盖皮球也。是该校中学生，功课已毕，就广场之上为蹴球之戏也。

王生之意，见球而不见人，事诚可惜，然球面非人面，而球之高则人高之也。球能高举入云，其先必有一人，曳绣罗裙，提小蛮靴，奋然施其一蹴之力者，力附于球，而球始升。此面团团如富家翁之一物，彼美之精心毅力，实式凭之。吾幸得见，则此轩然高举之皮球，直无殊出墙之红杏矣。思及此，则亦聊自慰藉。

而墙内砰然之声又作，球亦随起，所与前不同者，前次作垂直线而上升，而此次则依抛物线而斜升也。更可异者，球升而同时乃有一物随之俱升，球如流星而其物则如飞燕，观其旁行斜上之势，球与物非，皆逸出墙外不止。乃球至中途，突为秋千架所阻，激而反射，仍落墙内。而其物则已逾垣而过，向王生立处斜坠。

王生闪避不及，第闻砉然一声，淡白梨花之面，已受妙手空空儿无情之一击。虽不甚痛，觉有一阵土气息泥滋味，戟刺于嘴唇鼻孔间。而其物则已坠地。试拾起视之，则一纤秾柔软之女舄也。

王生于是恍然大悟，知着此软舄之人，即为顷间蹴球之人，因蹴时用力过猛，舄之附着于足者又不密切，故球起而舄亦离足而与之俱起也。再细考之，则第二次蹴球之人，似非第一次蹴球之人。第一次蹴球之人，必为是中斫轮老手，所着者必为皮靴而非软舄，得于心而应于足，故球之受击也厉，而上升也高，声砰然而势直然，起落如意，无殊宜僚之弄丸也。第二次则不然，着舄软，知其非惯家也。球斜上，知其力弱也，勉力一击，其足酸而其趾痛矣，玉容微酡，而香汗浸淫矣。由此推想，其人之身材必甚袅娜，性情必甚温婉，所不可知者，其颜面何如耳？噫嘻！是何人欤？肤圆六寸，我见犹怜。舄既不能言其主人，则吾又安从而测其为何人哉？以意度之，此先后两人总不离乎教习与学生者近是。

王生方在玩物思人，而墙内哗笑之声盈耳矣，声嘈杂不甚可辨，唯速遣校役出外寻觅之一言，则如春莺呖呖，清脆可听也。论王生品格不难于路不拾遗，唯此舄为女子所遗，即不免有爱屋及乌之势，况六郎之面，原如莲花，何事潘妃加以屐印？事既无端受辱，势即不能不有所取偿。则留此一物以为之质，亦所谓发乎情而合乎礼义者矣。思及此，即怀舄而去。

第二回

咏　诗

　　生既怀舄归，背同学就灯下反复玩弄，舄长约五寸，叠蓝色胶布六层为底，以五缕之白线切合，周围皆密缝，中作方胜纹。其面以丝织物为之，凡两重内白绫而外则青灰色绉纱也。其色为京圆，略如男子所用，唯端较锐耳。面上以丝线切为花纹，成 B、C、LOU 数字，线与绉纱为一色，非细辨不能读其记号，揣作者之意，不过欲使表里密切，合为一体，因而以线系之，缝成物主之名字，一举而两善备也。其思虑之绵密，心地之聪明，于此亦可见一斑。

　　据王生猜测，此 B、C、LOU 三字，其末一字为陆，彼姝之姓也。BC 两字为其名，字既缩写，无从臆测，唯以拼法首一字推之，则抱衾二字，似亦相合，但嫌虐谑耳。因视舄而笑曰："抱衾抱衾，实获吾心。昔郑交甫薄游汉皋，逢神女解佩，千古艳之；鲰生何修，得与比美。未逢邻女投梭，幸遇墙东解舄，解舄无殊于解佩也。抱衾抱衾，吾思其义，吾顾其名。"生念及此，神魂飘荡，乃就案头舒笔伸纸，戏题四绝句云：

嫦娥倒屧月中行，一霎风吹落瓣轻。

岂是矜夸罗袜好？人前小试步虚声。

蹴来球子圆如月，绣得鞋儿样如弓。

珍重年年压金线，好随柳絮嫁东风。

风前落帽原无意，云里飞莲若有情。

亦是英雄亦儿女，不成知己不心倾。

睹面原无墙作障，凌波尚有袜相随。

夜深独自回房去，跳跃何如一足夔？

诗成，时已二鼓，反复吟咏数遍，折成方胜形，置鞋肚内，密锁箱中，解衣遂寝。

第三回

运　　动

　　洋房数百幢，以红砖砌成，高四五层不等，顶有四方形大时鸣钟一座，崇宏壮丽。校中生徒达千人以上，为沪上各校冠，此非徐家汇之某学堂乎？校舍之前广场一片，碧草如茵，四周围以铁栏，绕以马路，是其体操场也。左有牌楼一座，以木为之，雕镂极精。牌楼之外有桥，前临通衢，是为校中人出入往来之要道。

　　某日逢春夏之交，天晴气暖，校中开运动会，观者如堵。广场之上，遍悬万国旗帜，军乐之声，洋洋盈耳。

　　下午一句钟，运动开始，参与会事者凡三十人。人穿一白色衣，衣有号码，号作红色，鲜艳夺目，下身皆曳短裤，长不过膝，露其腿之下截。足蹬薄底之鞋，轻捷而柔软，便奔竞也。

　　第闻信号一声，会员皆捷足而出，争夺头标。初试一百码赛跑，二十一号胜。继试二百二十码赛跑，十九号胜。又继试跳高，二十一号胜。又继试四百四十码赛跑，仍二十一号胜。又继试跳远，二十七号胜。又继试障碍竞走，二十一号胜。

其时栏外旁观者，场中照料者，见二十一号屡胜，欢呼击掌之声有如雷动。试检阅运动次序单以及会员号数表，则知此二十一号者，王其姓，载琪其名，但不识为何许人也。

栏外之人纷纷议论，而栏中之运动曾不少息，如掷铁锤，如撑竿跳。二十一号皆未与会，胜者则二十七号与十四号也。继试两千码赛跑，列队而出者十二人，二十一号与也，于是大众罔不瞩目，心谓二十一号必胜。

时则有一二八女郎，斜倚栏杆之侧，长裙委地，罗袂临风，望之如西方美人，飘飘欲仙。晚风吹其鬓发，历乱有如蓬葆，发乃凌虚而舞，转增其美，不啻西妇之戴鸟羽也。慧眼一双，澄如秋水，而眼波所注，恒不离乎二十一号面部周围五六方寸之间。二十一号东者，彼之目光即随而东；二十一号西者，亦随之而西；二十一号而绕场一周者，则彼之目光，亦必随之而绕场一周也。而二十一号之举动，适与相反，彼美人者，倚栏而立，足不移进寸步，而目光流转，常依二十一号之身，运动于场内。而二十一号者，奔走跳跃，身无片刻之停，唯其目光，常注美人之面，而固定于场外。简言之，一目静而身动，一目动而身静，是即其不同之极端。所可疑者，不同者其身与目，而同者其心情耳。

读者疑吾言乎，则试观下述。

其时场中之两千码大赛跑已开始矣。此长距离之两千码，须绕场四匝，方为毕事。其第一匝，二十一号之位置，尚在第三第五人之中间，其势不疾不徐，好整以暇，望而知为胸有成竹之健步家也。经美人之侧，则横波一顾，而美人之首为之一低，心亦

131

为之一快。至第三匝，而二十一号之位置，乃退处于第七第九人之中间，而于是美人之心不能无动，惴惴然唯恐其失败。然犹以为彼或故示闲暇，休养足力耳。两千码之远程，仅去其半，固留有竞争之余地也。至第三匝之半，而二十一号之失败乃益明显，盖已退至第十与第十二人之中间，出其前者已有十人，而落其后者则只一人焉。其与第一人之距离，已在百码以外。而于是美人之心急矣，而于是美人之气馁矣，而于是美人之修蛾紧蹙，美人之颜色灰白矣。

嘻异哉？彼二十一号与美人素不相识者也，运动之胜负，尤漠不相关者也，吹皱一池春水，干卿底事？又胡为有此殷殷属望哉？于时美人心房之跳跃，其速度骤增，而二十一号两足之奔腾，其速度亦随之而增。五秒钟后，越第九、第十人而过矣。十秒钟后，越第六、第七、第八人而过矣。至二十秒钟后，且越第三、第四、第五人而过矣。出其前者，只有十九号、二十七号两人矣。然而路之未尽者，亦只剩半匝矣。百尺竿头，争此一步。于是此三人者，各出其死力以相驰骤，如天马行空，如虎兕出柙，其势迅疾而骇人。场内外观者，目光为之霍霍，心房为之跃跃，欢呼声、拍掌声、举足声杂糅而不复可辨。至美人神经之发越，更不待论。

此欢呼拍掌声中，彼二十一号者，又奋其足力，一跃而出二十七号之前矣。未几而紧随十九号之后矣，与之并肩而齐驱矣。于是两人之身伛偻而向前，两人之足则翻腾而向后，疾如飞矢，争此最后之五秒钟，离界线不能以丈，而两人之胜负犹未判。斯时美人心中之忐忑为何如哉？

132

而果也实至名归，捷足先得，三秒钟后，胜负判矣，胜者非前三匝内之第一人，而为后来居上第四匝内之第一人也。质言之，盖仍二十一号耳。

第四回

流　眄

西哲有言：好胜之心不可有，而争胜之心则不可无。王生岂好胜哉？争胜耳。不知者以为恃美人之鼓舞，为之先驱，其知者以为恃平日之练习，为之后盾也。临事而惧，好谋而成，人生做事，岂可无预备乎哉？

于是王生之功告成，而美人之心大慰，场内外观者罔不兴高采烈，鼓掌之声雷动，以为个年少儿郎，面如冠玉，而气若长虹，化绕指柔为百炼钢，古今中外，得未曾有。

讵知旁观者皆欢然有现于面，而当局者乃漠然无动于衷，非真无动也，彼之心方另有所动。不动于竞走之获胜，不动于众口之揄扬，而唯动于美人之一垂盼与一钟情耳。垂盼犹可，钟情奈何？

其时会场看护生扶王生等数人绕场徐行，盖人之一身，经剧烈运动之后，血脉喷张，达于极点，须缓行以渐减其势，不可猝然而遽止也。

王生张其两臂，两看护生以肩承之，左右夹持，形如杨妃醉酒，踉跄而过美人之前。王生回眸斜盼，视线所及，直以美人之面部、之目眶为其归属地。初以为美人经此一顾盼，其首必然下俯，其星眸必然他瞩，成例俱在，不难猜测而得之。而岂知不然，此次美人之态度，乃出王生预料之外，其首直而外向，初无碍于刘桢之平视，其眼波所注，直与王生之视线联合而为一体，其容则嫣然而笑，赧然而赪。

此时彼美胸中，灵犀一点，不知有若何之感触。而王生则已如被催眠之术，身处广场之中，而魂魄则已飞出九霄之外矣。看护生扶王生缓步前行，离美人已数十丈而遥，唯王生目中，犹觉此亭亭之倩影，在目前而不在身后也。行行重行行，距离渐以远，神思渐以明，王生心中忽然若有所触，脱离看护者之身，步出广场之外，潜访美人。

而无如观者如堵，摩肩叠背，障美人之后者，无虑数十百人，在势不得羼入，则亦徒呼负负。不得已出立桥之右侧，以为美人归者，势不能不得其门而出，邂逅相遇，大可目逆而送之也。

既而盛会告终，人影散乱，牌楼之下，行者有如归市。王生痴然木立，左顾而右盼，首之转动，有如鼗鼓，以为彼可憎才者，抑何姗姗其来迟乎？

乃未几而美人至矣，其仙袂飘飘，其莲步婷婷，甫及牌楼之下，回首若有所顾。王生以为为己也，亟以目光承之，两人之视线，将合而未合，而彼无意识之斜阳忽于远处林间树杪漏其一线，直射美人之面。于是美人之目顿眩，立回其首，且以手帕障之。并此半在之缘，亦不可得。

135

王生乃大懊丧，恨斜阳而且恨及于美人手中之手帕，注视移时，忽见手帕之边绣有洋文数字，竭目力以辨之，则 B、C、LOU 三字之纹隐约可辨。于是转怒为喜，谓天公作美，放此阳光一线，发现此重要之秘密，其功无殊于月老之红丝也。

及见美人逾桥而过，乃亦随之而出。嗟乎王生，已矣已矣！汝一出而汝之缺望乃益甚，汝之情魔乃益高。盖桥之彼端，停有马车一辆，美人望见，即从容而登其上，车中先有一少年，含笑而承迎之，是必其藁砧无疑矣。彼美人者，盖已为罗敷之后身矣。

王生失望之余，闻蹄声嘚嘚，一鞭残照中，车已辗动，而美人忽于其时回眸流盼，与王生之目光相接触，迨马车渐驰渐远，为视线所不及而后已。

嗟夫，名花有主，情海无边。即此临去之秋波，直无殊于恼人之春色矣。

第五回

失　窃

　　语有之：城门失火，殃及池鱼。又曰：匹夫无罪，怀璧其罪。王生之事，亦若此矣。

　　距运动会举行后一月，校中忽有失窃之事发现。有某学生者，于课余之暇至操场运动，特解罗衣一袭，晾之房前栏杆之上，归而失之。遍索不得，询之同学，绝无知者。衣之值有限，而夹袋中藏有指环金表等物，价颇不赀。不得已诉之监督，监督震怒，谓校中规矩严肃，岂容有此？乃闭校门，下令大索，学生房中之物，罔不倾筐倒箧而出之。

　　是日傍晚，距出事前数分钟，王生会逢其适，以事出门，及归而校门已闭，乃宿校外友人家。校中搜检之事，王生不知也。明晨返校，则见回廊之底，悬牌一面，大书特书：开除学生某某，己之名亦与其列。大惑不解，问之同学，知女鸟之事发矣。其余数人，则与失窃事有关。

　　生既问悉原委，哑然自笑，遂面监督而诉其冤。监督者，刚愎自用之人也，闻之非特无转圜之意，且大声斥辱之。生年少气

137

盛，不能自抑，遂抗声言曰："学生被开除，为女舄耳。舄为吾未婚妻之物，藏之未尝有损德。而监督疑其有他，莫须有三字，遂足以定谳耶？至以失窃之事，监督固恶之矣，然则学生贮藏之舄，今果安在？他人为窃物嫌疑，则除名以斥之，乃躬自蹈之，以盗学生之舄。窃钩诛而窃国侯，此何理耶？"

监督闻言不能堪，而又无词以折其说，乃顾侍者，取舄掷之地上，不顾而唾曰："吾留此与汝质证，定汝之谳，且以服汝之心。今罪案立矣，留此无用，速将去。限汝一句钟内离校，再迟则驱逐随之矣。"

生默然自思，亦知适才之言，过于失检，舄又为彼美所遗，吾乌忍舍之？乃屏息忍气，拾之而出。只缘儿女情长，不免英雄气短矣。

第六回

游　　学

　　大丈夫当乘风破浪，作万里游耳，岂能株守故园，局促如辕下驹哉？生既盛气出校，羞于返里，暂寄宿友人处。

　　友人素经营工厂事，富于资。知生冤，且恐其少年失学，愿假五百金，助其东游。

　　生叹曰："吾愧不能如管仲，君吾鲍叔也，授金以助学费，为惠多矣。虽然，吾闻之取法乎上，仅得乎中；取法乎中，品斯下矣。瞻彼扶桑，其国人之学问技术如何，吾不敢知，然而负笈从之游，果肯出其心得，诲人不倦否，实为一大疑问。以吾所见，则吾国学子之所得于彼者，殆皮毛耳、唾余耳。吾殊不欲东，无已，其西游乎。闻六月之内，南京督署招考，资送官费生赴欧美游学，届期当往一试。毕生命运，在此举矣，今不可不磨砺以须。"

　　其友壮之，为置酒尽欢。自是以后，生即在友人处温习旧课。其已届，携笔墨走金陵，一战而胜。行有日矣，旧时同学饯之沪上，其友与也，相与奖勉备至。

生乃返苏垣，别其父母，重临沪上，与同行者约齐放洋。好事者作叙其事之缘起，誊以诗歌，送登日报。凡生之姓名、籍贯、学识、年貌、遇事之始末以及此次留学某国某校、通信之方法，皆与也。

生临行时，他无所恋，耿耿于怀者，唯有三事。一祖国，二父母，其三则 B、C、LOU 美人也。疆土依然，椿萱并茂，四年修业之期，迅如飞电，学成归来，晤对一如平日。前二者尚可无虑，所不可知者，美人耳。罗敷既已有夫，美人又伤迟暮，别离四载，殆不免绿叶成荫子满枝矣。

第七回

寄　书

　　汽笛数声，浓烟一缕，轮船出吴淞口，转舵而南，经东海、南海、印度洋，入红海过苏伊士河，进地中海，穿直布罗陀海峡，出大西洋，渡英吉利海峡，入泰晤士河而达伦敦。水程鸳远，恒累日不见陆影。而自王生视之，则以为为途至近，不过经一海与一河耳。东海、南海、印度洋、红海等，可总称之曰情海，苏伊士河与泰晤士河等，则可称之曰爱河也。何则？盖不为情爱二字，则不藏女舄；不藏女舄，则不致离校；不致离校，则场所不振，或不至于投考；即投考而不肯竭全力以争胜，或未必能及格而被录取也。是故载吾至英伦者，迢迢一水也；而牵率吾以至于此者，则情爱二字也。然则此海也河也洋也，虽有种种异名，固皆为爱之潮与情之波所灌注而成，欲不谓之爱河情海得乎？闻者皆尵之。

　　生留英数月，功课甚忙，灵犀一点，为学问所充塞，彼美之声音笑貌，在此区区方寸间，几无复割据之余地。非忘情也，心既有所专注，则情亦少所分润也。盖尝论之，情之蔓延，有如野

141

草，秋冬霜雪降，枝叶枯萎，而其根不灭，蛰伏土中，一交春令，则又发荣滋长，离离原上矣。生既屏除杂念，尽心学问，情之蛰伏，亦如秋冬之交草木萎黄，乃未几而春令至矣。

一日，功课已毕，退居自修室中，忽校役以书来。接而视之，知非家信，盖生知家人不能书西文封面，故于启行之前，预书无数之西式信封，留家中备寄。每次来书，其封面皆已在故乡时自书者，一望便知。而此则不类，其字迹秀丽而飘逸，同学中亦无此手笔，故对之而怀疑也。既乃剖读之，其书曰：

书奉载琪君鉴：

君未读此信之先，试先为藏之怀中一沉思之，此贸然与君通信者，果何如人耶？

此通信之人，盖大出乎君意想之外，而又深入乎君意想之中，岂特君读此信时深入乎君意想之中而已。吾知君时时刻刻，乃至寝息梦寐之间，无在而不深深萦绕于君之意想之中也。而作书者之于君，其息息相关之意，正复类此。

侬之欲通信于君者屡矣，而苦不识君之住址。知住址矣，而又惧其冒昧，不可以直陈于左右也，故至今而靳之。侬又知君之于侬，其不识住址不敢冒昧之情，亦复类此。然则吾两人者，身虽处于两地，而心则归乎一致。心既一致矣，尚有何事不可以陈说乎？

侬所欲陈说者非他，君怀舃之事是已。是舃也，吾无意而失之，君亦无意而得之。侬固不惜戋戋，君乃深情款款，怀藏之不已，而至于题诗之不已，而至于因之退学。哀哉微物之为祟也！

侬初不知是物落君手中，历时一载，亦已习忘之矣。而不意今者舆论沸腾，报章传播，父母疑其不德，夫金氏且因而退婚。侬虽自问无他，而人言可畏，半生名誉，业为君丧失尽矣。未识君将何以教之？

人亦有言：塞翁失马，安知非福？而侬则失马而又得祸，其将何所取偿哉？

今岁春夏之交，贺君于运动场上，快夺头标。君如念及当时有一罗衣长裙之女子，斜倚铁栏杆畔，与君当一面之缘者，当不忍恝然置之也。临书惶愧，不尽欲言。

　　即颂

进步

　　　　　　　　　　　陆佩卿上

笺末又附注通讯处甚悉。

生得书，大喜过望，读未终篇，眼花缭乱者几次。迨既终篇，而以口亲其纸，与行接吻之礼者，又不知其几次也。

143

第八回

赠　物

凡人之愿望，得寸进尺，至无尽期者也。例如男女之间，其先不过闻名，闻名则思见面，见面之后更思订交。订交矣，其始不过朋友，而其后则思为夫妇。至为夫妇，至矣尽矣。蔑以加矣，然犹必附加以条件，曰白头偕老，曰琴瑟静好。盖人之愿望无尽，诚恐夫妇之间或有无端反目、中道离婚之事，不得不为此鳃鳃过虑也。

试为一细考之，则其间次序井然，自闻名而见面，而朋友，而夫妇，爱情之滋长发育，殆必依此阶级以进行，理也亦势也。而陆氏女与王生之愿望，则更奢于是。殆欲跨此朋友之一级，由见面之后，一跃而为夫妇矣。故陆氏女以书来，措辞诚恳。而王生于得书之后，潜思默念，喜不成寐，亦即作书报之曰：

我至爱之佩卿惠鉴：

仆以孤身，远适异国，望洋兴叹，顾影生悲。每于星期日踽踽出校，一吸新鲜空气，见彼都人士，或桃花人面，掩映于公园，或帽影鞭丝，驰驱于大道。鹣鹣鲽鲽，未尝不妒而羡之也。旅馆凄清，一灯如豆。所强自慰藉者，时或酒阑灯灺，入梦以后，借华胥国土，与卿诉说离情。而卿亦不常来，来或顷刻便去，雄鸡一声，黄粱已熟，而吾两人片刻之欢晤，则又惝恍迷离，归之泡影矣。

今春过某某路，蒙卿倒屣而迎，后此在运动会场，又得卿垂青而去，中心欢忭，感何可言，而不图因此反为卿累也。仆之怀爲，非敢居为奇货，不过爱屋及乌，此中委曲，微仆言，卿当亦知之。累卿获谴，咎实难辞。

至于取偿之途，则自有在。仆有戒子一枚，自总角以至于今，约之未尝去指。物虽微贱，而以十余年来依依身畔，颇宝贵之，直视为第二之生命。今欲举以赠卿，聊以赎罪。惜无青鸟之使，衔之以飞渡重洋，置诸玉人左右。计唯代为珍藏，他日乘风归国，得与卿卿把晤，当捉纤腕掬吾胸中万斛之热诚，代为戴之指上。卿知吾者，或不以为唐突而许之乎？

海天万里，珍重为嘉。附诗一章，聊以达意。诸唯爱照。

卿至爱之王载琪敬复

朔风万里彤云卷，羁旅之情不得展。

145

望美人兮天一方，何处蓬莱水清浅？

忆昔春城花正芳，红墙咫尺疑相望。

风前顾影千般艳，云里飞莲一瓣香。

顾吾场中展骁足，羡卿花下斗新妆。

香车宝马还凝伫，一笑凌风归帝乡。

羁来惘惘离乡国，天涯游子情何极？

地中海碧运河青，如对佳人好颜色。

怀人独上最高楼，电影灯花起暮愁。

鸿雁不来秋又去，一般消息等沉浮。

海外凄凉逢驿使，双鲤迢迢书一纸。

瞒人偏许把心通，教侬怎不为情死？

极目关山易断魂，大寒风雪滞王孙。

何当握手帘栊下，花满庭墀酒满樽。

　　书与诗均脱稿，乃书以锦笺，护以瑶缄。复抽出复核数遍，见无语疵，然后封固，钤以朱砂之印，粘以火漆之章，贴上邮票，步至邮局，亲自投入箱中，而后即安。

　　自是以后，生与女书札往返，更仆难数。女自言自幼失恃，父为丝商，生兄妹两人。前日马车上所见，即其兄也。自幼许字苏垣金姓，一纨绔子，家业垂尽，屡诫不悛。翁婿之间，久生恶感。自女骂事发，报章传播，金氏不加细察，遽言离婚。女父立即许之，唯疑生与女另有隐情，不允以女字生。而女殊以死自誓，故亦未尝许婚他姓。凡此消息，生皆于通信得之。

　　女又致生一书，劝生勤学砺行，毕业而后，得一学士之名归国，则父之意向，殆无不能转圜之理。己则虽有膏沐，谁适为容？现已不事丹铅，勤求学问，与生分苦。

生读之感泣，从此益自奋勉。同学之人，皆谓生学业锐进，为支那学生中所仅见。而不知女之有以促成之也。生终日研求学问，几无暇暑，唯至夜阑人定，窃于灯下出女舄展玩，其乐无极。以为此步步生莲者，直无殊御沟之红叶也。

第九回

割　臂

　　四载光阴，逝如流水。生既毕业，考列最优等，得法学学士头衔，英伦学界荣之。吾国侨商以及使馆中人为之祖饯，送登某公司邮船回国。

　　先是生得女一书，谓家君已有转圜意，唯欲一观人品，启程时，请先电告，乘何船回国，何日抵申，届时当派车至浦滩迎接也。生一一复电告之。既登舟，见水天一色，云树苍茫，在在皆为有情之物。乃至轮机轧轧，涛声澎湃，触于耳者，亦如音乐之合于节奏，清浊高下，罔不奇妙而可听也。

　　舟抵香港，再发一电，报告抵沪日期。晚餐以后，登甲板眺望，渐涉冥想，以为玉人接此消息，其欣慰当复何如？然见电而不见人，迢迢一水，相隔何啻千里？则其芳心之忐忑，又将何如哉？

　　其时晚烟初上，水波不兴，极目广州湾，远树如荠，一钩新月则已斜挂梢头，形如美人伸其蝤蛴之颈，望离人于百步之外。王生以为此时佩卿之心，殆必类此月矣。吾安得长房缩地方，缩

148

尽相思之地，与彼美一诉衷曲，免此一日三秋之苦哉。嗟夫！夜凉如水，海风砭肌，而天末之美人，终不可得而骤见，则亦唯有归房已耳。

船又行两昼夜，至三夹水下碇，吴淞在望矣。乃换乘小汽船进口，直抵杨树浦码头。岸上招待之人无虑千百，各接得其所欢以去，而独不见陆氏之车，颇深疑虑。不得已雇车直造其门，投刺进谒。

一老人延之坐，面有忧色，询之，知即佩卿之父也。而佩卿竟不见出，心愈疑怪。忽一医生自外入，老人与之匆匆登楼，历时约十五分始下。出谓生曰："小女慕先生学识品望，深愿附为婚姻。前接香港来电，知先生今日莅沪，未明即起，整衣理妆，雇马车至杨树浦，躬自迎接。不意中途马逸，颠出车外，额受重伤，偃卧血泊中。老夫闻信，另雇车载之归，晕而复醒者屡矣。比闻先生来，呻吟告吾，愿一见颜色，虽死无憾。"

老人言讫垂泪。生闻言，心如刀割，不觉泣下沾襟，急随老人登楼，步入绣阁，见美人仰卧一铜床之上，颜色灰败，额上已束绷带，衬以棉花，而殷红之血，直透数重之棉布而出。锦衾角枕间，斑斑藉者皆是也。

生此时目击惨状，礼为情制，不能再自检束，遽前握其手而哭曰："吾心爱之佩卿，汝识吾否？累卿如此，吾将何以为情？"

佩卿徐启其目，视生微笑曰："载琪，汝来乎？吾忍死以待君久矣。"

是时医生前来禁阻，掖生至房外，令勿与交谈，否则立伤其命。生问伤势无碍否，医生蹙额曰："骨骼虽未损坏，然其血枯

149

矣，须得生人热血碗许，以机械灌之，方可以保。机械吾随身所携，然而生人之血安可致者？狗血虽可以代，恐不甚见效。"

生闻之喜曰："信乎？何不早言？血在是，予取予求，不汝瑕疵也。"因袒其臂请割。

医生笑曰："先生勿事孟浪，果肯以热血见贶，须先上蒙药，然后奏刀，否则其痛难忍。"

生慨然曰："得救彼姝一命，予死且不避，痛又安足辞？"

医生感其意诚，即引刀刺其臂取血，装置器械，挹彼注兹。数分钟后，生忽颜色惨变，颓然而倒。老人与其旁侍皆惊慌失措。医生劝勿恐，即去其器械，令人舁之榻上，投以安神补血之剂。于是两人皆酣睡，医生亦收拾其药笼而去。濒行慰其护病者曰："汝等尽心看护，勿事惶惑，予明日再来复诊。彼两人之命，皆得生矣。"

吁！从井救人，非痴于情者不辨。卅六鸳鸯同命鸟，一双蝴蝶可怜虫，可为二人咏矣。

第十回

吻　腕

　　情之魔力，不可思议。身且可糜，何爱于血？生以舍身救女，耗血可一碗许，情固富也，而血则贫矣。看护生周旋病榻，医生亦间日一来诊视，借药饵之力，渐渐恢复其固有之血液，得不成贫血症。

　　慎庵老人辄朝夕来视疾，殷勤备至。慎庵者，女父之别字也。慎庵每问生创处痛楚否，生曰：“皮肉之痛，安足云痛？唯精神之痛，斯真痛耳。佩卿果就痊，则吾精神上有无上之愉快，虽脔割吾体，亦殊不觉其痛。”

　　慎庵叹曰：“先生真情种也！敬告先生，小女无恙，不日离床榻矣。”生闻之，愁怀立释，酣然入睡乡。老人数言之效力，实倍蓰于医生之安神药也。

　　一日，晨曦照窗，作黄金色，枝头二三小鸟啁啾不已，若互诉其爱情然。鸟犹如此，人何以堪？生倦卧客窗，惺忪犹有睡意，撩臂衾外，正蘧蘧做庄周蝴蝶，翩飞于华胥国里，恍惚间觉创臂之上，有物相偎，其滑如脂，其柔软如兜罗锦。似梦非梦，尚不措意，旋觉两三雨点着于腕上，其凉且沁入肌肤。张目视之，则佩卿俯身榻前，为之抚摩创痕，泪点点着于腕也。

生跃然而起，遽握女手曰："卿耶？想煞我矣！"旋又谛视女额曰，"创痕平复否？覆车之变，至今思之犹心悸。"因为女拭掠鬓发，以观创痕。创痕如豆瓣许，色类丹砂。

生曰："昔邓夫人舞玉如意伤颊，太医以白獭髓治之，左颊留赤点如痣，益增其媚。卿美丽不让邓夫人，鬓发间又留此一抹朱痕，娇滴滴越显红白。《西厢记》曲文中语，不啻为卿写照也。"

佩卿闻之，颜乃大赪，秋波注视地衣，首久久不举。生亦自悔失词，不应取酬简中语，唐突西子，可谓拟不于伦。因谢曰："病后恍惚，出语不检，愿卿勿以为意。"

女嫣然笑曰："自君割臂援救，侬之感君，不自知其至何程度，除父母外，至爱者唯君耳。结感已深，何敢于言语之间稍存芥蒂？"

生大喜，因拉女坐，琐琐叙别后衷曲。且探怀出约指，将捉纤腕，为之戴上春葱，以实行曩日尺素中语。女受其约指，贮衣袋中，笑曰："约指谨拜嘉贶，俟至相当时间，烦君戴上侬指，此迟早问题耳。恋爱固可自由，然父母之命、媒妁之言，亦不可偏废也。"

生唯唯者再，且约三数日后，当返吴门，定省父母，并求其同意，为正式之乞婚。女亦颔首报可。生笑请曰："约指约上春葱，不妨于结婚时行之。顾乞婚之第一步，当一吻卿腕，以代啮臂之盟，此西洋之通例也，卿其许我乎？"

女闻言，不诺亦不拒，俯首至臆，红晕直达鬓际，与丹砂之创痕争色。生固知芳心之许可也，因捉其腕，俯而吻之，口甫着腕，而门外足音趿然而至。女急摔腕避去。而慎庵已手持电报，推户而入，仓促语生曰："尊府有急电至，谓尊大人病笃，危在旦夕，促先生早返也。"

生闻言变色，几欲晕去。

第十一回

别　美

好事多磨，爱河多浪，苍苍者之故作狡猾乎？小说家之故作狡猾也。吾当补叙生父之病况矣。

生父号朗山，吴下一老秀才也。与其妻齐年五十，膝下男女各一，男则载琪，女则妙青也。朗山素有肝疾，时发时愈。自载琪跨海游学，膝下佳儿远在英伦三岛间，思念之切，有不可以言语形容者。幸而游子消息，竹报时通，四年中差堪自慰。

生之由港抵沪也，曾经电告二老，谓勾留一夕，明日即乘早班车归矣。朗山夫妇得电，殊大欢慰。妙青闻乃兄将至，芙蓉之颊顿添笑窝，预向吴秀女学校请假三日，拼此三日中，与乃兄细谈衷曲，且絮絮问西洋风景，以广其见闻。乃事与愿违，忽忽三数日，假期已满，而乃兄久不至，举家骇怪。朗山体本不宁，益以游子勾留海上，愆期不归，又不以旅居之地点相告，郁怒伤肝，病乃大发。

当朗山撄疾呻吟之日，正载琪创臂昏瞀之时。比稍清醒，忽忆父母倚闾望儿，久久不至，将何以慰二老？乃告慎庵，速发电

154

到苏，以慰亲心。且告以旅地点，只云因事稽留，稍暇即返。而割臂疗疾一节，绝不提及，盖恐言之，将增二老忧也。

生电到时，朗山疾益剧。家人因急电促生归。电文简约，且过甚其词，有危在旦夕之语。生本至性中人，闻父疾笃，势不可以须臾留，扶疾理装，挥泪向慎庵夫妇告别。老夫妇宽慰者再，谓吉人天相，当无他变，先生病后宜珍重，幸毋过虑。生时方寸已乱，几不能措辞以对。偶一回眸，见佩卿立阿母后，手握鲛绡，偷揩珠泪，则益黯然魂销。

濒行时，佩卿拟送往车站，慎庵固尼其行，谓汝额创甫愈，不可以风。送行有老夫在，汝可无往。且王先生暂别即来，更毋庸依依作儿女子态。佩卿勉从父命，因不往送。向生絮如语珍重，且以一纸裹中物，赠生做纪念品。物可三方寸许，握之甚软。生叩以何物，女不肯言，第云："君试于中途发纸视之，当识依意。"生不复问，纳纸裹于怀，向女告别。听得一声去也，虽未松去金钏，减去玉肌，而离别可怜之色，女殊不可以自掩矣。

少焉，鞭丝一扬，橡轮四转，慎庵与生同坐马车，径赴车站。握别之际，慎庵语生曰："先生省亲后，幸毋忘老夫，得暇即来海上，老夫当开东阁以延君也。"所谓东阁者，东床之替代字耳。生识其方外意，鞠躬而别。

既抵火车，旋闻汽笛一声，火场即向西驶行，愈行愈速。车中无事，探怀出纸裹，发视之，则血渍之棉花一方块，盖女额伤时物也。又誊以小诗一首曰：

欲将何物寄相思，不折杨枝与柳枝。

愿把红棉搓作线，情丝中有血丝丝。

生读之感恩知己，不觉泪之夺眶而出也。

第十二回

省　父

　　世间万物，皆含有情根。鸟之嘤嘤，鹿之呦呦，虫之啾啾唧唧，无一非情之流露。人灵于万物，其情自较万物为深挚。情不限于男女之间，父子昆弟朋友，皆牢笼于情字之下。故世间之真情种子，为父必慈，为子必孝，为昆弟必睦，为朋友必信。

　　观王生之真情涌现，舍身救女，而知其对于老父，克尽孝道无疑也。朗山之疾，由于郁怒，来势蓬勃，若不可以延旦夕之命。迨夫爱子返家，长日往来，病室药炉茶灶，侍奉殷勤。老人郁怒胥平，病势乃日有起色。

　　生仅言由港抵沪，本拟越宿即返，只以寄居友人家，摄生不慎，忽发寒疾，累日不能离床，遂致愆期返苏，增父母倚闾之望。生父母亦深信之。

　　一日，无意中偶揎衣袖，创痕一角流露于不自知，幸不为父母所觉。而妙青秋波偶转，竟瞩目于创处，惊呼曰："哥乎，此……"

　　生急以袖掩创处，而向妙青频眨其眼。妙青会意，乃不竟其词。值无人处，私叩生曰："哥曾刲臂疗父乎？何创痕之累累也？"

生闻言，频摇其首，然而天良内愧，面若中酒，红晕直达颈际，额汗且涔涔下，若无地自容状。妙青益怪之，坚诘其故。生嗫嚅不即答。

妙青愠曰："磊磊落落大丈夫，何事不可告人？藏头露尾，窃为吾哥不取。哥乎，创痕现在掩饰无由，刲臂疗亲，虽近愚孝，然亦足见吾哥天性之厚，而哥乃频频摇首，状有愧色，何也？"

生至是知不可隐，因言："沪上有一知心女友，相契已数年之久。此次闻吾返国，驱车相迓，车覆受伤，几遭不测。吾闻医言，刲臂疗之，以血补血，稍酬知己。此事本不当隐，特以父病甚剧，言之过早，非所以慰亲心。愿妹为我暂守秘密，一俟父病霍然，吾将以此事始末缕禀堂上，并乞得二老同意，委托参媒氏妁，撮合良缘。庶几血液斑斑，渲染成鸳鸯谱牒，为新婚史中添一佳话，此吾之大愿也。"

妙青闻言，目笑久之，旋曰："尚未询哥，此知心女友谁也？"

生曰："陆其姓，佩卿其名，为上海西门外某女校最优等毕业生，非特学问优长也，貌尤艳绝，秾纤合度，修短得中。吾目见女学生众矣，金镜革履，神气活现，手挟皮脊书，招摇过市，然而十人之中，媸者居八九，妍者无一二。或枯瘦如人腊，或粗犷如田家妇。即有稍可瞩目者，亦第平头整脸耳。妹乎，兄非好作面谀语，佩卿之艳，唯妹可与之颉颃，此外无其匹也。"

妙青闻言，露鄙夷不屑状，且曰："哥双目炯炯，奈何赏识陆氏女？噫！个女子妹殊羞道其名，哥乃以妹相比，实藐视妹之人格矣。"

生大惊曰："以妹比佩卿，有何不足妹意？且妹又未识佩卿，何为妄相鄙夷？"

妙青愤愤曰："妹既羞道其人，则其人之历史，雅不欲污我齿颊。哥乎，天下多美女子，何必是？哥欲求偶，宜出之于审慎，脱以乞婚陆氏之说禀告老父，恐益以增老父之疾也。"

生尚欲穷诘，忽闻病榻上之老父呼妙青进药饵。妙青曰："诺，儿来矣。"翩然入室去。

生嗒焉若丧，竭力思索，终不得其命意之所在。

第十三回

遭　谗

　　陆慎庵与生别后，对于生之品貌，翕然满意，无毫发之遗憾。妙选东床，舍此莫属。所可虑者，虑朗山病或不起，生斩焉在衰绖之中，镜台下聘，不免稍有所待耳。旋得生书，谓父病大有起色，慎庵于是大慰，专待蹇修者至，一对玉人由是胖合，双双姓氏，写上泥金。有此乘龙快婿，足增陆氏门闾之光，较之金氏子之堕落家声，结纳恶少，相去远矣。离婚之举，适以玉成王陆之良缘。塞翁失马，安知非福？古人此言，诚金科玉律也。

　　慎庵既志得意满，而佩卿之一寸芳心，尤蓄有无穷之希望。盖以碗许热血，不啻续命之汤，生之缕缕情丝，已随此缕缕热血，灌输于阿侬全体之中。情软血软，两相融洽，若胶之黏，若漆之潘，若盐之入水，若醍醐乳酪之相渗和。易求无价宝，难觅有情郎。一旦丝牵连理，曲唱知心，四年来之相思账一笔勾销。怜卿怜我，愿做鸳鸯不羡仙矣。

　　女之希望如此，而孰知月老姻缘簿非人间如意之珠，相需愈殷，相遇愈疏。当佩卿渴望之际，一纸书自吴下邮来，发缄读之，令人气结。呜呼！春花秋月，如此可怜。碧海青天，奈何徒唤？吾述其事，吾不禁为佩卿悲也。

是书盖由生寄，其词曰：

我至爱之佩卿惠鉴：

某闻父病，方寸已乱，仓促首途，惶骇万状。车中无聊，发卿赠物，红棉一方，情血千点，石烂海枯，此血不变。蒙惠绝句一首，环诵再三，不忍释手。寥寥二十八字，包括如许深情，哪得不令人倾倒？缫万千个之情茧，而抽其丝；倾万千斛之情波，而提其液。卿之此作，庶可仿佛昔人谓一字一个销魂使者。卿之二十八个字，二十八个销魂使者也，颠倒梦魂，常在左右。某之爱卿，纵秃尽毫尖，亦不能抒写万一，想卿亦同有此情也。

自来吴下，忽忽兼旬。如天之福，老父转危为安，渐臻佳境。某侍汤药，未敢废离。沪上之行，因是渐缓。某之心理，恨不得立赴卿前，一倾未尽之积愫。顾赴沪易耳，赴沪而必赉得佳消息，以报命于妆阁，则綦难矣。

父病未瘥时，某不敢以乞婚之词，扰其念虑。迨父病既瘥，某遂从容陈词，缕述与卿相遇始末，至纤至悉。某词未终，父色立变，强持不可，声色俱厉。某长跽父前，谓陆氏女四德兼备，足称佳妇，如此良缘，不宜错误。吾父闻之，益发雷霆之怒，谓三吴闺秀，任汝

161

自择，汝以为可，吾不干涉，唯陆氏女则不当入吾门，倘入吾门，吾必气死。语次，气咻咻然不能自止，几将牵动宿牵。某至是遂不敢坚请，唯访之吾妹妙青，谓吾父与佩卿素昧平生，曷为忽持异议。妙青初不肯言，诘之再三，乃云近数月中，谤书屡至，书中云云，全系丑诋陆女之词。而书末又不署姓名，不曰旁观客，即曰热心冷眼人。老父得书不能无疑，又近日苏州小报屡记陆女艳史，一续再续，连篇累纸。而单张之《五更调》《新滩簧》等印刷品，不知何处出版，时时由邮使送至，发而读之，则所以丑诋陆女者，益复无微不至。吾父有此先入之言，故一闻乞婚陆氏之语，立加否决，无磋商之余地也。

妹语如是，某犹未信，亟搜览小报，及单张俚歌阅之，不觉为之发指。萋兮斐兮，成是贝锦，彼谮人者，亦已太甚！亟赴小报馆，向编辑人盘诘陆女艳史所由来，必得其主名，以便控诉法庭，治以毁人名誉之罪。编辑人谓此系外来投稿，无从得其主名，君意不谓然，尽可具函声请更正，奚悻悻为？某无可奈何，只得具更正书，意图为卿洗刷。

顾更正书刊出，而吾父之疑仍不释。吾父之疑不释，而吾与卿天合之良缘，不得不因是而停顿。夫天赋人权，自由恋爱，某不难据此以折吾父。然而惴惴焉不敢出口者，吾父病体乍瘥，易发盛怒，抗颜力争，则必引起其宿疾，岌岌乎有生命之危。某纵爱卿，岂敢以老父之生命作孤注之一掷哉！

嗟乎佩卿，诅凤为鸮，而凤之德不因是而衰；骂兰为艾，而兰之香不因是而减。卿之清白，某知之最稔，谤书盈篚，曾何伤吾两人之爱情，一俟水落石出，侦得谮人者之主名，吾父疑团便当涣释。鹣鹣鲽鲽，正自有待。卿所谓迟早间问题者，至是验矣。

嗟乎佩卿，吾两人形体虽殊，精神则一。吾之血轮，已追随卿之血轮，周围于卿之玉体中。吾今日不得卿为妇，俟诸他日。他日不得卿为妇，俟诸他生。天长地久有时尽，此情渺渺无绝期。卿乎卿乎，其亦可以谅我之心矣？

书不尽言，言不尽意。相思相望，青鸟知之。

卿至爱之王载琪敬白

佩卿得书，阅未半，泪痕斑斑着纸上，阅至终篇，情益凄哽，遽压绣衾而卧，啜泣不已。

第十四回

遇　青

绝世佳人，消瘦于茜纱窗里，三分是病，七分是恨，知情天之磨劫多也。慎庵乃大忧，急延名医为之诊治。疗病有药饵，疗恨无药饵，虽有卢扁亦都束手。第云女公子心绪略宽，病当自去，乞灵药饵，无益也。

女母愤甚，申申詈王生不置，谓四年前怀鸟之事，实损吾女名誉，今吾家有意许婚，而彼乃借词延宕，致吾女郁而生病。人之无良，莫此为甚。彼如来沪，老妇必唾其面。

女倚枕而言曰："母乎，勿罪生也。生之待侬，至矣尽矣。血尚可借，心讵肯变？生贻侬书，洋洋千余言，情词恳挚，彼岂故作延宕者？实迫于父命，不得已耳。侬不敢怨生，侬尤不敢怨生父。所可恨者，萋斐贝锦之人，与侬何隙，而忍下此狠辣之手段耳？嗟乎！名誉为吾人第二生命，纵彼谅我无他，而清白之躬竟被此恶魔任情诬蔑，侬尚何颜立于人世哉？"语次放声大恸。

时女兄志远适自都门归省，问妹病，并得被诬始末，心益愤愤。志远者，轩昂磊落之少年也。长佩卿一岁，兄妹间感情素笃。因言妹勿悲，有阿兄在，当为妹侦探此蜚语之人，而施以相当之惩戒。

女问计将安出，志远曰："吾今日即赴苏访王生，向索此污蔑书札及小报俚歌等，以资研究。一俟探得线索，不难破此秘密。妹其自珍，洗刷妹之清名，阿兄愿负完全责任也。"语讫即携行箧，匆匆乘车赴苏去。佩卿至是心稍慰。素知志远不轻然诺，苟无十分把握，必不肯轻易赴苏也。

志远抵苏，即往访生。生适撄小疾，扶疾出见。一对青年，本非素稔，仅于四年前运动场外，匆匆一见庐山面目，不复省忆。今兹握手，恨相遇之晚。志远伉爽，载琪轩朗，一见倾心，三生有幸，互谈学艺，益复倾倒。志远默思佩妹慧眼，超越寻常女流奚啻万倍，才貌如王生，岂容失之交臂？宜乎荡气回肠，跳不出重重情网也。

既而谈及谤书事，生指心自誓，谓敢掬心相示，外间谤言虽多，而区区方寸中，曾不蓄丝毫之疑虑。所可憾者，老父心中终觉疑团莫破耳。

志远因索阅谤书，生一一检出示之。累幅盈篇，备极丑诋。志远又细辨邮局印记，频频点首曰："得之矣。"

生曰："兄意云何？"

远曰："就我个人揣测，蛛丝马迹，已有线索可寻。鬼蜮虽工，终有破露之日。吾当助君破此秘密，以雪舍妹之耻，并以释尊大人之疑。"

生起谢曰："得兄相助，纫感万分。第就兄揣测，究系何人弄此狡狯？且破此秘密，计将安出？"

志远曰："事未破露，不敢以其人之姓名相告，大约弄此狡狯者，不出甲乙二人。此二人俱居吴下，弟意拟在苏州逆旅，勾留旬日，就近侦索，当不难披露真相。且弟由北京医学归来，本请匝月之假，稍有逗留，殊无碍也。"

生曰："兄欲留苏，何必另觅逆旅。弟非陈蕃，君胜徐孺。下榻留宾，共剪西窗之烛，兄以为何如？"

志远曰："不敢请耳，固所愿也。"

当二人谈话间，忽闻蛮靴细碎声由外而入。一妙龄女郎，右肘挟书册，左手挽绸制之伞，款款盈盈，已入客室。

生曰："妹放学归乎，此陆志远先生，为佩卿女士之兄。"又向志远介绍曰："此舍妹妙青，为吴秀女子中学校三年级生。"

于是志远起立，妙青亦遽驻芳踪，相向一鞠躬。鞠躬既毕，彼此平视，视线所接，合而为平行之双线，有意耶？无意耶？著者不敏，未敢下一断语也。

第十五回

诉　愤

天下事唯得之弥艰者，斯其为乐亦弥永。海上神山可望而不可即，舟近其处，风辄引而远之。求仙者具百折不回之志，以达其最后之目的。一旦身上蓬莱，虽南面王不易此乐，何则？得之者艰也。假使蓬莱近在咫尺，一举足之劳，便能遨游仙境，则金台紫馆、琼花瑶草，亦第淡漠视之，而不觉登仙之乐矣。以言情海，何独不然？情海无波，固属人生幸福。然而风平浪静，稳渡情航，则男女之间，亦不足表其爱情之真挚。

今者生之与女，可谓情海多波矣。自怀鸟以至赠环，中间经几多之曲折，于是乎鸳鸯待阙，鸾凤和鸣，渐渐有好逑之望。孰知情海波浪，犹复滔滔而起。父病促归，一浪也；谤书盈箧，二浪也；乞婚遇阻，三浪也。幸而志远南旋，以弥缝缺憾自任。王生目光中，固以志远为情海中之伏波将军，但求奸人阴谋，由此破露，则风浪自平，而一对玉人，自有胖合之望，苦尽甘来，其在此乎？

无如志远抵苏，忽忽三四日，侦索之事未见端倪，而佩卿之一纸书，忽自沪上邮来，生披读之，不觉蹙颇。盖情海中，又起一暗浪矣。书曰：

侬至爱之载琪君鉴：

侬以皓然洁白之躯，忽被蜚言污蔑，五内愤慨，如捣如焚。君乃谅我无他，贻书相慰，情文兼至，可泣可歌。而侬之精神苦痛，曾不能因之而稍减。感君意厚，益令侬自伤赋命之薄也。额伤甫愈，又遭此变。呻吟床褥，病骨支离，此冤不白，侬何以视息于人世？激愤之际，几欲忘生。徒以父母深恩，昊天罔极，侬苟遽萌死志，未免大伤二老之心，且黑白未分，谣啄未息，徒死何益？适足以见笑而自玷耳。嗟乎！生既无憀，死又不可，狺犬吠声，青蝇污璧，进退两难。侬心弥苦，朝泪镜潮，夕泪镜汐，天下伤心女子，正不独一冯小青也。

家兄志远，见侬如此，遽动侠肠，往破诡计。数日以来，未见朕兆，而不谓一波未平，一波又起，造化弄人，至于此极。侬既未息铄金销骨之谗，君又忽罹捉影捕风之谤，天乎冤哉！侬伏枕书此，辄不禁心悸而手颤也。

日内老父屡得匿名书，秽言满纸，对于君之私德，大肆抨击。其最可愤愤者，谓君为学校之扒手，洋装之拆白党。在沪上时，曾以私攫人物，被校长悬牌斥退。在英伦时，又犯诈欺取财罪，受外洋九月之徒刑。种种罗织之词，不一而足。

老父阅之，只付一笑。顾吾母遽信为真，对君顿失信仰，谓无论人言是否可信，而王氏子之不足偶吾女，于此可决。侬再三泣谏，唇焦舌敝，卒不能回我母之心。彼何人哉，施此毒计，以侬命薄，累君受谤。每一念及，不禁为之腐心切齿也。侬一弱女子，偶中蜚语，犹愤懑不能自解。君光明磊落大丈夫，前程万里，未可限量，乃亦为宵小所谗，加以种种之丑诋，此侬之所以愤愤不平。视侬之受谤，而尤觉其难堪者也。

所有谤书，谨以奉阅，君试与家兄细加研究，务得彼伦之主名，而施以惩戒。但使君谤得雪，昭然如青天白日，则侬可借此以解吾母之惑，俾知侬之于君，相逢有素。前日之再三泣谏，非故作袒护之词也。

嗟乎魑魅肆虐，鬼蜮射人，谤侬犹可，谤君则大不可。侬亟亟焉求雪君之谤，尤甚于雪己之谤。君谤雪矣，侬之一身毁誉，更何足道？虽受不白之冤，以至于死，岂有悔哉！

伏枕作书，草草不复成字。

君之意中人陆佩卿白

阅书既竟，王生精神上大受打击，泪点点落襟袖。复披览附寄之谤书，益愤愤不能自已，抵几大呼，状如狂易。

适志远至，问生何事愤懑，生因以书授之。志远披览一过，又细察谤书封面之字迹以及邮局所加之钤记，不觉拍手大笑曰："破此诡计，为期不远矣。"

　　生愕然问故，志远则笑而不答。

第十六回

疗　疾

　　世间最大之恶魔，厥唯谣啄。曾子杀人，慈母投杼，亲若母子，犹不免为流言所惑，况陆母之于王生乎？生问心无愧，何恤人言，是是非非，厥后终当大白，原不足为盛德之累。顾在此紧要关头，流言之效力，实足以破坏婚事而有余。生之愤懑不平，本无足怪。所可怪者，志远闻之，竟从容谈笑，视若无事耳。

　　维时生父朗山亦来检视谤书，不禁诧怪曰："大奇大奇，谤书字迹，与前者老夫所得之匿名书，如出一手，然则谤我儿者，即谤佩卿之人也。"

　　志远笑曰："尊论诚然。既知今日之丑诋载兄者，悉出于虚构，则昔日之丑诋舍妹者，其为捏造无疑也。一方面既系蜃楼，一方面必系海市，双方参观，则舍妹之冤，可不辩而自白也。"

　　朗山憬然曰："吾知过矣，曩者轻信谤书，疑及令妹，此系老夫一时之误。自君下榻寒舍，老夫察君言辞举止，磊落光明，远在吾儿之上。其兄如是，其妹可知，因疑匿名书中云云，或出于向壁虚造。今承指示，益复豁然。令妹之诬，何待辩白？老夫

171

已胸中涣释，不存芥蒂。顾吾儿之诬，如何昭雪，君当有善法处之，使尊堂胸中不蓄丝毫之疑虑也。"

志远尚未置答，忽闻外间挝门声甚急，杂以人声嘈嘈。朗山大怪，遣佣妇出应。须臾佣妇奔入曰："主人将奈何？小姐在校中患急症，变且不测。顷由校中唤舆送归，已不能言矣。"

朗山、载琪咸狂骇，奔出视之，果见舆停门内，妙青晕厥舆中，玉容失色，瓠犀紧闭，唤之不应，似已失其感觉然。

朗山迭唤妙儿，泪随声下。载琪惶急无措，唯有弹泪，询问伴归之校役，则云："今日校中开运动会，陆小姐忽然得疾，晕倒操场，校医施以急救方，殊不见效。校长狂骇，因雇舆送归。病状殊凶险，幸速延名医治之，迟恐不及也。"

是时女母已闻信踉跄而出，抱女大哭。佣妇助之相与舁女入室，家人纷乱，哭声不绝。载琪一面遣发舆夫，一面又持片付佣妇，速往延某医。

志远谓生曰："君勿自扰，令妹之症，似系一时热闭，校医术浅，未能对症投药，遂尔失效。若延他医治之，往返需时，又恐无以救急。弟不才……"

语尚未毕，生忽有悟曰："兄系医学专科高才生，卢扁近在咫尺，尚舍此他求耶？"亟挽志远手，同入内室，往疗妙青疾。

时妙青卧沙发上，冥然罔觉，香魂一缕，在若断若续间。诊视既讫，志远曰："无碍。"急为之处方，以授朗山，谓不出一句钟，即可清醒。

朗山拭涕谢之曰："果尔，则举家悉拜大德。"

志远因辞出，独坐书室中，翻阅案头书，以资消遣。距诊疾时，甫三十分钟，忽朗山匆匆入室，喜极而言曰："先生真神医也，吾女已恢复知觉矣。"

第十七回

露　机

苏城某街之尾，有一杂贩之肆。肆中零星货品，布置殆满，五色迷离者为纸烟之匣，纵横架叠者为肥皂之块，累累倒插于竹笺者为绛色之烛，层层密布于木架者为封裹之香。其他玩具饰品纸笔锭帛之类，应有尽有，不胜枚举。主人设此肆，不啻组织一混合之内阁，而身为其总理，且又兼拥财政、交通两总长之头衔，其忙碌自不待言。财政者，肆中悬兑换银洋之招牌，上柜兑银者，彼去此来，连翩不绝也。交通者，肆中悬邮政信柜之招牌，而其信箱之标记，则第二十六号也。

主人于贸易之际，常见一少年伫立信箱之侧，注视往来行人，目不稍瞬，若有所待然。每遇人上柜购邮票，或投书箱中，则注视尤力。主人颇以为怪，顾以贸易忙，不暇问也。

某日晌午，一年可二十许面目瘦之男子，上柜购邮票。主人笑曰："汪先生，又将发上海信乎？"

男子微颔其首，探怀出一函，粘票既讫，遽伸其腕，将纳之于信箱中。信未纳也，而腕已为人所捉。捉腕者谁？则肆门伫立之少年也。

汪愤甚，叱少年曰："吾与汝素昧平生，何遽作此恶谑？"

少年笑曰："汪景棠，我犹识汝，汝竟不我识耶？我上海陆志远也。"

汪闻言，色如土，思毁其函，而函已为志远所夺，且见封面所书，有"上海某里陆慎庵先生手启，热心冷眼人缄云云"。因曰："承君热心，乃时时与家君通尺素，足感厚意。顾冷眼二字殊嫌未确，君正妒人良缘，两眼欲喷火焰，不惜自降人格，施此种种卑劣手段，眼热则有之，眼冷则未也。"

汪益窘，谢曰："请君原谅，某系被动，此事自有主谋之人。"

志远诘以主谋者谁，汪嗫嚅未吐。而途人已纷纷驻足，来观热闹。杂货肆主人亦拨冗出肆门，来询曲直。汪无奈何，附志远耳曰："主谋者，金伯良也。此处非谈话所，请君同至冷僻小茶寮，某当以颠末奉告。"语时，额汗如渖，声且发颤，盖惶愧达于极点矣。

志远亦不为已甚，挽其袖，同至相距里许之小茶寮。午饭时，茶座中阒其无人，密谈之所，唯此为宜。而金伯良种种阴谋，至是乃悉以破露。诸君乎，倘欲知金伯良为何如人者，则著者于百忙中，不妨为之补叙其崖略。

金伯良者，吴下纨绔儿也，借金钱之势力，曾与陆姓订婚。订婚之际，只凭媒妁说合，未婚夫妇曾未有一度之谋面，但知陆氏女名佩卿，肄业于沪上西门某女校而已。伯良本不悦学，脑筋腐败，又习闻市井谰言，捕风捉影，对于女校多诽谤。故一闻女

175

舄事发，报章传播，不假思索，遽以离婚为请。彼固以佩卿为庸脂俗粉，欲离便离，无所用其爱惜也。

婚姻脱离以后，旋有人自沪上来，备述佩卿素行谨饬，白璧无瑕，此次舄入人手，由于蹴球所致，绝非伊其相谑，赠之以芍药者可比。且女在校时，艳名为全校之冠。如此佳人，而轻与离异，直呆汉耳。伯良至是反大悔恨，顾婚约既解，已无挽回之望，则时时衔王生次骨。

汪景棠者，吴中世家子，与伯良为同里，酒食游戏相征逐，号称昵友。物以类聚，其品行卑污亦相埒。所异者，景棠之文才较胜于伯良耳。景棠久艳佩卿之貌，闻伯良与陆氏解婚约，不禁心怦怦动，亟延执柯者向慎庵乞婚，且以著作品一册就正。谓汪氏子不特门第清高，人品俊逸，即所作小说，亦为各报馆所欢迎，文名噪于遐迩。慎庵未置可否，只答以容再报命。

适志远在家，语其父曰："汪景棠为吴下儇薄子，且染有烟霞癖。儿在苏时，曾与友人处与之一面，以心鄙其人，未与深谈。渠之著作，当不甚高妙。"因披读其著作品，不禁拊掌大笑，所谓著作品者，庸陋恶劣之五更调也，佶屈聱牙之新开篇也，东抄西撮之短篇小说也。慎庵于是寄还其稿，亲事遂不谐。此三年前事也。

今者志远自都门返省，问妹疾，闻有谤书，丑诋其妹，心疑或金氏子为之。又闻谤书以外，尚有骂人之俚歌秽曲，默思金氏子胸无点墨，不能作歌曲，必有人为之捉刀。捉刀者其汪氏子乎？彼固五更调之著作家也。因竭力慰其妹，愿赴苏以侦此秘密。

比抵苏，索得谤书，查阅字迹，确系汪氏子所书。汪字甚怪，辨认固至易也。又阅印刷品之歌曲，益信为汪景棠之作品。邮局盖印，有二十六号信箱字样，按图索骥，破露自有把握。因日往信箱左右，以伺察之。

一日，偶见汪来投信，信封上有陆慎庵字样。志远大疑，汪与老父通信，意欲何为？不数日，沪上附寄谤书至苏，察其字，又系汪书，察其印记，又系二十六号信箱。司马昭之心，路人皆知。故志远语王生曰："破此秘密，为期不远也。"

景棠与志远别已久，且仅一面，不复省忆，故臂为志远所捉，犹曰素昧平生。及志远道破姓名，则不禁中慑，自知证物已入人手，无从讳饰。同入小茶寮，再三哀求，且诿其过于伯良，语次几欲屈膝。

志远谓此事洞若观火，不须推诿，明系汝与伯良共施此计，主谋为谁，不暇细问，自有法律解决。景棠大窘，自愿登报道歉，以雪载琪、佩卿之谤，但求不加追究，以全体面。志远初犹未许，迨景棠伏地请罪，始允其请。

越一日，沪上各报封面披露金、汪道歉之广告，而情海之波涛乃平。若志远者，真情海中之伏波将军也。

第十八回

题　　血

天下事有造因于此，而结果于彼者。志远一番仗义，平此情波，其意不为己谋，而不啻为己谋。盖朗山物色东床，甚难其选。今则激赏陆郎，愿以弱女相托，佳偶天然，欢联秦晋。一感其疗女之疾，再感其雪儿之谤也。

维时妙青病已就痊，一寸芳心中衔感志远，至于不可思议，尝默默自念曰："生我者父母，活我者陆郎也。"

王生又偕志远游虎阜，摩寒山寺古钟，登灵岩，访西子故迹。拾级天平，至上白云最高处，竭数日之力，吴中名胜，遨游殆遍，志远乃告归。

越数日，纳采之礼，同时举行。生与女、志远与妙青，今而后喜可知也。著者只有一支笔，不能分写四人欢喜之心理，以贡献于阅者，即阅者亦何须著者贡献。崖蜜初尝，人生必有此一种经历，亦只相喻于无言中耳。

结婚前数日，王生犹出珍藏之舄，把玩不已，口喃喃作长短歌曰：

舃乎舃乎，良缘由汝结乎！

　　汝其汉皋之佩，御沟之叶乎！

　　歌声未毕，妙青已闯然入室，拊手笑曰："哥既感念此舃，何不戴之于首，以示不忘？盖舃固哥之良媒也。"

　　生笑答曰："是舃也，不独阿兄之媒，亦为吾妹之妁。苟无舃，何有血？苟无血，何有谤书？苟无谤书，志远何由来吴，与吾妹订此百年眷属？然则妹亦宜戴舃于首，以示不忘。"妙青闻言，赪颜遁去。

　　无何凉秋八月，花好月圆，王生与佩卿、陆郎与妙青，先后结婚于阊门外之留园。

　　王生婚时，由挚友某君为介绍人。某君者，即昔日敦劝王生出洋留学之人也。

　　陆郎婚时，即由王生为介绍人，苏城士女持券来观礼者，济济跄跄，颇极一时之盛。金童玉女，配合成双，徐淑秦嘉，相攸为匹。

　　吾书至此，可作一完满之结束。顾犹有一佳话，敢介绍于阅者诸君曰：

　　佩卿赠生之红棉，生已装置玻璃锦匣中，供客展览。且以《情血》为题，征求四方佳咏。诸君皆锦绣才人，遇此绝好诗题，当必争投佳什，有以慰王生之望也。

　　瞻庐曰：李君东野为余旧同学，沧浪亭畔一别，忽忽近二十年矣。东野为小说界中健将，此稿原只十章，都九千余字。刊登

《快活林》，颇邀一班阅者欢迎。顷世界书局主人购得原稿，将付印单行本，以篇幅过短，拟倩东野赓续至二万言。值东野谢绝笔墨，以是未果，乃嘱余续成之。

雨窗多暇，妄为赓续。衔接原稿第九章，又得万余言，悲欢离合，期不背原书本旨。余与东野笔墨故不相似，顷乃略摩其笔，致冀虎贲之貌似中郎。书中王生陆女，原稿于第十章中，即圆好梦，今以扩充篇幅之故，海上神山，近而复远，情海之中，风波迭起，直至第十八章乃圆好梦。有此一番曲折，而王生陆女，遂不免多抛如许情泪矣。情海本无波，波乃起于不佞之笔下，每一思之，不禁失笑也。

原　　谅

自　序

　　余见有作长幅消遣图者，图凡六幅，挥毫落纸，状人物殊工。顾前五幅极烦碎琐屑，似与"消遣"二字了无关系。一制笔造墨研砚漉纸之图，二挟书入校随班上课之图，三绿衣邮使跋来报往之图，四书斋独坐摊纸沉吟之图，五书局印厂昼夜工作之图。凡此琐琐，吾不知与"消遣"二字，果何关系也。阅至第六幅，则"消遣"二字，乃有结穴。其景则昼静帘闲，花香鸟语，其人则斜倚沙发，作展卷讽咏状。卷端露字一行，曰"消遣文章"。于是乃知以前琐琐五图，均非浪作也。无第一图，著作消遣文章者乏其具；无第二图，著作消遣文章者乏其才；无第三图，著作消遣文章者乏其地；无第四图，著作消遣文章者乏其绍介；无第五图，著作消遣文章者乏其披露之人。夫所谓消遣文章者，非著作人之消遣也，昼静帘闲、花香鸟语、斜倚沙发者之消遣品也。故第六幅为"消遣"二字之大结穴，而以前琐琐五图，固无一不与"消遣"二字相联属也。

　　余著《原谅》小说二万言，即取境于此。篇中有极烦碎、极琐屑处，似与标题不相联属，而读至终篇，乃知以前云云，无一非"原谅"二字之发酵品。唯属稿匆促，中多语病，且有疏略处，此则余所不能自讳者，所望读《原谅》者之原谅而已。

　　　　　癸亥孟春二十有六日　瞻庐序于望云居

"认明本店商标，庶不致误"，这是经营商业的一种惯例，三百六十行中，教师也占一行。同是营业性质，当然有个商标。新式教师最适用的商标，叫作师范毕业生，旧式教师最适用的商标叫作前清秀才。本书开场人物，便提起一位旧式教师俞勉斋先生。他在杭州城里开设一爿子曰店，早挂着四十余年的秀才商标。他取得这秀才二字，年龄尚未弱冠，当时意气飞扬，志愿很是阔大。俗语道得好，秀才乃宰相之根苗。他便是这般着想，一辈子显亲扬名、高官大禄全靠在这根苗上面发生。只要时运亨通，鬼神扶助，这小小的一株穷根苗，怕不开放斗大的一朵富贵花？

　　无如双轮日月开足了昼夜快车，一直地向前过去，永没有停车的时刻。勉斋先生坐在书馆里，捧着一面破碎的玻璃镜，七纵八横，都是裂纹。就那裂纹中间寻出一小方完全的玻璃，呵口热气抹拭几下，照照自己的容颜，冬烘头脑上浓堆着一重霜雪，东风吹绿瀛洲草，吹不绿盈颠白发。花甲逾三的年纪，早衰飒得这般模样。

回想这株穷根苗，栽培了四五十度春秋，直到如今依旧是一株穷根苗，别说斗大的富贵花今生没分，便是小小的蓓蕾、细细的枝叶，拢总都不曾发生。四十年秀才本色，一辈子教读生涯，饿虽不曾饿煞，吃又何尝吃饱？想到这里，便深悔少年时代，脑力充足，三百六十行中，哪一行不可争胜，偏偏挨着十年苦功，博取这个没出息的商标？子曰诗云声里断送了生平壮志，墨儿磨得干，脑汁也干了；笔儿写得秃，顶也秃了。

勉斋先生的满腹牢骚，潮水般地涌将上来。便把破镜子撂在一旁，捋着枯枝般的臂儿，扬着鸡爪般的掌儿，下死劲地向书案上一拍，又长长地叹了一口气，连唤着"秀才误我，秀才误我"。

在这嗟叹当儿，早已引出对面房间里一种轻圆流利的笑声。编书的恰有一比，宛比黄牛叹气声中夹杂着好鸟枝头声声欢噪。

笑声未毕，一对绿纱糊的短窗，呀的一声推将开来，早有一个二九年纪的女郎探起着半截娇身躯，靠在窗槛上面向着他发笑。双瞳秋水里面一半儿含着笑意，一半儿含着媚态，芙蓉颊上添着又小又圆的一对梨窝儿，樱唇红破，编贝也似的皓齿——呈露。

勉斋设砚的地方，离这倚窗女郎只有一庭之隔，对面的笑声传来，顿把他重重叠叠的愁云一齐打破。当下瞧了女郎一眼，便也强笑说道："婉儿，你又在那里笑我，事非经过不知难。你不曾经过做穷秀才的苦境，难怪你见着我悲感，只是好笑。"

婉儿也笑道："爹爹，你怎么口口声声，只说'秀才误我、秀才误我'？假如你不爱做秀才，你当时因甚挣这秀才来做？你既挣这秀才来做，又抱怨这秀才做甚？这是你去找秀才，不是秀才来找你。你说秀才误你，也许是你误了秀才。又没人强派你做一辈子秀才，你既嫌恶着秀才，你因甚不和秀才脱离关系？"

勉斋听这一片话，又似聪明又似糊涂，又似斗机锋又似说童话，一时却没话对付。停了片晌，才说道："婉儿，你且到这里来坐坐，我正有许多话儿和你细讲。"

婉儿答应着，出房门穿天井，款款盈盈，走到书案旁边的椅子上坐定。勉斋忙把案头乱书整理一下子，又见靠近女儿的一边书案上七纵八横，乱涂着许多不规则的童话，端怕弄脏了女儿的衣服，赶快取了一块抹布，伛偻着身体，在案上着力擦抹，嘴里却喃喃说道："真叫作先生越老，学生越小。这些顽皮孩子，委实不堪教训。教他读书，只是信口乱嘈；教他写字，不向纸上写，却向案头乱抹。"

婉儿眼波一转，瞧见案头涂写的什么"王大官小五车"，什么"金小弟吃四三千担"，东一搭西一搭，都是些顽童字典里的文法，又忍不住哧哧地好笑。

勉斋擦抹了一会子，却不曾擦抹干净。婉儿道："干揸是没用的，待我来替你擦。"说时，取过水盂，把里面的水都倒在案头，随手取一张旧报纸，捏作一团，猛力地擦抹几下，果把案头墨污一齐拭净。然后移步屋隅，把湿报纸丢在畚箕里面。

谁料勉斋跟从赶上，把畚箕里的报纸重又拾起来，连唤着罪过罪过。婉儿道："丢掉了便罢，拾起来做甚？"

勉斋恭恭敬敬，把湿纸团当胸捧着，鹅行鸭步，一摇一摆踱到书架旁边，就着那边挂着的一只六角式笺篓，把湿纸团纳在里面。又指着笺篓上粘贴的"敬惜字纸"四个字，劝诫女儿道：

"婉儿，字纸却不可不爱惜的，无论读新法书、读旧法书，书上的字都是古代圣贤艰难创造的字。你把字纸抹桌，已是老大罪过，还要暴殄天物，丢掉在污秽不洁的畚箕里面，这便罪上加罪、过上加过了。"说时引起了一阵干呛，回到这只冷凳上面，将身坐下，喝了几口茶，才把咳呛平复。

婉儿一壁在毛巾上擦手，一壁笑说道："爹爹的训话，总脱不了迷信神权。我把字纸揩台抹桌，叫作废物利用，却不是暴殄天物，你不曾到过我们的学校来，我们的同学姐妹，别说把字纸揩台抹桌，还有……"说到这里，却又缩住道，"我可不说了，说出来时，爹爹又要说造业造业，罪过罪过，冥冥之中，自有过往神袛，监察使者，在那功过册上，存记大过一百次，小过五百次。"

勉斋皱着眉心，却不说什么，单指着打横的座位道："快快坐定了，好和你讲话。"

婉儿重又坐下，就案头支着粉肘，托住了腮窝，听她老子有甚话讲。勉斋微微地嘘了一口气，沉吟片晌，慢慢儿地说道："你方才和我开玩笑，说我厌弃秀才，怎不和秀才脱离关系，这句话虽则带些孩子气，可是我仔细一想，却又算得是颠扑不破的说话。天下没有脱不了的关系，婉儿婉儿，大约我和秀才脱离关系，日子也很近了。"

婉儿奇怪道："爹爹，这话怎么讲？我平日常听你说，一做了秀才，便是敲钉转脚，永远做那板凳上的生涯，今生今世，再也脱离不得。现在却又说不日便要和秀才脱离关系，脱离秀才便是脱离板凳，敢是有人从中提拔你，便丢去这条板凳，另图什么较好的职业不成？"

勉斋笑了一笑道："我这酸秀才，除却坐守这板凳，再有什么事业可以干得？你是聪明人，怎么猜测不出我的意思？"

婉儿察言观色，有什么猜测不出她老子的意思，却故绕着远道儿，抢动指尖，一味胡猜乱测道："酸秀才除却坐板凳，也许干得大事业。起义武昌的某伟人，是个秀才；推倒项城的某将军，也是个秀才；代理元首的某大总统，也是个秀才。这三个秀才都做了古人，暂且弗论，但就现在的秀才做证，爹爹你每天看报，便该晓得有个生龙活虎、足智多谋的秀才，在那长江一带，出足了很健很健的风头，你莫非见猎心喜，丢掉了板凳，也想在军营里面挣个一官半职，大大地吐口气吗？"

勉斋连摇头道："妮子真痴了，我这么大年纪，怎敢抱这般的痴想，六十岁学打拳，吾闻其语矣，未见其人也。婉儿，我向你老实讲了吧。"正待说时，又是了阵咳呛，比方才呛得厉害，呛得眼都圆了，面都红了，额上青筋都一根根地凸起了。

婉儿道："爹爹呛得紧，赶快喝口茶，润润嗓子，茶可烫吗？"

勉斋又喝了几口茶，好容易疏通了这口气，慢慢儿答道："幸亏这位秦世兄想得周到，中秋节后送来二百个炭团子，供我炖茶吃。他又知道我一交秋节，易起咳呛的宿疾，昨天又送来一罐梨汁，我呛得紧时，全仗这梨汁润喉。"说时便从抽屉里取出一个白地青花的瓷罐，倒取少许梨汁在茶杯，藏过瓷罐，饮过梨汁，又伏在书案上，隔了片响，方才抬头说道，"婉儿，我向你老实讲了吧。"

婉儿摇手道:"且慢,待我再猜测一下子,不信猜测不出你的意思。"说时又故意搔着发,摸着鬓,俄延着时刻,重又胡猜乱测道,"你丢掉板凳时,或者去干那投机事业,什么交易所里充当一个经纪人?可是你的性质和交易所不相近,敢怕猜得不合。除却做经纪人,也许在银行里面充当一个行员?可是你和银行却又道不同不相为谋,敢怕也猜得不合。除却做行员,也许是什么机关里面,请你去管理文牍,什么书局里面请你去主任编辑?可是这般的事业,仍带些酸化作用,不好说完全和秀才脱离关系。爹爹,你给我一个限期,三日不能,至五日,五日不能,至七日,这个闷葫芦一定可以猜破,你想可好?"

勉斋点头道:"我也知你怕听这句没趣话,却用这个腾挪法和我敷衍。然而生死大数,何须忌讳。生寄也,死归也……"

再待说时,婉儿早已嗖地起立道:"爹爹算什么,好端端又要说死说活,我只不和你说。"当下离却案头,径到庭心,回转娇躯面墙而立,嘴里却声唤道,"爹爹,你瞧这一簇秋海棠,开得很好玩咧。"

勉斋听这声调里面,略带些凄哽,便暗暗地嗟叹道:"敢怕这痴妮子又在那里对花溅泪咧。"便又恳恳切切地唤道:"婉儿,我知道你怕听伤心话,你且坐定了,别向庭心里乱跑,我不再提这桩事,另有要紧话,待和你细细商议。"

婉儿答应着,又停了一会子,才从庭心里兜转娇躯,重入室中,又向案头坐下道:"爹爹谈话,专拣有兴趣的随意谈谈,别说消极话。便说消极话,只不要把这消极声浪传到吾的耳朵里。"

勉斋瞧那女儿说话时,眼圈儿兀自红红的,肚里寻思:她本是活泼的孩子，星期日在家休息，兴致勃勃和我谈话，我怎么只拣没趣的事赚她的眼泪？然而这桩没趣事，迟早终要发现，谚云：自病自得知。阎罗大王的限期，地府修文的聘书，都是急于星火，怎有从容谈笑的余地。

婉儿催促道："爹爹算什么，赚我到来，却又没话说，只是回肠荡气，肚皮里做什么功课。叫我呆瞪瞪坐在案头，怪寂寞的。我又不是你的顽皮学生，我又不曾犯了你的塾规，没来由罚我关夜学，做那案头的镇守使。"

勉斋道："你别性急，我自有正当谈话，和你从长计议。你想这几年来，我们父女二人形影相吊，毕竟仗着谁的力，安安稳稳度日子？你既没有失学，我也没有饥寒之虑？"

婉儿道："这便何消说得，当然是秦世兄的大力。"

勉斋道："那么你对于秦世兄，也该存个感激之心。"

婉儿道："人非草木，怎不知恩？这位秦世兄，简直是秦仁人、秦君子、秦菩萨。"

勉斋道："你既这般说，怎么那天和你谈的话，你总不肯顺我的意？"

婉儿含嗔道："这是两个问题，不能混合为一。论那恩义问题，这位秦世兄果然是秦仁人、秦君子、秦菩萨；论那婚姻问题，这位秦世兄又是秦木头、秦草包、秦村夫。"

勉斋皱着眉心，连连摇头道："蠢丫头，别多说吧，说了……"

他的下半句尚没出口，婉儿抢着说道："说了功过册上，又要记着大过一百次、小过五百次。"

勉斋见她憨态依然，心头异常纳闷，钟鸣漏尽的当儿，尚不曾了却向平之愿，不觉喃喃地背那唐诗道："高堂明镜悲白发，朝如青丝暮成雪。"

婉儿道："爹爹你言明在先，不说伤心话，怎么又背这颓丧的诗句？"

勉斋正待回答，猛听得门儿呀的一声，接着脚步声响，才到檐前，便听得高唤一声老师，低唤一声世妹。抬头看时，来的是一位二十左右岁的少年，衣服朴素，容貌诚恳，左手握着一本鹤顶红的美人蕉，右手提着一个玻璃瓶，瓶上花花绿绿地贴着广告。这人是谁？便是恰才提起的秦世兄。

勉斋道："云士从哪里来？瓶里盛着是什么东西？"

婉儿却去接那美人蕉道："这种鹤顶红的，果然被你觅到了。待我赶紧去栽种，搁着不种，花朵儿便要憔悴了。"

勉斋暗暗嗟叹道："花犹如此，人何以堪？"

婉儿离座后，云士便在案头坐定，送上这个瓶儿道："老师，这是一瓶杏仁露，我才从药房里买来，今天咳呛可好吗？要是呛得厉害，把开水冲服杏仁露半杯，可以润喉止咳。"

勉斋道："难为你想得周到，我在日间咳呛还稀，只是卧到床上，却不能安枕，伤筋动骨，呛个无休无歇。都因上了些年纪，贱体一年不及一年，秋风一吹，宿病便发，今秋更发得厉害。去日苦多来日少，他生未卜此生休。"说到这里，又连连地咳呛起来。

婉儿正在庭角花台旁边种这美人蕉，听到这里，一寸芳心浪纹般地皱起，喃喃自语道："天哪，越是怕听伤心话，听来总是伤心话。恶作剧的空气，因甚把悲惨的声浪传入我耳朵里？空气空气，你若怜念我俞婉清者，从此以后，只传欢乐声，不传悲痛声，我便生生世世感激你不尽，你才是我的第一知己……"

婉清自嗟自叹，呆想出神，冷不防背后有人低问道："世妹世妹，谁是你的知己？"

婉清听了老大的不高兴，暗想：这是我的思想自由、嗟叹自由，干你甚事？谁要你赶来问我？听得知己二字，只道我说着你，你便大误了。我对于你感恩则有之，知己则未也。你越是自命知己，我却越不把你当作我的知己。

云士等了一会子，不见婉清回转面庞，向他答话，只道婉清不注意，没有听得他的闲话。当下挨到前面，立在花台的一边，含笑问道："世妹说什么第一知己、第二知己？你的知己是谁？谁是你的知己？"

婉清觉得又好气又好笑，暗想：你问得这般着急，多分要害着知己的馋痨，你越是着急，我却越把没要紧的说话和你敷衍。想定主意，便冷冷地答道："世兄，你问谁是我的知己，你要懂得我的知己，先要懂得知己二字的解释。"

云士忙道："知己二字，怎样解释？"

婉清笑说道："知己叫作知己，譬如甲乙二人，彼此订交，甲知着乙，乙也知着甲，彼此才是个知己。要是甲乙二人彼此仅有片面的感情，便都算不得知己。就甲的一方面说，甲爱着乙，乙却不爱着甲，叫作知彼而不知己，算不得知己。就乙的一方面说，乙受着甲的爱，乙却不去爱甲，叫作知己而不知彼，也算不得知己……"

这几句清绕的论调，却把云士的脑筋越绕越浑。云士在老先生案头读书的当儿，件件般般都可算得全塾的模范学生，唯有逢着三六九作文日期，老先生宣布了题目，别个学生都是没多思索，便去交卷。云士搔头摸耳，抠心肝挖肚肠，嘤嘤嗡嗡了多时，依旧是一张白纸。有时告个奋勇，勉强完卷，可是这几个之乎者也，都和骄将蹇卒一般，任凭他告煞奋勇，他手下的之乎者也却不受他的调遣，便算勉强调遣，总是七缠八丫杈，驴唇不对着马嘴。老先生息心静气，循循善诱，专把《文法捷诀》《论说指南》和他细细地讨论，怎样起、怎样承、怎样开、怎样合、怎样翻腾、怎样结束，要算不厌求详，讲得唇焦舌敝，他也是侧着耳朵，很用心地静听。可是逢着转折的地方，仿佛进了诸葛先生的八卦阵，只落得目瞪口呆，一时没做理会处。

现在他呆立在花台旁边，自言自语，只研究这几句清绕论调。知彼知己，叫作知己，这两句还容易解释，怎么叫作甲的一方面、乙的一方面？怎么叫作知彼而不知己，知己而不知彼？仿佛又进了诸葛先生的八卦阵，委实不易索解。他把这几句背诵了多遍，只是糊糊涂涂，越想越不明白，待要请教婉清，抬眼看时，不觉自己好笑起来，花台旁边，单有自己立着，哪有婉清的影儿？

原来婉清道完这几句话，撇着云士，自去伺候老父。花台上面的美人蕉也不曾栽插得稳，只是摇摇欲倒。云士便把衣袖向上捋起，寻一柄小铁铲，把泥铲得松松的，挖一个窟窿，把美人蕉移栽妥帖，不嫌污手，捧着铲松的泥，一把一把地去培那根荄，弄得两手乌糟糟。回到室里，找着面盆洗手。

洗手的当儿，笑向婉清道："世妹，你早晚舀些清水，向花根浇灌几下，待过几天，花朵开得盛了，配着你的窗子，红红绿绿，说不尽的好玩。"

婉清问道："怎样的好玩？"

云士道："宛比……"

婉清道："宛比什么？"

云士暗唤一声啊呀，分明又是个难题目，我说了宛比二字，竟比例不出什么来。这位女先生是不容易说话的，不比老先生出了题目，我便交个白卷，也不妨事。当下仰着脑袋，呆呆地想一个比例。隔了片晌，才说道："宛比绿帐前面，点着一对红烛。"

婉清听着不由皓齿半露，微微地一笑。这一笑非同小可，云士心窝里说不尽的快活，暗想：不枉我搜索枯肠，想出这两句精警文章，竟博得女先生的深深许可。她这嫣然一笑，比着老先生的浓圈密点要加十倍的名贵；她这嫣然一笑，具有绝大价值，要算顶呱呱的一等金质褒章。

谁料婉清的心里，却是有贬无褒。她想秦世兄肚里，委实没有半些儿墨汁，没的什么可比，竟比出这般的笑话来。便是这般比例，也该说宛比碧纱橱外，映着几盏红灯，那便何等风光、何等旖旎。他偏偏不这般说，说什么绿帐前面点着一对红烛，亏得窗纱是绿的，花朵是红的，他便这般说，尚没妨碍。要是换上白窗纱、白花朵，他也说白帐前面点着一对白烛，怕不触犯了人家的忌讳吗？

老先生见他们谈论花朵，不觉心有所感，暗暗嗟叹道："去年花似今年好，今年人比去年老。明年此花再开时，却恐看花人

195

去了。婉儿婉儿，待到明年此花盛开，管叫老夫墓上的草色，也和你的窗纱一般儿绿了。"

室中三个人各人都有各人的心事，彼此都不则一声。编书的却不能随着他们不着一字，只得从没话处寻出话来，摄取他们肚里的念头，充我笔下的资料。

闲文剪断，且说云士谈了些闲话，辞别俞姓父女，自回家里，暂时按下。

勉斋自送云士去后，又把破镜子瞧了一回面庞，不觉忆念到五载前的亡妻，心坎儿翻起皱浪，泻铅般的泪颗，一一打落胸襟。

那时婉清正在庭心里浇花，不提防她老子在室中独自淌泪。毕竟勉斋悼亡的痛泪，和这破镜子有甚关系，少不得要费着一番补叙笔墨，从头说起。

原来这位老先生，在那弱冠时代未曾娶妻，却先考取了一名秀才，心中异常得意，以为博取科名，宛如拾芥。待到金殿传胪，鳌头独占，那时乞假归娶，大登科后小登科，洞房花烛夜，金榜题名时，是何等的风光、何等的荣誉。谁料连下了八九次乡场，龙虎榜上总没有他的名字，鸳鸯谱上也耽误了他的佳期。比及四十四岁，依旧是一个酸溜溜的秀才，渺渺前程，断绝了科名的思想，茫茫后顾，触发了嗣续的念头。当下央媒说合，娶了一位娘子进门。这爿子曰店里，才有个老板娘娘，襄理内政。

他的娘子，性质温柔，克勤克俭，并且粗通文理，遇着勉斋有事出外，便替她丈夫坐这只板凳，美其名叫作代馆，究其实却是看店。

勉斋自娶娘子，伉俪之情，异常敦笃，单生了个女儿，便是这位婉清女士。从小时便眉清目秀，冰雪般的聪明。夫妇俩巴巴地盼望子息，只盼得这一颗掌珠，百般怜念，何消说得？婉清五六岁时便坐在案头，由她老子亲自授课，忽忽七八年，旧学上颇有根底，吟诗作对，琅琅可诵，且写得一笔好字，大有《灵飞经》笔意。

这位秦世兄，从小便和婉清在一起儿读书。两人的天分，婉清敏，云士拙；两人的性质，婉清活泼，云士端重。婉清自命才高，不把云士瞧在眼里，且时时和他开玩笑。当着云士，一迭声地秦木头秦草包秦村夫，唤个不休。云士只撮起了笑脸，诺诺连声，直受不辞。要是别个生徒也学着婉清的口吻，唤他一声秦木头，他可不依了，两只小眼睛睁得乌眼鸡似的，扬起小拳头，便要和人家决斗。

他说婉清世妹是天上的仙女降生，仙女唤我作什么，我便答应她作什么。唤我鸡，我便是鸡；唤我犬，我便是犬。你们都和我一般的凡胎俗骨，谁配来嘲笑我？

勉斋娘子冷瞧在眼里，暗暗得意。背地里和丈夫说，秦家的小学生倒是个多情种子，天分虽只平常，性质却很诚实。况且家世又清白，财产又殷实，将来婉儿择婿，必似秦家的孩子一般，才是个天然佳偶。

勉斋道："秦家世代经商，在那杭州城里，算得一个小康之家，他们怕没处讨娶媳妇，却来看中我穷措大的女儿做媳妇？况且婉儿年纪尚小，择婿的事尽可缓缓打算，不必在这时着急。"娘子听了，便放下了这条念头。

后来没多几年，云士便出了学塾，在自己开的一爿颜料铺子里经营商业。这铺子离着勉斋的住宅不远，遇着闲暇时，时来探望老师，踪迹很是密切。

婉清到了十三岁上，便为远嫌起见，不在学塾里和男学生一起读书，日间帮着她母亲料理家事，到了夜间，便在灯下向她老子问字。百尺竿头，依旧日有进步。

勉斋暗暗宽慰，妻又贤淑，女又聪慧，晚景桑榆，差不寂寞。谁料秀才命悭，措大福薄。这位贤淑娘子偏偏因操劳过度，害起病来。初时还讳疾忌医，当着丈夫总说没病。挨了几天，渐渐地支撑不住，也只得卧倒在床，呻吟不绝。

勉斋和婉清慌急得什么似的，整备着延医调理。那娘子连连向她丈夫摇手道："我病不打紧，休息两三天便会起床。万万不要去延医，我最恨的是医生，便是延请到来，我只咬住牙关，誓不饮他的药。从来药医不死病，佛度有缘人。命该绝时，延医也没效，命不该绝时，任凭害什么重病，一样也会死里逃生，豁然病愈。你这板凳上生活，能赚多大的钱，糊口都不够，哪有闲钱去孝敬医生。你只依着我的说话，安心教书，静待我病好，不用着什么急。要是瞒着我去延医，便要惹动我的肝火，端怕不能灭病，反而增病。"

娘子既这般说，勉斋也只得暂缓延医，一天一天地拖挨下去。然而娘子这篇仇医论，本不是由衷之言。大凡身受金钱压迫的人，往往容易走到讳疾忌医的一条路上，多一分金钱的压迫，便少一分医药的信仰，这是无可奈何的事。贫民社会里，都作这般的论调，固不独勉斋娘子一人为然。

那娘子拼着身体和病魔奋斗，这是她历年来一种心得的秘诀。只消多压上一条棉被，发泄些汗液，或者挨饿一二天，清一清肠胃宿食，不知不觉，那病魔便被她战退了。可是这一番的病魔来势凶险，娘子的心得秘诀却全不济事了。她也想拼着身体和病魔奋斗，叵耐积劳多年，酿成了实病，便奋斗煞也没用。休说病魔不肯退却，反而猖獗起来。

到这地步，勉斋也不管娘子依不依，也不管手头拮据不拮据，忙不迭去延请医生。秦云士前来探病，也力劝老师赶快延医，耽误不得。然而医生到来，只是摇着头儿，埋怨病家太不经意，到这地步才想着延医调理，真叫作鞭长莫及了。当下提起笔尖，胡乱地开了一个药帖，匆匆便去。

一连多天，服了好几帖药，娘子的病却一步一步地沉笃起来。古人有一句诗，叫作"笔资不够药炉煎"，况值百物昂贵的当儿，延一次医，动辄六七元，赎一帖药，动辄三四元。勉斋按月所入，能有几何？医生轻轻把三个指头儿，向病人腕上摸得一摸，勉斋却把红纸包鸡零狗碎的学俸钱，掳掳掇掇，都花在医药里面。摸摸空囊，念一声净光王菩萨。

娘子卧在床上，昏迷时多，清醒时少，有时觉得医生和她诊脉，便放着极凄惨的声调道："先生，你诊过一次，以后别来吧，我们是贫苦人家。"说到这里，却又语言模糊，昏昏沉沉地睡去。医生听了老大的不高兴，诊脉完毕，勉斋陪他到外边写药方，医生笔下写的是医案，心头的余愤未平，兀是和那垂死的病人生嗔。

话休絮聒，且说娘子挨到最后的一天，油干灯尽，颠倒吐一吐亮光。病榻遗言，不忘娇女，吩咐勉斋留心女孩儿的亲事，总要觅个诚实的郎君做女婿，和秦家学生一般。吩咐完毕，便即咽气。

父女俩抱着遗体号啕大哭。勉斋想到自己命苦，休说乞假完娶、金榜洞房都成了梦想，便是挨到四十多岁娶下的妻房，尚不能白头偕老。似这般惨毒的境遇，分明老天有意把我来坑害。一时又痛又恨，又触动了穷秀才的一腔腐气，没得什么地方发泄，便随手取着娘子梳妆用的一面手镜，向地上摔一个碎。

婉清掩面哭道："爹爹，这不是摔东西的当儿，娘的遗体尚搁在床上，娘的后事一件都没有准备，这便怎么样……"

秦云士听得师母病故，赶来帮忙。勉斋一贫如洗，亏得这位门生资助，才能把娘子的殡葬事宜一一办妥。从此师生的感情又加深了一层。

只是奉倩神伤，索居无俚。娘子初殁时，移恨到手镜上面，恨不得摔个粉碎，直到如今，却把这破碎镜子当作至宝，常放在书案左右，分明是娘子的纪念品。玻璃上起着许多裂缝，自己的一颗心仿佛和玻璃一般碎，也起了许多裂缝，所以勉斋捧着这一面破镜，便勾起了五载前的凄凉情味。这悼亡的痛泪，不由得把衣襟打个透湿，又想到亡妻的病榻遗言，专把女儿的亲事絮絮叮嘱。忽忽五年来，女儿的终身大事尚没个着实。云士虽有求凰之意，女儿却无卜凤之心。依着向例，婚姻大事，本以父母之命为重，可是女儿既入学校，得了新知识，经训上的陈言全失效力，倘不取得她的同意，万不能强迫成婚。况且这几年来，云士待我的情形，算得仁至义尽。他见我断弦以后，乏人主持中馈，每日三餐，都由他的厨房代办，按时送来，省却我米盐琐屑许多操心。他见婉儿天分很高，便劝我把她送入女学校，求些普通学识。我说没钱把她栽培，他道师门之事，理宜竭力帮忙，区区学费，自当一力担任。婉儿听说入校，说不尽的喜欢，背地里曾向我说：生我者父母，知我者云士也。我见小妮子这般说法，以为她对于云士感情很厚，将来说合姻事，定可博她的心许。谁料她入校没多几天，便已眼高于顶，自命不凡，我向她提起云士，她总说感恩则有之，知己则未也。咳，小妮子，小妮子，你忒煞糊涂了。云士这般人，不配做你的知己，又谁人配呢？我敢断定一句，除却云士，再没有第二个人做得你的知己。今夜拼个唇焦舌敝，总要把小妮子说得心回意转，了却这桩心事，那么见着泉下的娘子，也好给她一个满意的答复。女儿心高气傲，定要求得才貌双全的郎君，才肯联成秦晋。自己百般劝导，女儿总不以秦姓的亲事为然，似此一天一天地迁延下去，自己的寿命却是迁延不得。一日魂归泉下，和那亡过的娘子相见，问及女儿亲事，叫我怎生回答？

婉清浇花完毕，回到室中，却见老人独自在那里淌泪，苍白胡须上，点点滴滴泪颗儿似露水般下垂。究竟父女天性，痛痒相关，婉清心窝里不由一阵酸痛，深悔自己拒婚的说话忒煞决裂，惹动了老人的心事，累他在那里下泪。当下走到老人身旁，柔声劝道："爹爹，你好端端淌什么泪？你身体不舒服，全在放开怀抱，遇事乐观，才能一天一天地强健。"又指着花台道，"那边新开的花朵，你看好不好？"

勉斋嘘了一口气，喃喃念道："愁边花发三秋日，梦里年惊两鬓中。"

婉清道："别念着颓丧诗句，且和你到庭心里看花去。你看新种的美人蕉，映在夕阳光中，好不娇艳。"

勉斋又喃喃念道："西下夕阳难把手，东流逝水纵回头。"

婉清发嗔道："爹爹，你不疯不痴，吟这诗句做什么？你不到庭心里去，我可不依。"

勉斋虽无意看花，却又不忍败那娇女的清兴，便把衣袖拭一拭泪痕，支撑着精神，和女儿同到庭心里，徘徊片晌。可是花卉的色彩却随着看花的心理时时变换，方才婉清浇花的当儿，觉得一班秋花都向着她盈盈欲笑，现在境过情迁，又觉得一班秋花笑意尽敛，都向着她莹莹欲泪。至于这位老先生的眼光里，更有一种特殊的感触。他见这许多叶叶花花，绿的都作惨绿色，红的都作可怜红，一庭秋色，包含着万千愁意。他又迷离恍惚，觉得方方的一个花台，恰是自己的墓域，花台上的花叶，恰是自己墓上的荒榛断梗。又觉得自己的身子飘飘荡荡，仿佛魂灵儿已离了躯壳。

比及凝了一凝神，才觉得这个身子却在庭心里站着，不由得一声长叹。叹声未绝，却又牵动了咳呛宿疾，一阵的合罕合罕，咳呛得曲背哈腰，摇摇欲倒。

婉清见老人站立不定，忙不迭地扶着勉斋回到室中坐定。隔了好一会儿工夫，勉斋才回转这口气来，望了望婉清，颤巍巍地说道："婉儿婉儿，你老子是不济事的了。"

婉清和老人捶了一会儿背，揉了一会儿胸。比及晚间，勉斋又唤着女儿，提起秦氏的亲事，毕竟婉清依不依，以后自见分晓。按下慢表。

却说离着勉斋的住宅约莫两三条巷，有一家房屋，小小的四五间，里面住着娘女二人和一个佣妇。这天娘女俩早晨起身后，梳洗完毕，便忙忙地向厨房里跑，佣妇挽着篮、拎着秤上市去买东西，一趟出一趟进，跑个不休。厨房里的刀砧声、油沸声、爆炒煎熬声，一时并起。锅子里的鱼香肉气热腾腾地四面散布，却把一带的清净空气都沾染了荤味。蹲在屋面上的小花猫正提起了前腿，向头上一掠一掠地洗脸，蓦地里空气中传来一丝荤味，小猫把鼻儿嗅了嗅，娘乎一声，直蹿地蹿下屋面，一溜烟蹿入厨房里，团团打转，只是娘乎娘乎地乱叫。

一个中年的妇人正手执着铲刀，在锅子里煎鱼，嘴里却唤着女儿道："翠玉，留心着小花来了，我防鱼儿焦、油儿爆，不得脱手。你把小花捉住了，放在鸡罩里，上压着水盆，别被它钻出，拖了东西去不是耍的。"

那时有个十七八岁的女郎，正在厨房里做肉圆，听得娘唤，诺诺地答应，放下手里肉圆，咪咪咪地呼那小花。小花误会了，只道给它东西吃，竖起尾巴，兴冲冲地走将来，只在翠玉脚边揉揉擦擦，却不料吃翠玉一把抱住，嘴里唱道："今天喜鹊噪，客人到，厨房里面办菜肴。煎鱼片，炒虾腰，防你小花弗入调，请你小花坐鸡罩。"一壁唱一壁抱着小花，送入鸡罩里去。

她娘咯咯地笑道："翠玉痴妮子，油嘴滑舌，随口编山歌，亏你编得这般连贯，敢怕女学校里要请你做唱歌教习去。"

当下娘女俩依旧忙不迭地在厨房里办菜肴，直到壁钟敲了十一下，方才把菜肴办好。翠玉道："妈妈，这小花叫得怪可怜的，

203

放了它吧。"

她娘道:"放它不得,偷食猫儿性不改,谁能看管得住?且待你姑母来后,吃罢了饭,放它也不迟。"

翠玉老大不忍,走到鸡罩边,喃喃说道:"小花小花,请你耐着性儿,再等一会子,我们吃罢了饭,便来放你。一切鸡骨鱼骨虾壳蟹壳,都赏给你吃。"

她娘又笑道:"妮子真痴了,没的什么说,却和猫儿去攀谈。你快把瓜棱菜碗拭抹干净,床前桌子上锡茶叶瓶里,抓一把雨前茶,放入两朵代代花,酽酽地泡个茶头,免得临时客到,手忙脚乱。"

正在吩咐的当儿,便听得门前车轮响,接着佣妇报道:"秦姑太太来了。"娘女俩赶忙出接。姑太太早付了车钱,跨入里面。彼此相见甫毕,姑太太瞧见娘女俩兀自束着饭罩,面庞都红红的,知道在厨下烹饪忙碌,便笑说道:"啊呀,你们太觉辛苦了,我们都是自家人,又不是到什么高亲远客,值得这般忙碌。"

娘女俩都道:"忙碌些什么,左不过办些家常便饭,只要不见笑便好了。"

当下宾主三人一齐坐定,佣妇送过香茗。姑太太瞧了翠玉一眼,回头向她嫂嫂说道:"嫂嫂,我听得翠玉侄女的亲事有人说合,早晚便要成就,这话确不确呢?"

她嫂嫂道:"正为这桩事,因此打发王妈到府,请你姑太太来商议。"

翠玉道:"妈妈,你陪着姑母坐,我到那边去,炭炉上的水敢莫要烫滚了。"

翠玉借此脱身，便到隔室炭炉子边，视察那热水的沸度。水尚没有沸，她心窝里的思潮却是沸水般地跳动。她的意思是故意避到这边，好叫那边的姑嫂俩可以从容讲话，尽所欲言。她的两只耳朵，准备左耳朵听着炉水沸度，右耳朵听着隔壁谈话，各司其事，两不相妨。无奈耳朵虽有两只，耳官却只一员，右耳朵尽了义务，左耳朵却弃了职守。

　　她听得姑母道："目今世界的婚姻大事，做老子娘的丝毫不得做主，都要男女两下里自己放出眼光，你看中我，我也看中了你，叫什么自由结婚。我们都是老古派人，听在耳朵里，觉得不大滑溜。这般的定亲，仿佛唱本书上私订终身似的，成什么模样儿。可是仔细想来，倒也算得是个爽快的办法，做老子娘的很可以脱卸干系，省操着许多心思。要是做老子娘的气吁吁地替儿女寻对觅偶，选择得好，不见得感激老子娘；选择得不好，倒惹他们一辈子抱怨。不如由他们自去选择，好好歹歹，都怨不得老子娘，岂不是个爽快的办法？可是爽快得过分了，今儿才结婚，明儿便离婚，结婚结得爽快，离婚也离得爽快。做老子娘的怎能毫不关心，毕竟也要替他们懊恼。"

　　又听得她娘说道："妹妹，你的话千真万确，我也不赞成自由结婚，所以翠玉的亲事，须得我替她操心。"

　　翠玉暗想：说到我的身上来了，须得侧着耳朵听一个饱。又听得她姑母道："话虽如此，可是完全的老古派，现在的时代却不通行。据我看来，这桩亲事，翠玉做一半的主，你也做一半的主。完全是翠玉做主，端怕是爽快得过分，闹出什么没趣事来；完全是你做主，你可知道现在的时代，做老子娘的动不动便挨人的唾骂？你行你的老古派，人家却骂你是老顽固、老野蛮，你却何苦来？陈家的小官人虽则很老成、很能干，毕竟翠玉的心里愿意不愿意，你可曾探探她的口风？"

翠玉暗想：越说越近了。侧着耳朵再往下听去。又听得她娘道："翠玉这孩子，叫大不大，叫小不小，今年也十七岁了，成日家嘻天哈地，抱着小花猫嗅嗅摸摸，什么事都不在她心上。我也曾把这事问她，她说得很是发笑。"

她姑母道："她说些什么？"

她娘道："我问她时，她起初不则声，专把小花猫嗅嗅摸摸，后来我问得急了，她揉着小花猫，喃喃讷讷地说道：'小花小花，你喜欢到哪里去？你是惯和熟人住在一起的，那边人地生疏，你肯去吗？小花小花，你答应我一声。'妹妹，你想翠玉的说话可笑不可笑？端的安放着什么心思，真叫人听了昏闷。"

翠玉暗想：妈妈真是说谎的祖师，吾何曾这般说？她却信口开河，比我的歌谣还编得连贯。

又听得她姑母低声说道："嫂嫂，你怎么猜不透她的心思？翠玉道这两句话，是很有意思的。她的意思，情愿亲上配亲，不愿嫁到不相识的人家去。"

她娘道："原来这妮子有这转弯心思，不是妹妹说破，我便一辈子也猜不透。可是这妮子却痴极了，婚姻大事，须两下里心愿，怎能存着独辐心思，一定要亲上配亲？"

她姑母道："亲上配亲，本是很好的事，我也很愿她亲上配亲。"

翠玉听到这里，紧紧地靠着板壁，恨不得把只右耳朵钻穿了板缝，听一个清切。又听得她姑母道："娘家的侄女做我的媳妇，怪亲热的，再好也没有。只恨老天不肯从人的愿，偏偏……"说到这里，声调儿更低了。

翠玉暗唤一声不妙，再待窃听下去，猛听得一阵吱吱吱的声音，回头看时，炭炉里面飞灰四散，原来铜铫内沸水溢出，打在炉炭上，才有这般声响。赶忙移去铜铫，那一炉红炎炎的炭火，早被溢出的沸水一齐打灭。

她娘在隔壁唤道："啊呀，沸水扑了。翠玉翠玉，你可在火炉边？怎么沸水扑了，你都不曾听得？你的耳朵掉在哪里去了？"

翠玉道："妈妈，炉火打灭了，待我重来生火。"说时重把炭炉生火，手执芭蕉扇，呼嗒呼嗒扇个不绝。隔壁的谈话便没有一句入耳。她也知道没甚希望，懒得去听。她这一颗红炎炎的心，仿佛也被沸水打灭了。炉炭熄后，重会生火，她的希望断绝，却不能死灰复燃。

隔了一会子，铜铫里的水重又沸起，冲茶温酒，忙个不了。王妈帮同搬菜，排列整齐，娘女俩解去饭单，请秦姑太太上首坐了，她们打横相陪，敬酒敬菜，席间谈论，不去细表，大约都是姑嫂俩的谈话。这位翠玉小姐，满肚皮不高兴，疏疏落落，不轻讲话。

酒阑席散，姑嫂俩谈些闲话，秦姑太太见时候不早，告辞回去，临走时向她嫂嫂耳边轻轻说道："你好好儿劝解翠玉，叫她不用固执，陈家的郎君强过我家的云士十倍，这头亲事算得门当户对，当面错过了，却是可惜。"又回头笑向翠玉道，"过了一天，我唤车儿来接你，在我家多住几天，往旗营看几本戏，向西

207

湖荡一回舟，你想可好？"

娘女俩都道了几声多谢，相送出门。待秦姑太太上了车儿，方才返身入内。

娘女俩属姓谁？编书的尚不曾叙明。原来她们姓李，和秦云士关着戚谊。云士的母舅李大纶，是个经商出身，三年前亡过了，遗下一妻一女，靠着薄薄的田产，尚可温饱度日。李太太眼见外甥云士少年老成，营业上很有经验，家况又好，很愿意把女儿翠玉嫁他。翠玉和云士年龄相去三岁，云士是表兄，翠玉是表妹，小时节哥哥妹妹叫得怪亲热的。秦太太见这一对小兄妹两小无猜，不离形影，戏言这两个孩子简直是一对小夫妻。小兄妹浑浑噩噩，不省得兄妹和夫妻怎样的不同，转是李太太听入耳朵里，敲钉转脚，牢牢地记着。

后来娘女俩随着大纶出门，多年和秦氏隔得远了，儿女的姻事，彼此都不曾提议。比及大纶殁后，娘女俩盘柩还乡，又和秦氏住得很近，李太太打熬不住，见着小姑秦太太，谈及翠玉终身大事，隐隐有亲上攀亲的意思。

秦太太道："嫂嫂，和你老实讲，亲上攀亲，我也很有这条念头。翠玉侄女又是我素来疼爱的，做我的媳妇，再好也没有。可是到了今朝，孩子年纪越大，做娘的权柄越小，什么事都不由我做主。替他提议亲事，他只把头儿乱摇。他说除却心窝里的天仙和他做一对儿，其余的女子，任凭是西子王嫱，他只一百个不要。"

李太太忙问这个天仙是谁，秦太太便把俞姓的女儿怎样有才有貌，怎样和云士从小同塾，怎样俞老师赏识门生，很愿意把女儿婉清嫁他。李太太听说未毕，早已尴尬着面皮，露出失望的模样。

秦太太道："嫂嫂你别失望，云士和俞姓女儿，不见得便成了夫妇，只为老师心里很愿意把云士做女婿，婉清心里却不愿意把云士做丈夫。她做了女学生，心高气傲，把一双眼睛都插到头皮上面。我家孩子既没有才学，又不省得花言巧语，她怎会瞧得上眼？孩子见着她，也曾隐隐吐露求婚的意思，叵耐说一回，便碰一回的钉子，孩子又偏偏不肯放下这条心。他对着我，依旧口口声声，要把婉清娶来做妻子。我说你别痴想吧，你爱人家，人家不爱你，恋恋不舍的，算什么？他说要娶天仙般的娘子，不是轻易间便可成就，多少总要挨受些磨折。天仙心里并非不爱我，她只试试我这颗心，毕竟至诚不至诚。我只要耐着性子，办着一片至诚心，若要功夫深，铁杵磨成针，到了那时，天仙自然要爱我。"

李太太笑道："照这么说，假如天仙一辈子不爱令郎，令郎待怎样？"

秦太太道："我也是这么想，难道天仙一辈子不爱他，他便一辈子坐守不成？多分他说说罢了。只要婉清另订了亲事，他的希望断绝了，少不得心回意转，抛撒这一团痴念，那时再把亲上攀亲的事和他提议，多少总有几分把握。况且翠玉这孩子面貌也不弱，性质又很好，烹饪和针黹件件都能干，欠缺的便是少读几年书，不会吟诗作对。然而我们生意人家娶来的媳妇，只要会上账，会写信，似翠玉般的才学，早已绰绰有余，本来用不着什么女诗人、女才子来做媳妇，所以我的心里，很愿意把翠玉娶来做

209

媳妇……"

只这一席话，却把李太太的一条心说得辘轳般地不定。秦姓的亲事，又似有望，又似没望，一时却不易解决。好在翠玉的年纪尚轻，便搁上一两年也没妨碍。她便耐着性子，坐候着云士心回意转的机会。

可是这一两年的光阴流水般地过去，云士和婉清的婚姻依旧是若继若续、若即若离。李太太的心里可等得不耐烦了，俗语道得好，一家女儿百家求。在这两年里，李姓门中常有人来说合亲事，无论好好歹歹，李太太只是托词拒绝。

若说翠玉的心思，也抱着新不如旧生不如熟的宗旨，何况姑母和她的感情很是不恶，件件般般都疼爱着侄女，在她膝下做媳妇，和在娘的膝下一般。她想从来识性可以同居，女孩儿家的运命，一半关系在丈夫身上，一半关系在婆婆身上，拣择好丈夫，还要拣择好婆婆，才能够无忧无虑，度那快活日子。修得姑母这般的好婆婆，要算千中难得一，万中难得双了。何况自己和云士哥哥又是青梅竹马，从小时便做伴侣，彼此都摸熟了脾气，似这般的好机会一经错过，踏破铁鞋也没处去找。所以李太太拒绝人家乞婚，翠玉也表着同情，眼巴巴只盼事机成熟，秦李两姓早早联成了眷属。

无奈云士的一颗心早做了天仙的洞府，几年来梦想颠倒，只有这个天仙在他心眼儿里出出入入。秦太太舌敝唇焦，百般劝导，他只紧紧地抱着这片至诚心，永远没有动摇。

秦太太拗不过儿子，背地里向她嫂嫂说道："我家孩子简直蛮牛般的性儿，我可拗他不过了，你家翠玉花一般的年纪，哪怕没有高亲相配？嫂嫂你可自定计较，别为了这条蛮牛，耽误了翠玉侄女的青春。"李太太深以为然，从此便随时替女儿留心亲事。

一天在门前闲立，遇见邻居王大嫂，偶然谈到翠玉身上。大嫂道："你家翠玉小姐，论理该受茶了，怎么媒人到门，你太太总是托语谢绝？错过了青春，再想配对好亲，那便难了。"

李太太道："我也是这般想，大嫂意中倘有什么好官人，便请替小女执柯。"

王大嫂笑道："只恐太太拒绝媒人，我不敢上门来讨没趣。既然太太央托我做媒，哪怕没有好官人？我便抓一把来，听凭太太自己选择吧。"

过了两三天，王大嫂捧了一个梅红封套，兴冲冲地前来求亲。李太太抽出看时，柬帖上写着"陈焕章求亲"字样，便向王大嫂打听陈家底细。

大嫂道："这便是前巷住的陈文卿，他今年二十九岁，去年亡过娘子，遗下一个三岁的女儿。他在汉口和人家合股开一爿缎庄，家私很是富厚。他断弦以后，没人管理内政，羡慕你家小姐又贤惠又能干，因此央托我来求亲。"

李太太道："原来便是前巷的陈文卿，他家的境况是很好的，记得去年三月里，他家娘子大出丧，排场阔绰，轰动了杭州城里多少人都来瞧热闹。女儿嫁给他家，要算得高攀贵亲了。可是一件不如意，女儿踏进他家便是晚娘。大嫂，天下最难做的便是晚娘。管得孩子凶时，讨人家议论，说什么炎天的日头，晚娘的拳头；管得孩子善时，讨人家议论，说什么隔层肚皮隔层山，好好歹歹都不管，只在旁边看冷破。这头亲事怕难遵命，大嫂你替我回绝了他吧。"说时便把梅红柬帖还了大嫂。

又过了七八天，王大嫂又捧了一个梅红封套，兴冲冲地前来求亲。李太太抽出看时，柬帖上又写着"陈焕章求亲"字样，不觉好笑起来道："这头亲事，我已回绝了，怎么大嫂捧了去又捧了来？"

王大嫂也笑道："这个陈焕章不是那个陈焕章。那个陈焕章，名字唤作焕章。这个陈焕章，别号唤作焕章。"

李太太道："原来不是陈文卿的陈焕章，又是哪一个陈焕章？"

王大嫂道："提起这个陈焕章，太太也该知晓，他也住在前巷，今年才交十九岁，模样儿很漂亮，一向出门，在汉口天盛金铺子做生意，薪水是很多的，家里又有几十亩饭米田、几处市房，人口又不多。上有一位老娘，今年平头五十岁，终日笑嘻嘻，和活佛般的一尊。还有一个妹子，年纪约莫十岁左右。陈官人品行很好，又孝顺他老娘，今年四月里，替他老娘做寿，场面是很好的。"

李太太道："这个陈焕章莫非陈太太家里的玉官吗？"

大嫂道："有什么不是？他的小名儿便唤作玉官。"

李太太沉吟片晌道："这头亲事便有些意思了，且把求亲帖儿留在这里，过了三天再和大嫂商议。"王大嫂告辞回去。

李太太便唤女儿到房里，计议这头亲事。翠玉听了，初时不作声，禁不起她娘紧紧催逼，要她答复。翠玉没好气说道："妈妈，你已等待了人家多年，只索耐着性儿，一直地等将下去，着甚来由又怀着三心两意？"

李太太道："好女儿，说甚话咧？要是你表兄一辈子恋着这个天仙，难道你也一辈子守着不嫁？只有姐姐不嫁，耽搁了妹妹，没有表兄不娶，耽搁了表妹。你要一直地等将下去，这不是个计较。"

翠玉道："妈妈，你有什么计较？"

李太太呆想了一会子，便道："应该怎么样，且待你姑母到来，再做定夺，今天先差王妈到你姑母那边，告诉她陈姓求亲的事，约她明天来吃饭，专把这事解决一下子。要是她说云士终有回心的日子，我们便回绝了陈家的亲事。要是不然，我们便该自作主张，别错误了你的终身大事。"当下商议定妥，依议施行。待到来朝，娘女俩忙着办菜肴，便是为着这个问题。

编书的交代明白，接说娘女俩送过秦姑太太，自回里面，王妈忙着揩台抹桌，收拾东西。李太太向女儿歪歪嘴儿，便向卧房里走。翠玉会意，跟踪进房。

李太太瞧见女儿满面不高兴，便道："方才你姑母的说话，可曾听得没有？"

翠玉快快地答道："没有听得。"

李太太拉着女儿，同在床沿上坐定，轻轻地说道："这不是你姑母不肯尽力，委实你表兄忒煞固执，打定了主见，便是铜浇铁铸，凭你怎样劝导，却不肯丝毫动摇。昨天王妈把你攀亲的话向你姑母说了，你姑母费着大半夜工夫，再三地向你表兄开导，她说：'俞姓的亲事，看来没甚希望，劝你打消了这条念头。你的表妹又贤惠又能干，现在正有人家和她说合，尚没定局。似这般的好女儿，让给人家娶去做媳妇，岂不可惜？你再不从长计议，休得驼子跌筋斗——两头都落了空。'你表兄道：'妈妈的话果然入情入理，可是我自己都不明白，怎么我的心坎里，除却婉清，再也插不进第二个人？无论她肯嫁我、不肯嫁我，我的心坎里究竟丢不掉她。我也知翠玉表妹是个好女儿，娶将过来，是个好媳妇，可是我心坎里有了她，只好一辈子恋着她、念着她。便是遇见了胜她十倍的可意人儿，我也不能逐出我心坎里的她，又另换上一个她。'你姑母听了，又好气又好笑，方才把这情形一一向我报告，说孩子如醉如痴，脂油蒙了心窍，他既没福享受这般的贤惠娘子，只索由他。翠玉的亲事，为着他搁起了多年，却不能一误再误。现在提起的陈玉官，你姑母也认识，确是好相貌、好才干，今年陈太太做寿时，你姑母也在那里吃寿酒，在座的亲友说到玉官，大家都赞不迭口，说他少年老成，一些儿没有时下习气。你姑母一一听在耳里，所以到了今朝，竭力劝我说这头好亲事别再错过了。陈家的郎君，端的强过我家的云士十倍……"

翠玉垂倒了粉颈，只不作声。蓦地里外面的王妈声唤道："翠小姐，时候快打三下钟了，小花尚没吃猫饭，只在鸡罩里乱扒乱叫，嗓子都叫得哑了。"

翠玉唤声道："啊呀，我可对不起这只小花了。"当下忽地立起身来，一口气跑入厨房里，一壁走一壁说道，"小花别叫，你小姐来放你了。"候地移去水盆，提起鸡罩。可怜的小花，足足受了四点钟的牢狱之灾，才能够脱离困厄，饿也饿得慌了，只在翠玉裤管底下牵磨般地打转，嘴里还呜啰呜啰地念着佛。翠玉催着王妈赶快拌猫饭，多浇些鱼汤肉汁。比及小花饭毕，翠玉把它

214

搂在怀里，嗅嗅摸摸，亲热了一会子。小花也懂着人意，两只前腿搭上翠玉肩头，做出依依恋恋的模样。一个猫头，只在翠玉腮边，揉揉擦擦。

翠玉猛可里想到自己小时节，姑母把我搂在怀里，也是这般亲热，姑母也把我嗅嗅摸摸，连唤好心肝、好宝贝、好侄女、好媳妇。姑母没生个女儿，她见着我，比着自己的儿子还要疼爱。偏偏我没福，却不能在姑母膝下做媳妇，将来嫁给人家，人地生疏，翁姑疼我不疼我，丈夫爱我不爱我，只索听天由命，自己丝毫做不得主。想到这里，心坎里一动，鼻头儿一酸，两眶清泪再也熬炼不得，索落落地向着小花头上直打下来。小花呜的一声，便从翠玉肩头直蹿得蹿落地上，伸起着前爪，拭一回舐一回，却把头上的泪点一一舐在肚里。

闲文剪断，且说过了两天，王大嫂又上门来，探听回音。李太太吐露允意，却要讨取玉官的照片，认一认面庞。其实玉官的面庞，李太太早已认得，只差着翠玉和他尚没识面，因此要讨取一张照片，认一认庐山真面。王大嫂诺诺连声，过了一天，便把玉官的最近摄影送到李宅，却讨了一张翠玉的最近摄影，做个交换品。

李太太把玉郎照片授给翠玉道："这一貌堂堂的官人，你自去细看，须知我不曾道半句儿谎。"

翠玉把照片撂在一旁，假意儿发嗔道："谁耐烦看这劳什子。"比及她娘走远了，翠玉向左右望了望，私取这张照片，喜滋滋地看一个饱，不觉芳心可可。乘着无人，把照片携入房里，开着抽屉，和自己的照片一起儿藏了。比及李太太经过坐憩，不见了这张照片，明知女儿藏着，这头亲事早得了女儿的同意，心里好生欢喜。

没多几天，王大嫂东拉西凑，双方撮合，果然缱绻司里存了公案，姻缘簿上注了姓名，陈李两姓早订成了眷属，专待十月阳春，便要圆这好梦。

秦太太听得侄女许定了人家，一半儿可喜，一半儿可惜。喜的是侄女的青春不曾耽误，惜的是好好的女孩儿，让给人家娶去做媳妇。又因那天亲许侄女，接她到家里闲住，现在侄女许定了人家，转眼便要出嫁，出嫁以后便没有工夫到姑母家里来闲住，不如乘她尚没出嫁，接她出来宽住几天，多则一个月，少则半个月。须得亲亲热热，谈谈说说，姑侄俩畅叙一下子。

当下打发佣妇到李太太那边，转达这层意思。李太太心感小姑的厚意，允许翠玉到姑母家里小住数天，别负了姑母一番相爱。翠玉临走时，辞过了她的妈妈，答转身来，又捧着小花和它话别道："小花小花，你小姐到亲戚人家去，住过十天八天，便要回来。你好好儿在家里住，别去闯乡邻，别去偷东西，夜间鼠子叫，你别睡着了。"

李太太啐了一口道："痴妮子，你心心挂念在小花身上，将来陈家迎娶时，你索性把小花抱入轿里，给男家一起儿迎去。"

这几句话引得秦家的佣妇哈哈大笑，说："舅太太倒也有趣，却和小姐开玩笑。"当下娘女俩暂时分别，李太太和王妈在家里住，按下慢提。

单说翠玉和秦家的佣妇，坐了街车，路上没多耽搁，早已到了秦家。却见秦太太立在门前，早在那里守候。姑侄相见，异常欢喜，秦太太携着翠玉的手，自到里边。佣妇开发车钱，不须细表。

翠玉到了里面，说了些寒暄套语，又问及云士哥哥。秦太太道："他店里事忙，难得回家，我觉得独住在家里怪寂寞的。好侄女，你趁这当儿多伴我几天，待到十月里，你便不能来伴我。"

翠玉听到这一句，便想到我为什么不能长伴着姑母，心坎里一酸，眼圈儿便起了红晕。秦太太瞧出了她的心事，忙把别话来敷衍，又引她到客房里面。只见床帐被褥布置得异常整洁，靠窗的桌子上面叠着几套书，一部《天雨花》，一部《笔生花》。

秦太太道："我知道你爱看唱本，昨天在书铺子里买这两部书，预备你消闲解闷。"又指着床前的锡掇道，"我知道你爱吃松子仁、金丝蜜枣，都预备在这里。"又指着几罐糖果饼干道，"这是有人从上海回来，送给我的，你爱吃，只顾吃。"又捧着几包缎料道，"这是预备你做衣服的，你瞧瞧这花样颜色，合意不合意？"

秦太太疼爱侄女，件件般般体贴周到。翠玉越是感激，越是想到出嫁以后，再也没有这般疼爱媳妇的婆婆。

比及晚间，云士从店铺子里回来，一见翠玉便道："翠妹大喜，这位焕章兄，我也认识，端的是商界中一等角色，他和翠妹真叫作郎才女貌。翠妹，你端的好大福分。"

这几句话说得翠玉又羞又恼，冷冷地答道："天下的福分，都被云哥占了去，人家只是没福。"说时，别转了脸，声调儿都带些凄哽。

秦太太埋怨儿子道："你乱嘈些什么？你不省得女孩儿的面

皮吹弹得破，不比你们男子的面皮，和拉车的脚皮一般老。"经这一说，翠玉却扑哧地笑将出来。原来她方才坐车来时，见那拉车的赤着一双脚，打从一处乱砖场上跑过，脚下七高八低，却仍旧跑得飞快，心里暗自纳罕，他的脚皮敢莫是铁打的？却不料姑母把来比云哥的面皮，便不由得嫣然一笑。

云士知道表妹到来，忙里抽闲，特地回家一走，一路打着腹稿，见了表妹，须得和颜悦色，道几句恭维话儿，博她的欢喜。表妹近来正怨着我，须得一言之下，消释她的意见。我素来不善辞令，须得把这几句恭维话儿，在肚肠里打磨得又光滑又圆转，才不惹她的嗔怪。谁料车轮般的肚肠，枉把这几句恭维话儿不住打磨，却不曾打磨得又光滑又圆转，开出口来，依旧惹着翠玉的嗔怪。云士讨了没趣，便想到女孩儿的喜愠真是不易揣测，无怪见了婉清，动不动便碰个钉子。

秦太太向儿子道："你表妹难得到来，你有工夫时，便该预备做个东道，别冷淡了表妹，舅母面上须不好看。"

云士道："现在快近中秋了，这几夜剧场里面连演着唐明皇游月宫，满台灯彩，很好玩的。明天夜间，我们便陪着翠妹去看戏，好吗？"

翠玉瞧着她姑母道："这般锣鼓喧天的场子，我素性不大欢喜。"

秦太太道："翠玉的性子是和我一般的，喜清静不喜热闹，不如明天到湖边去唤个艇子，我们三个人同去荡一回舟，拣着名胜所在，随意上岸游玩，比着剧场里总清静得许多。"翠玉听了，果然点头赞成。

秦太太又问着儿子道："俞老师那边，想你常去走动，他的病体现在怎么样了？"

云士皱着眉道："越病越不是了，前几天还能勉强起身，现在只是在床上呻吟。婉清世妹多天不曾到学校，急得什么似的，眼皮都哭得肿了，我见了……"说了半句，却便缩住不说。翠玉心里暗暗地好笑。

秦太太道："他家只有父女两人，一个病了，一个哪得不急？你须是俞老师的心爱门生，该替他们想法赶快延医调理，好叫老师早早病起，也不枉他教导了你多年。"

云士道："病起是没望的了，连日延请的医生都是乱摇着头，说病入膏肓，药力不及，还不如早早安排着后事。老师也自知不起，喃喃地嘱咐后事，寿衣寿材三年前早自置办，他又节衣缩食，积得一百块钱。他说身后的费用，尽着蜡烛念经，不必受人爱的厚赙，草草安埋便是了。"

秦太太道："这位老先生怪可怜的，劳苦了一生，却是这般结局。他向你嘱托后事时，可曾谈到他女儿身上？"

云士道："他说：'身后要把弱息累君。'他说：'尚有许多心坎里的话，趁着残喘犹存时，须得挖将出来，——向君嘱托。'"

秦太太道："他嘱托些什么？"

云士道："老师正待说时，忽地痰向上升，把喉咙都堵住了，慌得我和佣妇两个把他扶起，世妹替他揉了一会儿胸，方才稍稍平复。"

秦太太道："他家也雇着佣妇吗？"

云士道："这是我替他们雇用的。一来世妹身子娇怯，端怕侍奉病人磨乏了自家的身子，有个佣妇帮忙，也好稍稍接力；二来老师病倒在床，我却在那边出出入入，瓜田李下，不免惹人家议论，有个佣妇在旁，也见得我们心地光明，可对青天白日。"

秦太太连连点头道："这话却道得不错，嫌疑之地，须得谨慎一些才是。"

当下又说了些闲话，云士起身告去，说："中秋快近了，店里忙着结账，我到店时顺便又要去瞧瞧老师，明天回家大约在十一点钟光景，那时唤车到旗营，上馆子吃饭，尽着下半天工夫，也可把湖边风景约略赏玩一番。"又回头向翠玉道，"翠妹不嫌简慢，在这里宽住几天，和你明天再会。"说罢，匆匆地去了。

云士去后，姑侄俩晚饭都毕，又谈了些家常琐话，彼此归寝。可是翠玉有一个习惯，换了卧榻，梦神不肯便随着她走，往往辗转反侧，不能成寐。她就枕以后，忽想到日间的情形，暗暗地不住嗟叹。嗟叹这位表兄真不愧是多情种子，从来用情专一的人，恋爱着这个，便把万斛爱泉一齐向这个的身上灌输，更没有涓滴溢漏到别一个身上。我以前存着偏心浅意，私怪着云哥不该待我这般淡漠，却不曾设身处地，替云哥一方面着想，要是云哥待我不这般淡漠，那么他待婉清便不能那般浓厚。爱情这样东西，合之则见其厚，分之则见其薄，多恋着一个人，便是多分出一部分爱情。爱情越是滥用，越见得是薄情。云哥不滥用爱情，才显出他的真情。他待老师这么恳切，他待世妹又那么怜惜，料想精神结合，效力是很大的。秦俞两姓，早晚便该联成了眷属。我自从许了人家，和云哥水米无交，早已跳出了情的圈子。圈子以外的人，还觉得云哥对于婉清用着十二分的真爱，岂有身受其

220

爱的婉清转不觉得云哥的深情蜜爱吗？婉清婉清，要真把这头亲事拒绝到底，那么你这一颗心不是石做，定是铁铸的了。

翠玉又想到以前没有跳出情的圈子，但愿秦俞两姓的婚姻早早分离，可是到了今朝，却又愿他们的亲事早些儿凑合。云哥对于婉清的真情，业已证实。我们那个毕竟是个有情人无情人，觉得渺渺茫茫，无可捉摸。瞧他的照片，比着云哥漂亮，可是这一张照片，只照他的貌，没照他的心，他的心地如何，我又怎会晓得？

翠玉思潮起伏，越想越不得入梦，索性坐将起来，凑着灯光看了一回《天雨花》，才觉得有些抬眼不起，连打了几个呵欠，黑甜乡开欢迎会，枕头上寄将信来。抛却书本，重又就枕，不多一会子便即入梦。

比及睁开眼睛，早见黄金色的日光映得玻璃窗上闪闪生辉。赶忙披衣起床，瞧一瞧手表，早过了八句钟。秦太太起身多时，梳洗都毕，只不敢惊破侄女的好梦。现在听得客房里有了声息，当下吩咐佣妇送脸水、送点心，忙个不了。

直到十一句钟，云士果然回家，不误晷刻。秦太太又问及老师病状，云士回言病人神志尚清，大约目前还没妨碍。

那时秦太太和翠玉都已打扮齐整，留着佣妇看家，云士唤着三辆人力车，载着三个人，直向旗营而去。旗营本是满洲将军的驻防旧地，二百六十余年，作尽了许多威福，黄龙旗高高挂起，只道是扬威耀武，永无了期。墓地里飘飘扬扬，挂起了一片白旗，却把这条老黄龙赶入东洋大海。满洲世仆的气焰烟消火灭，留这一片劫土，化作了振兴商场歌舞湖山的重要地点。这其间市廛栉比，车辆梭穿，说不尽的繁华景象。

单说一家馆子里面，有两个少年坐着第三号的房间，恰在酒楼的转角所在。一带玻璃窗洞洞地开着，阳台上围着油碧栏杆，从那栏杆空隙里望将下去，道上往来的车辆都一一收入眼底。两人饮酒中间专谈些生意经络、市场消息。

那肥胖少年忽指着远远的三辆车儿道："你瞧你瞧，这当先一辆坐着的不是秦云士吗？第二辆想是他家老太太，第三辆却是何人？他没有娶过娘子，也没有姐妹。"

白面少年听着，赶忙放下酒杯，离着座头，转到肥胖少年的一边，眼光穿越碧栏杆，向那道上打一看时，这三辆黄包车鱼贯也似的拉将过来，当先的果然是云士和他老母。第三辆坐着的女郎，花一般的年纪，粉一般的色泽，眉目秀慧，体态苗条，不是我们这个还有哪个？当下看得呆了，便不想归座。

肥胖少年笑道："焕章，人人道你老成，现在你可不老成了。"

慌得焕章连连摇手，叫他别乱嚷。那时三辆车儿早在酒楼的门前停下。肥胖少年道："云士也来上这馆子了，我们添几副杯箸，招呼他们一起儿坐。"

焕章道："和甫，你别胡闹，他陪着老太太和亲戚上馆子，怎好和我们同坐？"

和甫道："原来你识得这位女郎是云士的亲戚，端的是什么亲戚？"

焕章道："是他的表妹。"

和甫拍手道："我可猜着了，云士的表妹新和你订婚。这位

222

女郎，敢莫是你的未婚妻？"

焕章又摇手道："人家上楼了，你还满口胡柴……"

说时，早听得三个人上楼的声响，接着跑堂的招呼顾客，竟把这三个人引入第四号房间，和那第三号只有一板之隔。

焕章凑到和甫耳边，轻轻央告道："和甫哥，云士那边吾们不需去招呼，招呼了彼此都不方便。我和你悄悄地喝干了几杯酒，胡乱吃些东西，离了这馆子，雇一只小船，向湖心里打一回桨。你若酒兴发作，再和你在壶春楼畅饮几杯，那边正对着雷峰塔，南屏山一带风景近在眼前，比这里强过几倍，你快快干了酒，和你下楼去。"

和甫见焕章这般慌张，暗想不出吾料，竟是他的未婚妻，他连连催着我走，端怕我把他的未婚妻描了样去。他越是催得紧急，我却越要把他开一回玩笑。便向焕章说道："有什么不方便？目今时世，男女社交公开，不相识的男女尚可以同坐同立、同饮同食，何况你们一对儿？"

焕章又附耳央告道："老哥别为难，只要离了这馆子，由你取笑，由你奚落，我只不作声，也不会害甚臊。可是人家的面皮却没有我这般老，况又是个知情达理的女郎，平日不大出门，很稳重很拘谨，和目下的自由女子不同。你若随口胡说，隔墙须有耳，被人家听得了，岂不要羞愧无地？"

和甫大声道："好，好，你尚没做亲，便帮着未婚妻编派朋友的不是，要是到了十月二十日，新夫人进了门，你待怎样……"

再说隔室三个人，方才下车时，不曾向楼头注视，上了楼也不曾向隔室窥望，彼此正举着杯箸的当儿，蓦地里"十月二十日新夫人进门"一句话，直扑地扑入翠玉的耳朵里，暗想原来这天是个大周堂，人家的吉期，却和我一个日子。可是这位新夫人又是谁呢？

秦太太见她停箸不下，便道："好侄女，你别客气，馆子里吃东西，是不用客气的。"

翠玉暗自好笑，我且吃我的东西，管什么人家的隔壁账。停了一会子，又听得隔室有人高声说道："你们一对儿，只隔着一层薄板，我来唤个木匠，把这板壁拆去了，也好使你们早早握手，先饮个交杯酒儿。"

翠玉正夹着一个虾球，将到嘴边，听得这不尴不尬的说话，手儿一颤，这个虾球儿直向脚边滚去。

秦太太听了也诧异，向儿子歪歪嘴儿道："这壁厢坐的是谁？夹七夹八，啰唝些什么？"

云士侧着耳朵静听了一会子，便道："这声音很熟，仿佛是蓝和甫。啊咦，越听越像了，待我去看来。"说时赶忙离座，走到第三号房间门口，探着头一看时，一个矮胖少年陪着陈焕章饮酒，谁说不是蓝和甫？

那时和甫仗着几分醉意，见了云士便道："云士兄，你别舒头探脑，请到里面来谈谈。"云士只得跨步入内，和他们都招呼了。

焕章凑到云士耳边轻轻说道："和甫醉了，催他走，他只不走，一味胡言乱语，你们听了别见怪。"

和甫见他们交头接耳，留心细听，只听得"和甫醉了"四个字。天下唯醉人最忌说醉，听得说醉字，死不承认，一种奋斗精

224

神移在别种事业上面，哪怕不贯彻他的宗旨，可惜专和酒杯奋斗，奋斗煞也没用。当下和甫把手一扬道："你们道我醉了吗？醉了还能喝酒吗？"说时，抢把酒壶，咕啰啰筛个满杯，举杯一竖，喝得涓滴不留。照样又是一杯，喝得不留涓滴。连道："我醉了吗？醉了还能喝酒吗？"接二连三地筛酒，酒壶早见了底。他还不肯罢休，把筷儿乱敲着碟子，跑堂的应声入室，和甫一迭连声地唤添酒，十年陈花雕，上等竹叶青，尽多尽少地拿来，看我蓝和甫毕竟醉不醉。说时醉眼迷离，眼珠儿抹着饧糖似的，舌音模糊，舌头上竟发起酵来。

焕章忙向跑堂的示意，跑堂的也知是酒鬼打诨，兜转身儿便走。和甫又嚷着："云士云士，你来得正好，快请你表妹过来，和你表妹丈亲亲热热，饮个交杯酒儿。"

他在这里乱嘈，却把隔室的翠玉小姐羞得满脸绯红，心坎里扑扑地乱跳。云士笑道："和甫兄，你别性急，待到十月二十日，他们自然要饮个交杯酒儿。"

和甫嚷道："不行不行，今天先饮个交杯酒儿，叫作先行交易，择吉开张。云士兄，你不把令表妹请将过来，我便权做礼生，闯入那边房间，奉请这位新贵人。"说时便扮着礼生声调道，"吉日良辰，奉请隔壁新贵人，喜饮交杯合欢酒。"

慌得隔壁翠玉躲到姑母身边道："不好不好，这醉鬼要闯将来了。"

秦太太道："你别慌张，有我咧，他敢闯将进来，我便唤警察上楼，抓他到局子里去。"

焕章向和甫连连作揖，劝他下楼。云士也帮着相劝。和甫酒

225

在肚里，事在心里，自知玩笑得够了，便道："你们今天不饮个交杯酒，明天一定要饮个交杯酒，宽限你们一天吧。"说时步履欹斜，预备下楼。

焕章防他倾跌，好意相扶，打从第四号房间经过，冷不防和甫用力一推道："谁要你相扶？你去饮你的交杯酒吧。"说时迟，那时快，焕章被他一推，直撞进第四号房间。

翠玉嗖地起立，直避到栏杆旁边。秦太太只道是醉鬼窜将进来，高声骂道："哪里来的醉鬼？"

焕章赶忙作揖道："伯母别见怪，只为敝友多喝了几杯酒。"

秦太太见不是那个醉鬼，自己骂错了人，搭讪着说道："陈官人，原来是你，我骂的是醉鬼，你也别见怪。"

翠玉倚着栏杆，暗暗忖量道："不是我和你避面，我心坎里要和你相见，我面皮上不答应，你也别见怪。"

云士来唤焕章道："和甫下楼了，别再闹乱子，你去陪着他。"

焕章赶快作别下楼，唤了车儿，把和甫扶了上去，径送他回家里。自己却在湖滨散步，暗想方才的情形，又是欢喜又是抱歉。无意中和未婚妻相见，合该欢喜。和甫恶作剧，唐突了我的未婚妻，合该抱歉。

原来焕章这番回杭，为着定亲起见。他在从前也曾见过翠玉的面，且素晓得她是个贤能女子，所以这番定亲很是满意。他因中秋期近，来日便须动身，熟友蓝和甫约他到湖滨饯别，却不料和甫的酒兴很豪，酒量很窄，竟在酒楼上面闹出笑话，焕章心里说不尽的懊恼。

按下慢提，再说云士见他们去后，便问翠玉道："今天来得不巧，遇见了酒鬼打诨，翠妹你可曾受了惊吓？"

翠玉笑着不作声。秦太太道："方才这个蓝和甫毕竟是谁？觉得名字很熟的，可是一时想不起。"

云士道："妈妈，你怎么忘怀了？新近做交易所股票，赚了万把银子的便是他。"

秦太太道："我可记得了，他是有名的蓝滑头。似这般的人物，陈官人怎和他亲近？"

云士道："我也是这般说，做这买卖的，发财的很有，跌倒的也不少。我们商界中人，须得谨慎一些才是。"他们母子俩闲闲谈话，翠玉听在耳朵里，便替他未婚夫担着一桩心事。

比及餐毕下楼，三人同赴湖滨，唤了一只瓜皮艇子。正下舟时，蓦然间云士店里的司务气呼呼地赶过来，催促云士回去。云士忙问何故，司务道："方才俞先生家里打发佣妇到店，请你赶快过去，说有要话嘱咐你，愈速愈妙。听说老先生病势凶险，早晚有变，你若去得迟了，端怕老先生一丝残喘，等你不得咧。"

云士听说，不觉痛泪直流，忙道："妈妈陪着翠妹登舟，我要紧瞧老师去。"说时急匆匆地和那司务一起儿走了。

秦太太叹道："今天游湖很不巧，屡次出着岔枝儿。他既走了，我便和你登舟吧。"

当下姑侄俩同下了小舟子，打着短桨，无多暹刻，早已荡向湖心。游湖的艇子和那寻常的船只不同，上面不用篷舱，张着雪白的天幕，椅子都作折叠式，可开可关，和那剧场里的座位相同。姑侄俩隔着桌面相对坐下，左顾右盼，都无障碍。

227

舟子动问泊岸的地点，秦太太道："里湖外湖都打了一转，再向三潭印月那边泊岸，上去品一回香茗，看一回山景。下半天的时候，也够消磨了。西湖周围的风景实在很多，一时哪里游得尽，我们只是忙里偷闲，签个到字便算了。"又向翠玉道，"可惜你云哥不在这里，要是他在舟中，周围的风景便好一桩桩讲给你听。"

舟子笑道："要问西湖全图，只在区区肚里。"一壁打桨，一壁把目前的风景一桩桩地报告。外湖里湖，把苏堤做个界线，堤有六桥，名闻四海。小舟从跨虹桥洞直入里湖，经过宋庄、刘庄，都不曾泊岸。

翠玉道："我们游湖，只爱的是天然山水，什么西式房屋、金碧楼台，都不是西湖的本色。"

秦太太也笑道："我也是这般想，人家都道杭州的西湖宛比古代的西施，但是到了现在，变作了洋装的西施，只图富丽，不免减少了风雅。"

姑侄俩谈谈说说，小舟又从望山桥洞穿入外湖。那时碧空无云，阳光正盛，一轮赤日映在镜面也似的碧波里面，金光四射，不可逼视。八月天气，余暑未衰，秦太太便吩咐舟子，且向三潭印月暂为憩息。舟子打了多时的桨，正想休息，便忙忙地努力前行，不到半点钟时候，早抵了三潭印月。姑侄俩舍舟登陆，入内游玩。

从那九曲石梁上缓缓而行。秦太太指着两旁荷池道："可惜来迟了一个月，荷花都凋谢了。"翠玉不语，仿佛替花伤感。转到淞翠轩，泡了一壶香茗，暂时闲坐。姑侄俩一团兴致，前来游湖，可是到了这里，又觉得百般地不起劲。秦太太身在西湖，她这一颗心，专在儿子身上打算。这番俞老师病在垂危，特地唤他去说话，这段亲事总该有几分把握。要是婉清依旧高不可攀，不把我孩子瞧在眼里，老师又没多天在世，这段亲事便永永不能凑合。孩子素性执拗，所求不遂，难保不酿成病症，这便如何是好？

翠玉心里又另有一番感触。她在酒楼撞见未婚夫，本是一桩可喜的事。未婚夫的面庞和照片上一般无二，见了益加满意。可是方才闹酒的蓝和甫多分不是个好人，未婚夫因甚和他订交？又听说和甫是个惯做空盘的滑头。俗语道得好，近朱者赤，近墨者黑。未婚夫和这般人往来，怎不叫人担上了一桩心事？两人同坐在淞翠轩里，只是默不作声。

停了一会子，秦太太忽地笑将起来道："我们可痴了，巴巴地盼到西湖上来游玩，到了这里，却是不动不变，和城隍庙前的石狮子一般，算作什么？别辜负了好光阴，我和你随意散步，待到红日下山时，回去未晚。"

当下两人从轩中走出，重上石梁。石梁尽处，有屋三间，正对着湖滨。湖水清澈，涟漪不惊，戏水鱼儿，一一可数，恰似在碧玻璃里面游泳。中流直立着三个石塔，倒影波心，别饶奇趣。正西恰对棋盘山，虽则隔着一条衣带水，然而浓青浅碧，早飞也似的向着眉宇间扑来。

秦太太瞧得出神，便道："这般的境界，简直和仙境无二。"

翠玉正瞧着墙上一张黑纸白字的榜文，不觉扑哧一笑道："姑母，你道这里是仙境，人家却道这里是鬼国咧。你不见粉墙

229

上面高高地揭着晓谕孤魂的鬼榜吗？"

秦太太瞧了一瞧，也觉发笑。原来中元令节，曾有僧众在这里施放焰火，因此晓谕孤魂的榜文尚没揭去。姑侄俩又盘桓了多时，舟子上岸，催促下舟。那时一轮红日已匿在翠微深处，临去秋波，却放出许多色彩。湖上群峰被那暮霞笼罩，恰似披着古锦的面幕。湖中水波都发异彩。姑侄俩一时兴起，彼此都握着一支短桨，划入波心，沿着苏公堤一路打桨回去。

翠玉唏唏笑道："姑母姑母，这五色玻璃却被我们打破了。"

笑声未毕，压堤桥下泛出一只艇子，舟中坐着一位少年，也在那里帮同舟子打桨。少年见了秦太太，便唤道："秦伯母，方才酒楼冒昧，请你原谅则个。"

秦太太笑道："老身急不择言，也要请官人原谅。"

翠玉羞得不敢抬头，却把天半朱霞都降落在腮窝上面。眼光一瞥，那只艇子早向斜刺里过去。姑侄俩逛了一回湖，暮色苍茫，停舟泊岸，付给了舟资，唤着街车，同返家里。

话分先后，书却平行。当她们鉴影仙潭的当儿，正是俞先生隶名鬼榜的时节。

勉斋自从病倒以后，常向女儿道及秦氏的亲事。婉清只是俯首不答。比及病势增重，勉斋呻吟床褥的当儿，又提起这桩亲事，讨取女儿的答复。婉清却说：待我细细思寻，再行答复。后来病势益加重了，残喘一丝，朝不保暮，婉清在老子面前，依旧吞吞吐吐，没有满意的答复。

勉斋支撑着残喘，断断续续地说道："婉儿……你再不纳我言，我死……也不瞑目了。五年前……你娘病重时，便想把云士为婿……蹉跎到今朝，你只不从。你娘在地下痛哭……现在，你又不纳我言……罢了，我只索陪着你娘，在地下痛哭……"老人说到这里，气又向上拥塞。

慌得婉清一迭声地说道："爹爹，我只依你便是了。"

老人渐渐疏通了这口气，便道："依我待怎样？"

婉清没奈何，只得轻轻地说道："愿和秦世兄做夫妇。"

老人听说，便立迫着佣妇去唤云士前来说话。佣妇赶到颜料铺子里，恰值云士去逛西湖，不能便来。好容易央托司务，把云士找了回来。那时病榻上的老人，气息一步一步地急促，兀自频频地问道："云士来了吗……他不来，我可不能久待了……"

云士垂泪应道："老师，秦云士在这里。"

老人舌本半僵，含糊地说道："云士，我把小女的终身托你……"停了片晌，又唤道，"婉儿呢？"

婉清哭应道："女儿在这里。"

老人伸直这条枯枝般的手腕，指着云士道："女儿你说。"

婉清没奈何，只得惨声儿说道："秦世兄，我奉爹爹之命，愿把终身托你。"说时泪随声下，急雨般地打落胸襟。

云士这时说不出的喜欢，却又话不尽的悲痛，且哭且说道："老师这般厚爱，云士粉身难报。"

老人摇摇头儿，含糊地念道："必也正名乎，名不正则言不顺。"

云士福至心灵，便依着婉清的称呼唤了一声"爹爹"。老人听了，微微地一笑，谁料一笑中间，竟做了人天永隔。云士和婉清哭喊着爹爹，再也不闻他答应。一时悲痛交集，无须细表。

一切殡葬事宜都由云士主持，不俭不丰，恰合古礼。老人病危时，曾有遗嘱：一须戴着黄铜顶儿下棺；二须把这面破镜儿随身下棺；三须依着"士逾月即葬"的制度，早早营葬。婉清向云士说了，便一一遵照遗嘱办理。老人病殁时，恰是八月上旬，比及黄花节后，早已一棺下土，万事全休。

秦太太心里以为，婉清丧父以后，变作茕茕无依，虽在学校里读书，还不觉得寂寞，可是逢着星期日，偶尔回家，只和她老子的遗容相对，这般凄凉的境遇，委实令人酸鼻。不如择个吉期，完聚了好事，也好了却我一桩心愿。当下便把这层意思告诉了儿子，叫他试探婉清的口风，再行定夺。谁料婉清竟提出几项条件，须待云士认可以后，才能说到结婚二字。一者她嫌自己读书的学校科学浅薄，须得转学到上海欧化女子中学校里，研求高深的学问；二者出外求学，费用较大，须由云士源源接济，不得吝惜；三者她出门以后，老父遗容前的香花供奉、羹饭祭献，须由云士随时照料。

云士听说，便欢然接受这三项条件，一些儿没有游移的模样。然后提到结婚二字，婉清提出期限须待她年假的当儿，才能举行结婚。可是到了来年，学校开课，依旧要出外求学，却不能因婚姻上的关系，束缚她学问上的进行。云士也是满口承诺，毫无异议。

忽忽三四天，婉清早定了日期，乘着早车到上海。临行的前一天，云士替她置备行装，应有尽有，预备明天起个清早，送她上车。

婉清笑道："我只心领盛意，却不劳你到城站相送。我明天打从学校里动身，那边的姐姐妹妹都要排队到城站，替我送行。你便到来，我也不能撇着许多姐妹，独和你依依话别。那些姐姐妹妹都是伶牙俐齿，惯把人取笑的，你若在场，倒觉得不大方便。"

云士道："我只暗暗相送，你见了我，只不要和我讲话，她们又不知道我是什么人，谁来笑你。"

到了来朝，云士果然起个清早，坐了一辆包车，直到城站。云士至城站时，尚没到开车时刻，疏疏落落，搭客稀少。等了一会子，赴站的渐渐多了，尚没见婉清到来。这时离着开车时刻不到五分钟，云士暗暗着急：她再不来，便赶不上这班早车了。

在这当儿，早见十多辆的人力车，鱼贯也似的拉将过来，车里坐着的都是女学生，婉清也在其内。没多片刻都已下车，一迭声地唤起张妈来。

那时车站上跑出一个佣妇，上前招呼道："车票月台票都买了，行李也装上了货车。时候不早，快请上车吧。"

当下十多名女学生伴着婉清，齐上月台而去。婉清瞧见云士时，并没招呼，只微微地一笑。云士接受这一笑，暗地里异常侥幸，比着尺璧千金还要宝贵。他也预购着月台票，待她们都上了月台，他也跟踪上去。那时婉清早上了车，十多名的女学生一字儿地排列在月台上面，和婉清话别。婉清探首窗外，一一和她们敷衍。云士只立在女学生后面，呆呆地瞧着婉清。婉清的眼光几次和云士接触，却几次地故意避去。

云士暗暗点头道："这也难怪她，她瞧着我，难免依依不舍，因此把眼光躲过了。"

霎时间一声汽笛，不作美的车轮一齐转运。女学生手里高高地扬着素巾，车里的婉清也在那里扬巾答礼。云士躲在女学生背后，却也高举着手腕，扬起一方半旧的巾帕，和婉清作别。

比及火车去远了，女学生回转身来，却见一个不痴不癫的少年，扬着一幅不清不白的巾帕，兀自在月台上面呆呆地立着。大家暗自好笑，哪里来的痴汉，车已不见了，这幅巾帕，却扬给谁看⋯⋯

婉清这番转学上上海，其中也有一个缘起。她在杭州读书时，和校里的英文教员黄玛丽女士最为投契。本年暑假后，黄女士另受了欧化女校的聘书。婉清失了这位教师，心里正自怅怅。忽然黄女士从上海写信前来，详说欧化女校的种种优点，力劝婉清赴沪读书。婉清为着师生感情上的结合，便毅然绝然离却杭州，径向欧化女校去肄业。

比及车到上海，黄玛丽女士早在车站上迎候。一见了婉清，宛比得着宝贝似的，一迭声地唤着密斯俞密斯俞，彼此上前握着手，说不尽的快活。玛丽又吩咐随来的校役，先把俞小姐的行李送往校中，我们随后便来。

校役去后，玛丽笑向婉清道："密斯俞，难得你前来就学，我须尽个地主之谊，和你到东亚酒楼吃大菜去。"

婉清道："不敢奉扰，我们还是趁早进学校吧。"

玛丽道："便是进学校也不及上课，你别客气，去去去。"说时，挽着婉清的手腕，径出车站。那边有候着的马车，两人都坐定了，鞭丝一扬，橡轮四转，马蹄儿嘚嘚，直向东亚酒楼而去。

到了那边，两人都下了车。玛丽开发了车钱，回头向婉清道："你初次到上海，没坐过电车，少停回校，便和你坐电车去。"一壁说，一壁挽着婉清，直入先施公司，径登电梯，便上了这东亚酒楼。

进餐的当儿，玛丽便把校里的习惯情形一一向婉清说了。又道："我向校长面前竭力把你推举，说要介绍一位安琪儿模样的学生到校里来肄业。校长听说，异常欢迎。少停你进了学校，无须试验，便可插在中学三年级里读书。这级英文是我担任，其他各科学的教员，都是教法很好。最难得的便是历史教员何先生，他在上海算得一位大名鼎鼎的史学家。和你讲老实话，你别生气，你的装束在上海人眼光里看来，敢怕不大合时，你虽在孝服中，装束该取雅素，可是雅素中间，也要合着美术上的作用，才能够标新领异，压倒一时。你的装束，杭州人看了唤作时式，一经苏州人的眼光只唤作半时式，再经上海人的眼光，竟完全是过时式了。就这装束程度而论，苏州比上海差着一级，杭州更比苏州差着一级。入国而问禁，入境而问俗。这是不可不注意的。你是聪明人，又富于审美的观念，包管你入校三天，装束上面一定可以后来居上咧。"

婉清初听时，觉得有些差窘。仔细一想，这是黄先生好意指导，我别误会了她的意思。因此悉心静听，不觉点头称是。

餐毕饮过咖啡，玛丽会了钞，又约婉清去逛乐园、逛商场。婉清道："缓日再游吧，我觉得身体没进学校，这颗心不落在腔子里似的。"

玛丽笑道："你还是这么拘谨，你可知自由词典里，找不出拘谨二字的。也罢，你要进校，我便陪着你去。"说时，又引着婉清，从电梯处按了一按电铃，霎时间腾云也似的浮上一座电梯，铁栏开处，携手同入，转眼便下了平地。那时第六路电车正待开行，玛丽又引着婉清，同上电车。在头等车厢里坐定，开车人当当地踏着几下铃，向前驶行。一路逢站停车，纷纷有人有上下。

婉清在车中，也不知行了多少路，车经一处，忽见个白面少年前来乘车。头戴西式呢帽，身穿纯锦缎马褂、华丝葛夹衫，手执司的克，玻窗开处，光彩照人。

玛丽忽唤道："密斯特何。"

那少年也道："黄先生，你从哪里来？"嘴里说时，便在玛丽的对面座位上坐定，却把眼梢儿向婉清睃了几下。

玛丽道："我今天到车站上欢迎一位新学生。"又指着婉清道，"便是这位学生，她从杭州到这里来读书。她的程度是很高的，明天也要派在你教的一级里，亲受你教育。"

少年道："很好很好，我的一级里，又要增添一位高才生，将来青出于蓝，一定成绩优秀，胜我十倍。"说时又动问婉清的尊姓大名，向在何校肄业。婉清一一说了。少年正待再问，却听得卖票人唤道："棋盘街到了。"

少年便离着座位，向两人道了一声再会，趁着停车的当儿，下车而去。婉清便问玛丽道："这位先生，是担任哪一种科学的？"

玛丽道："这便是教授历史的何先生。"

婉清暗暗奇怪，原来历史教员里面也有这般的漂亮人物？我只道担任历史的都是些死读古书的寿头码子。

电车又行了一站，早到了学校左近。玛丽和婉清都下了车，趄入一条弄堂，早有"欧化女学校"五字的过街广告高高挂着。比及走入学校，玛丽引着婉清，去见校长黄亚仙女士。

那校长的年纪，约莫六旬不足，五旬有余，鬓上的霜点、面上的皱纹都替她挂上年老的招牌，可是她的打扮却和年纪做个反比例。短裙长袜，打扮得和西洋女孩子一般。校长见了婉清，照例说了几句学问上的门面话，又唤着校役道："你把方才杭州寄来的一封快信，送给俞小姐看。"

玛丽道："啊咦，你身子尚没进学校，怎么杭州的快信却比你先到？"婉清也觉稀奇，比及校役送上这封信札，瞧了一瞧封面，原来不是别人所寄，却是方才装着哑巴，在车站上暗暗送行的云士所寄。婉清不便在人前拆看，只得向衣袋里暂时藏起。玛丽问她是谁寄来的快信，婉清只说是杭州同学寄来的快信。

当下又参观了几处课堂，那时尚没下课，全校生徒约莫有二百余名，看她们的装束，真不愧是欧化学校的生徒，十个里面，却有六七个是纯粹西装，其余三四个也是半华半洋的特别装束，可见华洋杂处的地方，合该有华洋参半的装束。看她们的面貌，妍者一二，媸者八九。这是天公有意定下的阶级，却不能一视同仁，赐给她们一个平等的面貌。可是她们的面貌不能长得一律平等，她们的鬓发却又订着同盟似的，一律都似螺纹般地卷起。这是经着一种火烙的手术，果然人巧夺天工，把直发都烙作了曲发，远远望去，恰和西洋女子无异。可惜不曾发明一种药料，把头发化作金黄，眼睛染成碧绿。

比及钟敲四下，铃声发动，通学生纷纷散归。有坐汽车回去的，有坐马车回去的。校里住宿的生徒，连婉清在内，共总不满四十人。

那时婉清已把云士的来信，背地里看了一遍。信中只叫她珍重身体，注意寒暖，幸勿用功过度，妨碍卫生。又说随带的旅资倘嫌不敷，只需写信到杭，自当源源接济。婉清正想置办西装，便写了一封回信，叫他多寄些银钱，准备添置衣服。

那天晚餐以后，和几个同室的学友谈谈说说，很觉投契。那些同学姐妹，有唤作安妮娜的，有唤作蔓莉亚的，有唤作梭菲娃的，这是欧化学校里的一种特殊风气。生徒进了学校，除着自己的本名以外，往往另取一个西洋式的名字，以便彼此厮唤。后来黄玛丽女士也替婉清另取一个名字，便唤她作安琪儿。一班同学姐妹见了婉清的面，都是安琪儿长、安琪儿短，叫得怪响。这是后话，表过不提。

到了来朝，婉清随班上课，觉得各科教师的教授法很能引起生徒的兴会。比及上历史课时，婉清肚里打算，似这般的漂亮教员，端怕金玉其外，败絮其中，教授上没有什么可取。谁料一经开讲，不觉暗暗地喝起彩来。姿势好，声调好，繁征博引，婉喻曲譬，没有一桩不好。听君一席话，胜读十年书，懊悔从前在杭州读书时，听那些寿头寿脑的教员讲书，味同嚼蜡，耽误了多少宝贵光阴。

从此以后，婉清对于历史课上的兴趣，一天一天地加浓。对于这位历史教员的信仰，一天一天地加重。那位年少翩翩的何教员，也是特垂青眼，推许婉清的程度可做全校的领袖。可是其他的生徒听了，不免相形见绌，引动了妒意。

何教员又喜欢作诗，因婉清性喜吟咏，便时时和她研究诗律，又取出一本稿子，征求婉清的题词。婉清揭开看时，却分着上下两卷，上卷悼亡吟绝句一百零八首，下卷药炉忆语一百零八则，卷首还有一篇征求题词的小启，骈四俪六，语语铿锵，署名夕阳红湿楼主人何许人拜稿。

从来悼亡诗文的著作家，出于真正悲悼，借笔墨以为其血泪者，果然不乏其人。可是也有一班好事的文人，借着这个题目，卖弄自己的才华，标榜自己的情爱，实则醉翁之意不在酒，却另有一番作用。悼亡的篇章适才发表，说亲的媒妁已纷纷上门来撮合。似这般的悼亡诗文，比着乞婚的广告还妙，比着会亲的符箓还灵。

闲话少说，婉清接受了这悼亡册子，遇着课暇时，从头至尾细细地读了一遍。读到伤心处，不禁莹莹欲泪。她本是个善怀的女子，平日又喜读哀感顽艳的文字，因此捧着这本册子，不忍释手，只是呆呆地出神。她想：这位何先生方是文学大家，又是多情种子。情到极深处，才有这缠绵悱恻的笔墨，曲曲地把万斛深情一齐达出。可见才学很深的人，一定爱情也很深。才学是爱情的源泉，天下多情种子，都出于慧业文人。那些不学无术的伧夫，断然不懂得情字的真谛。这几句话婉清原有所指，分明是指着秦木头秦草包秦村夫。编书的写到这里，不免替云士捏一把汗。

话说云士那天在城站送别，扬起着手帕，呆呆地瞧那火车发动，猛听得汽笛一声，真有惊心动魄的魔力，辘辘的车轮仿佛在他肚肠里转动。火车出了月台，风驰电卷般地过去，他这一颗心也随着火车风驰云卷般地过去。比及凝了一凝神，暗笑我可痴了，火车去得很远，光光地腾出一条轨道，送行人走得干净，空空地只剩一座月台，我却在这里扬着手帕，算作什么？

当下没精打采地出了月台，回到店里，赶紧写了一封信，立付快邮。可是他笔墨迟钝，词不达意，未动笔尖时，满肚皮都是说话，动了笔尖时，只有疏疏落落的几句话，写上信笺，依旧是左支右吾，不大明了。他自己见了也不满意，恨恨地说道："我只有储蓄爱情的一颗心，却没有传达爱情的一支笔。肚皮的说话，却不能一把一把地掏将出来，纳在封套里，寄给我那天仙知晓。好在我这一颗心，大概她也该知晓。便是纸片上疏疏落落，她也该知晓我的许多真爱尽在不言中，并不在纸片上面说得天花乱坠。纸片上天花乱坠的爱情，由来当不得真。她是聪明人，有什么猜测不出？"

自从婉清赴沪以后，云士替邮政局大做市面，朝也是一封快信，暮也是一封快信，镇日间牵肠挂肚，说不尽的离情别恨。有时接到婉清的复信，宛比半空里掉下宝贝似的亲亲热热，和那信封儿接了几个吻，才肯拆视。婉清信中要什么，他便应什么，从不道半个不字。婉清赴沪一个月，云士汇去的银钱约莫有百数十元，信中还说你有什么用度，尽向我说，一些儿不用客气。可是一月以后，婉清那边难得有信寄来。便有信来，也只寥寥数语，并不向云士要钱。婉清的信越来得稀，云士的信越去得密。

那时翠玉的吉期将近，早回到自己家里预备出嫁。李太太替女儿置办嫁妆，忙个不了。秦太太也常向李家走动，帮同她嫂嫂料理一切。

翠玉还捧着小花，在那没人处，把粉脸偎着猫脸说道："小花小花，没多几天，你小姐不住在这屋子里了，我去以后，你可忆念着我？好猫儿，我只舍不得远离着你。"

冷不防李太太在隔壁房里听个清切，扑哧地笑道："痴丫头，你舍得离着娘，却舍不得离着小花。"这几句话，说得翠玉脸都红了，放着小花，只把闲话来支吾。

光阴容易，忽忽已是十月十八日，李姓家里挂灯结彩，很是热闹。云士也在那里襄办喜事，忙碌了三四天。可是替表妹办喜事，不免引起了自己婚姻的感触。他曾几次写信给婉清，说年假快近了，我们的吉期，合该早一天定夺，免得临时局促，诸多不便。他虽这么说，可是婉清的来信，对于吉期两个字，始终不曾提及。他又不敢自定日期，只为婉清没动身时，曾有预约，将来选择吉期，须得双方的同意，才生效力。现在云士眼瞧着人家做亲，哪得不引起自己的感触。况且这两星期中，云士寄了多封快信，却不曾接到婉清的片纸答复，心坎里七上八下，不知怎么是好。

这天，他在舅母家里吃了喜酒，送了表妹上轿，忙里抽闲，急匆匆回到自己店里，踏进店门，便问上海可有信到。店里人回说，恰有一封快信从上海寄来。讨取看时，正是婉清的来信。这一喜非同小可，捧了这封信，径到自己房里，掩上了房门，亲亲热热地向信封接了几个吻，然后拆开细读。才看得一句，心房里扑通扑通地开着跳舞会。看到一半时，两只手儿簸糠也似的在那里颤动。比及看毕，倒抽了一口气，躲在床上，只是呆呆地发怔，腔子里团团圆圆一颗心，仿佛剁作了好几块。

向日婉清信来，开首的称呼，虽然没有什么情爱甜蜜的字样，毕竟也唤一声云士哥哥，现在可不对了，开首第一句，只写的是"云士同学兄鉴"。云士见了，心窝里便受了一次打击。

信中略说：

　　你近来寄书给我，辄把爱妹相称，这是绝对的误解。两爱结合叫作爱，片面的恋爱，这爱字便不得成立。你的信似雪片般飞来，我只疏疏落落，不大写信复你，这不是我贪懒，只怕信札写得勤了，又惹起你的误解，道是我的心窝里果然爱上了你。云士云士，你别恋着我吧，我敢直接痛快向你说几句老实话：我从幼小时节，和你在学塾里识面，直到今朝动笔写信的当儿，前后八九年，我的心窝里委实没有一分一秒的工夫爱你。我也知你的人品是很诚实的，心地是很忠厚的，对于我家算得仁至义尽，再好也没有的。可是我的心里，只知敬着你，感着你，却始终不曾爱着你。这病榻前的婚约，出于强迫，我一度回想，便加添一度的苦痛。云士云士，这爱情是很自由的，很神圣的，不受种种势力的支配，不受种种恩义的牵制，你定要我履行那病榻前的婚约，那么越是增加我的苦痛。别说我爱着你，便是从前敬着你感着你的念头，都要一齐打消。云士云士，你要强不爱以为爱，这是前途很危险的事，我和你都没利益可得。我今为消弭危险起见，特地把我的意思明白宣布，打破你的误解。你若谅解我的意思，那么病榻前的婚姻当然无效，你尽可自觅良偶，相怜相爱，永享幸福。我和你解除婚约以后，世兄世妹的情分依旧存在，我依旧敬着你感着你。几年来你助我家的好处，我遇着相当的机会，一定要设法报答你，可是这个报答方法，叫作以德报德，不叫作以爱报德。爱是天赋的，德是人为的。我须申明在先，你别再误解了我的宗旨。

婉清这一封信，分明是一把斩割情缘的利剑，剑锋动处，便该情丝立断。可是云士的情丝却不怕利剑斩割，"将刀截流水，安有断绝时"，云士的情丝便是这般模样。他这一颗心，虽然寸寸欲裂，他的万丈情丝，却依旧是缠绵不断。他便发狠地说道："我也不要你敬着我，也不要你感着我，我只要你爱着我。你现在不爱着我，你久后回心转意，一定要爱着我。"当下便把这几句话写上信笺，依旧付诸快邮。从此石沉大海，不见婉清片纸答复。

云士哪肯心死，依旧朝一封暮一封的快信寄去。信中说的话无非是"你说不爱我，我只不信，这是我的诚意未孚，尽早你终要爱我"；又说"你便一辈子不给我答复，不和我会面，我这心窝里，依旧藏着你的小影"；又说"无论你怎么样，我只守着一辈子，静待你的回心转意"。

云士的存心既这般坚决，惹得他母亲秦太太担着许多心事，眼见翠玉嫁向陈家，一对小夫妇百般亲爱，婆媳俩的感情也是很好。独有自己的孩子，直到今朝，这亲事依旧没个着落。好好的亲事成就了，婉清一到了上海，蓦然间又变了卦，这桩亲事只凭病榻前的一言，又没个媒妁为证，婉清要反悔，也只得由她反悔，但求孩子心里早早断绝了恋爱婉清的念头，另娶一个贤惠媳妇，风平浪静地度那快活日子。这叫作塞翁失马，安知非福。叵耐孩子的痴念兀自未断，百般劝导，只是没效。

秦太太一时恼恨，便向他儿子道："从来只有痴心女子负心汉，如今却倒了转来，变作负心女子痴心汉，我家哪怕没有好媳妇进门，似这般的负心女子，你去恋爱她做甚？"

云士听说，老大地不以为然，便道："负心两个字不是这般讲。要是一个女子素来爱恋着我，蓦地里怀着三心两意，和我翻起脸来，这便叫作负心。若说婉清的一颗心，始终不曾爱恋着我，在杭州时是这般，在上海时也是这般，怎便说她是个负心女子？妈妈道我是个痴心汉，我肯承认；妈妈道她是个负心女子，别说她不肯承认，便是我也要代抱不平，替她竭力辩护。"

秦太太听了，又好气又好笑，便道："痴孩子，你既执迷不悟，我也没法了，孩子孩子，看你痴到几时才休……"

一天，正是十月将尽的当儿，上海到杭的火车恰抵了城站，纷纷乘客都在那里下车。乘客中间有一个学生装束的女郎也从车里下来，眉尖深锁，担上了万千心事。那时人力车夫拉了空车，迎上前去招揽生意。女郎说了地点，跨上车儿，吩咐快快儿拉。车夫索价铜圆十枚，女郎把脚在车里一顿，发怒道："谁耐烦和你计较这个，只是快快儿拉，你不拉，我便换坐别人的车儿。"车夫不敢多说，拉了便跑，脚里跑时，心里打量，这个女郎毕竟受了谁的闷气，却在我车夫身上发泄。

比及拉到一条小巷里面，女郎吩咐道："门前钉着麻幡的一家，便到了。"车夫答应着，便在那里停车。女郎下了车，随意在提囊里掏出一枚小银圆，瞧都不瞧，只向车里一撂。车夫见钱眼开，赶快拾将起来，却是一枚四开小银圆，暗暗唤一声侥幸，提起车杠便跑。

女郎回转身来，瞧了一瞧门上的麻幡，心坎儿一酸，险些儿堕下泪来，忙向提囊里掏取钥匙，预备开那门上的西洋铁锁。可是钥匙掏了出来，却瞧不见门上的铁锁，便把钥匙藏起，自言自语道："原来不曾锁着，难道里面有人不成？"便凑近门缝，向里面张了一张，却见灵座前点着蜡烛，一个佣妇俯着身躯，正在那里焚化锭帛，佣妇以外静悄悄不见一人，心里暗暗宽慰道："那么还好，待我推将进去。"

门儿响处，引得里面的佣妇抬起身躯，向外瞧了一瞧，欢喜不迭地唤道："俞小姐回来了，我家少爷正天天惦念着你。"

慌得婉清连摇着手，叫她不得声张，先把大门掩上了，回到里面。却见屋中打扫得干干净净，和自己在家时一般，便在椅上坐定，放下了小提囊，问着佣妇道："张妈，你原来还在我家，并没歇工。"

张妈道："小姐出门后，秦少爷吩咐我在他家里做工，每天抽出工夫到这里来，在灵座前上饭化锭，打扫房屋，从没有一天间断。秦少爷也不时到这里来，在灵座前拈香磕头，有时还望着老爷的神影，一迭声地唤老师老师。"

婉清一阵心酸，取着手帕儿揩泪。隔了一会子，吩咐张妈道："我这番回家，你暂时别向人前声张，秦少爷面前千万别提一字，你告诉了他，我可不依。"

张妈嘴里答应，心里好生奇怪。婉清又从提囊里掏出三块钱，交给了张妈两块钱算酬劳，一块钱叫她上市买东西，哪一家的干点，哪一家的水果，哪一家的茶叶，都一一地交代明白。

张妈手里接钱，心里又好生突兀：怎么小姐唤我买东西，近处不买远处买，不管路途便不便，城东拣一家，城西拣一家，一来一往，敢莫有六七里路，不到傍晚便不得回家。

张妈临走时，婉清又再三嘱咐道："你无论撞见什么人，只不许吐露口风，说我回家。"张妈答应自去。婉清却跟踪出来，掩上了大门，又把第二重门也掩上了，觅取门闩，一时觅不到，拖只座椅把门儿顶住了。

打从庭心里经过，却见花台上面的美人蕉，花时已过，憔悴可怜，房里几扇绿纱窗，依旧深深地掩护。她从纱眼张了一张，房中布置和从前没两样，镜台上面只多了薄薄的一层浮尘。不禁长长地叹了一口气，转身回到灵座前，把老先生的遗容瞻仰了一番，忍不住的双行珠泪直挂胸前，许多苦痛汗水般地涌将上来。横竖屋里无人，拼着尽情一恸，发泄这一口闷气。

想到这里，便坐在拜垫上面，呜呜咽咽地哭道："爹爹爹爹，苦命的女儿今天来伴你了。女儿违背你老人家的教训，当时以为老生常谈，毫不注意，直到今朝，才觉得你老人家阅世甚深，所有的教训都是金子般的说话……你常向我说以貌取人，失之子羽，越是外貌朴实的，越是用情深挚。我只不信，以为不是潘安、卫玠一流人，绝没有真实的爱情，这是我第一桩的错误……你常向我说，越是言语真率的，越是用情深挚，我只不信，以为不是随何、陆贾一流人，绝没有真实的爱情，这是我第二桩的错误……你常向我说，越是文才缺乏的，越是用情深挚，我只不信，以为不是相如、子建一流人，绝没有真实的爱情，这是我第三桩错误……爹爹爹爹，女儿违背你三桩教训，这是女儿的三桩大罪，亏得你老人家在天有灵，机关破露得早，女儿留得这个清白身体，在你老人家灵前投供服罪。爹爹爹爹，女儿遭了这次打击，没有颜面再和你心爱的门生相见。爹爹，你等着我……爹爹爹爹，女儿便跟上你老人家，永永听你的教训……爹爹爹爹……"

婉清哭到悲痛处，觉得这几间空屋子里阴云四布，悲风大来，进门时好好的天气，现在却昏昏沉沉，眼前都蒙罩了惨雾。又觉得那幅老父的遗容仿佛愁眉泪眼，也在那里替她伤心。当下定了一定神，把最后的念头重行决断一下子，不觉点了几点头，自言自语道："除却这法，更没有别法。"短志一决，痛泪立干，嗖地从拜垫上立将起来，身上着外面，喃喃地说道："云士云士，不是我肝肠铁石，忍心把你的深情抛撇，忍心和你人天永诀，再没有会见之期……我的性情你是知道的，一向心高气傲，便错了主见，也不肯低首下心，向人道歉。从来英雄豪杰都有主张失败的时节，何况我婉清一个弱女子。婉清的主张失败，婉清便拼个玉碎，不图瓦全……"

那时回到椅上坐定，开了小提囊，取出一幅信笺，上面斑斑点点，写满了许多字，也不知是血是泪，这幅绝命书是她早日预备着的。她又复看了一遍，又点了好几点头，抽出墨水笔，又在纸尾嗖嗖地添上几行字道："云士云士，我在八九年，更无一分一秒工夫恋爱着你。现在最后五分钟，我却心心恋爱着你也。我死以后，别无他愿，但愿葬上君家坟墓，死也不朽。"

写完这几句，投笔桌上，贴在灵座前面，又长长地叹了一口气，便在小提囊内取出一个青玻璃的小瓶，摇了几摇。里面满满地盛着烈性毒药水，剥去了封口的火漆，一个小小的瓶塞也都拔将出来，瓶塞启处，一种猛烈的药味直向鼻孔里扑来。婉清举起着瓶儿，把瓶口对准了樱口。

在这紧急当儿，编书的先下几句批评道："这毒药一入了口，怕不花残月缺，玉殒香消？"

药未入口，婉清发狠地说道："死了吧！"道犹未毕，猛听得扑通一声，翻筋斗般地扑倒在地，一个药水瓶同时跌落在地，玻片四飞，药水乱溅，溅在灵座前的白桌帏上，一片片地破裂碎烂。

编书的道什么闲话，这灵座前的白桌帏破裂不破裂，碎烂不碎烂，打什么紧？在这存亡呼吸的当儿，人家只要问倒地的婉清毕竟是死是活，你怎么抛着正文，只叙些没紧要的事？"战书虽急不开封"，这是什么道理？

列位，且慢着急，婉清何曾跌倒？依旧好端端地站在灵座前面，睁圆着眼睛，瞧那跌倒的人，只是发怔。

那个跌倒在地的一骨碌爬将起来，气喘吁吁地跑到灵座前，一把拖住婉清道："世妹世妹，有话总好商量，你怎么要行使这个短见？你说不爱我，你尽管不爱我，我也不强着你爱我，件件般般都听你的自由，你只不要自杀。"说时，雨点般的痛泪，直向婉清手腕上打来。

婉清又悲又痛，又愧又悔，停了片晌，才道出六个字道：

248

"哥哥，我爱着你……"

哈哈，这六个字谈何容易？恰似碧霄云里降下的六道丹诏，云士苦心孤诣八九年的修行功夫，到今朝才圆成了正果，一种欢喜快活的情形，连云士自己都诉说不出。编书的也不必画蛇添足，代为描写。

可是婉清因甚要觅死？云士须得向婉清盘问根由，这也不消婉清口中报告，桌上现放着一纸绝命书，早写得清清楚楚。云士瞧了一遍，胸中了了。待把这纸绝命书向烛火上焚化了，这桩事便似云过太空，不留渣滓。却被婉清劈手抢去了，说道："这是我的苦痛纪念，焚化不得。"亏她抢得快，这幅纸依然无恙。要是真个被烛火焚化了，编书的将何从录取副本？

书中道的是：

我素抱最高之希望，我之择夫，以美貌、丰才、雄辩三者为标准。老父弥留时，我勉承遗命，许婚秦氏子。三者之中，无一可取，非吾所愿也。

自来沪上，邂逅某教员，三者资格完全无缺，且又鸾弦初断，示我悼亡诗，回环读之，无一非情至语。恨不相逢未聘时，吾不禁起身世之悲。某又数数贻我诗，字里行间，隐隐含求凰意。英文教员某女士又从中媒介，以撮合山自居。吾云业与秦氏子有成约矣，虽非吾愿，其如先人遗命何？某女士笑我拘迂，谓婚约为绝对自由，爱情为无上神圣，任何方面均不得束缚之，奈何不早自摆脱也？

249

吾受此戟刺，甚至彻夜不寐，以判决此去就问题，久之，吾志乃决，驰书秦氏子，要求解约，以恢复我之自由。顾秦氏子得书不怒，且又数数来书，言爱我无异畴昔。一方面之纠纷未绝，一方面之婚约在理不当接受。顾某女士强聒不休，必欲我允某教员之请，谓婚约一定，秦氏子当无奈尔何。吾心中摇摇，几不克自主。

某日休课，某教员约我至半淞园，谓有肺腑语，将向我剖诉。吾举足越趄，行止正未决，忽警报传来，某教员被人告密，捉将行里去。吾大错愕，不识某教员获罪之由。党人案耶？政事犯耶？二者必居一于此矣。比解公堂，报纸披露罪状，则某教员所犯者，最不名誉之奸拐案也，且又辞连某女士，为学校羞，某教员与某女士因是落职。如天之福，破露尚早，吾得保守吾清白，不至贻门户羞。

顾业与秦氏子要求解约，铸错已成，更无斡旋之地，已矣已矣，吾其不可食息于人世间矣。沪上女校，非无佳者，吾乃独为某女士所误，竟入此滑头学校，几丧吾清白。吾书至此，吾又不禁愤愤也。

婉清绝笔

婉清觅死不成，全赖云士救护。云士怎知道她回来消息？这是张妈报告的效力。张妈因婉清言语突兀，举止反常，心里老大疑惑，出门以后，便到云士店里，如是这般一一地说了。云士也暗暗惊讶，赶到婉清家里，探听动静。先把大门轻轻地推开了，躲在二重门外，向着门缝里偷瞧，恰见婉清举着玻璃瓶，嘴里道出"死了吧"三个字。这一下非同小可，下死劲地推开了二重门，却不料在椅子上一绊，扑地跌翻在地。

婉清也不防外面跌进个人来，心里一着惊慌，却把玻璃瓶失手落地。满满的一瓶硝镪水，涓滴不曾入口，单单毁坏了灵座前的一个白桌帏……

秦俞两姓结婚的日期，定在十一月二十日，比着翠玉的吉期，恰后着一个月。

翠玉的丈夫陈焕章，成亲三星期便赴汉口天盛金铺子里去营业，临走时却和蓝和甫同伴动身。翠玉惜别依依，叮嘱了许多路途珍重的话儿。又悄悄地说道："你在营业上须脚踏着实地，做那稳当的事业，别听着和甫的撺掇，去干那投机的勾当。"

自从焕章动身后，李太太便把女儿接回家里暂住。秦俞结婚的当儿，翠玉还在娘家居住。

结婚前三日，云士亲赴李家，接取舅母和表妹到家吃喜酒。谁料踏进李姓大门，猛听得里面一片哭声异常凄惨。云士心里好生突兀。比及走到里面，却见舅母在那里淌泪，翠玉早哭得和泪人儿一般。赶紧动问根由，李太太把一纸电报授给他看，上写："杭州某巷陈宅鉴：焕章因交易股票失败，本日自尽，家属速来汉。"

云士读过电报，呆了半晌道："这是哪里说起，分明青天云里打下一个暴雷。"

李太太哭着说道："好外甥，毕竟你的福分大，再过三天便有新娘子进门。我家翠儿忒煞命苦，这两三年来，有许多好好的亲事说合，一概回绝，直到如今，偏嫁着个短命郎君。"

云士明知舅母语中有刺，表妹两三年来的亲事全误在云士身上。待要出言安慰，又想不出什么话儿。翠玉听着娘的说话，又勾起了心事，捶胸顿足，只哭喊着命苦。云士老大不忍，急不择言地说道："妹妹原谅……"

比及十一月二十日的一天，西湖边的公园里面，云士、婉清举行文明结婚礼，男女来宾，一时称盛。女宾席里，有一位盛装的少妇喜动颜色，在那里参观典礼。这位少妇是谁？便是云士的表妹李翠玉。

原来翠玉的丈夫陈焕章并没自尽。死的却是陈文卿的陈焕章，不是陈玉官的陈焕章。只因姓名相同，又都在汉口营业，家眷又都在杭州一条巷里居住，所以电局里把电报误投了。

云士、婉清行过了婚礼，彼此厮挽着手儿，合摄一张并肩的双影。

结婚以后，新娘子破题儿第一句话，道的是："哥哥原谅。"

图书在版编目(CIP)数据

街谈巷语 / 程瞻庐著. — 北京：中国文史出版社，
2019.3

（民国通俗小说典藏文库·程瞻庐卷）

ISBN 978 - 7 - 5205 - 0911 - 4

Ⅰ．①街… Ⅱ．①程… Ⅲ．①长篇小说 – 中国 – 现代
Ⅳ．①I246.5

中国版本图书馆 CIP 数据核字（2018）第 272222 号

点　　校：袁　元
责任编辑：牟国煜

出版发行：**中国文史出版社**

社　　址：北京市海淀区西八里庄 69 号院　邮编：100142
电　　话：010 - 81136606　81136602　81136603（发行部）
传　　真：010 - 81136655
印　　装：廊坊市海涛印刷有限公司
经　　销：全国新华书店
开　　本：720 × 1020　1/16
印　　张：16.75　　字数：175 千字
版　　次：2019 年 3 月第 1 版
印　　次：2019 年 3 月第 1 次印刷
定　　价：58.00 元